诗词常识名家谈

词学概论

宛敏灏 著

中华书局

图书在版编目(CIP)数据

词学概论/宛敏灏著.—北京:中华书局,2009.5(2016.5重印)
(诗词常识名家谈)
ISBN 978-7-101-06710-1

Ⅰ.词… Ⅱ.宛… Ⅲ.词(文学)-文学理论-中国 Ⅳ.I207.23

中国版本图书馆 CIP 数据核字(2009)第 054020 号

书　名	词学概论	
著　者	宛敏灏	
丛 书 名	诗词常识名家谈	
责任编辑	聂丽娟	
装帧设计	丰　雷	
出版发行	中华书局	
	(北京市丰台区太平桥西里38号 100073)	
	http://www.zhbc.com.cn	
	E-mail:zhbc@zhbc.com.cn	
印　　刷	北京瑞古冠中印刷厂	
版　　次	2009年5月北京第1版	
	2016年5月北京第4次印刷	
规　　格	开本/880×1230 毫米 1/32	
	印张 12¼　字数 190 千字	
印　　数	11001-14000 册	
国际书号	ISBN 978-7-101-06710-1	
定　　价	36.00 元	

目 录

第一章　词和词学　1
　　一　词的异名及与诗、曲的区别　3
　　　（一）曲子词、长短句、诗馀及其他　4
　　　（二）从多方面比较词和诗、曲的异同　7
　　二　曲子词的兴起和发展　20
　　　（一）敦煌曲子词和《花间集》　20
　　　（二）词在发展中形成的两种途径　30
　　三　宋元以来的词学　36

第二章　词的体制　47
　　一　词体的类别　49
　　　（一）令、引、近、慢和小令、中调、长调　50
　　　（二）词里较少的几种体制　55
　　二　几种特殊的词体　56
　　　（一）由于配合音谱的　56
　　　（二）显示文字技巧的　63

第三章　　词调的由来及其繁衍　71
　　一　因袭与创制　73
　　　（一）音谱的几种来源　73
　　　（二）调名的沿袭与创新　74
　　　（三）自度腔或自制腔　78
　　二　别体和异名　80
　　　（一）别体产生的原因　80
　　　（二）异名述例　87

第四章　　词的章法　89
　　一　词的分段　91
　　　（一）单调和双调　92
　　　（二）三叠、四叠和叠韵　94
　　　（三）词的分段专用名称　97
　　二　过片和意脉　99
　　　（一）换头和不换头　99
　　　（二）对于过片的要求　101
　　　（三）名作过片例释　105
　　三　几种特殊章法　109
　　　（一）上、下片紧密依存者　109
　　　（二）上、下片平列对照者　110

（三）上、下片融成一体者　112

（四）上、下片关系微妙者　114

第五章　词的句法　121

一　各种类型的句子　123

（一）少见的一、二字句　123

（二）常用的三至七言　125

（三）八字以上的长句　133

二　句法的变化　136

（一）句型的活用　136

（二）字声的改动　140

（三）字数可以增减　144

（四）句子的分合　149

第六章　关于音律　155

一　宫调及其声情　157

二　择腔和择律　162

第七章　字声在词里的运用　169

一　字声平仄阴阳与音谱的关系　171

二　四声的配合　177

（一）关于去声的运用　178
（二）去、上的互相配合　182
（三）入声派平、上、去三声　185
（四）个别字声的改读　188
三　拗句及其他　189
（一）拗句　189
（二）一句用四声　192
（三）双声和叠韵　193

第八章　词的协韵　197
一　旧词用韵的种种情况　199
（一）韵脚分布的多种形式　200
（二）押韵的平仄变化　206
二　有关词的协韵问题　214
（一）对于旧词用韵应有的认识　214
（二）今后协韵的趋势　216
（三）旧有词韵专书的一些用处　219

第九章　谈词谱　221
一　词谱的编订及其用途　223
（一）明清以来所谓词谱的性质　223

（二）词谱通用的编次与标注　226

（三）词谱的用途　236

二　几部常见的词谱　244

（一）较早的几部词谱　244

（二）词谱中较好的两部　246

（三）兼注工尺的《碎金词谱》　252

（四）几种简略词谱　254

第十章　谈词韵　261

一　词韵的创始及其发展　263

（一）早期的词韵　263

（二）毛奇龄和李渔对词韵的见解　266

二　对于词韵的不同主张　269

（一）从宽与尚严的分歧　269

（二）几种不同韵目的比较　276

第十一章　谈词话　283

一　词话的产生和内容　285

（一）词话的兴起及其大盛　285

（二）一般词话的主要内容　291

二　宋、元以来较著名的词话　297

（一）四库著录及见于《词话丛编》的　297
（二）早期的两部词话专书　302
三　词学资料的渊薮　308
（一）怎样充分利用这一资料　308
（二）词话的整理、鉴别和选择　315

第十二章　馀论　325
一　词作赏析举隅　327
（一）搞清本事或写作背景　328
（二）应用词的基础知识　334
（三）鉴赏不同风格的词作　345
二　试谈词的写作　351
（一）晚近词家论词的作法　351
（二）当前涉及的一些问题　361

校后记　377

第一章

词和词学

一　词的异名及与诗、曲的区别

词,是格律诗的一体。它原来要求密切配合音乐,因而形成一种独特的格律。

密切配合音乐的韵文很多,在词以前的如汉、魏、六朝的乐府;在词以后的还有北曲、南曲以至我们现代的歌辞等。

由于历代的音乐不同,配合当时音乐所创作的韵文也就必然各有其特点。因此我们可以说:词原是配合隋、唐以来燕乐而创作的歌辞,后来才脱离音乐关系成为一种长短句的诗体。广义的诗,应把歌辞包括在内。

为了说明词的特点,我们先从其异名谈起,再进而比较它跟诗、曲有哪些异同。

(一) 曲子词、长短句、诗馀及其他

"词"这个名词,是逐步固定下来作为这样一种诗体的专称。当它没有固定的时候,曾经有过不少异名。

从音乐关系定名的,有"曲子"、"曲子词"等。例如:

《花间集》欧阳炯序:"因集近来诗客曲子词五百首,分为十卷。"

孙光宪《北梦琐言》卷六:"晋相和凝,少年时好为曲子词,布于汴洛。洎入相,专托人收拾焚毁不暇……契丹入夷门,号为曲子相公。"(契丹号和凝为曲子相公,又见《古今词话》)

张舜民《画墁录》:"柳三变既以词忤仁庙,吏部不放改官。三变不能堪,诣政府。晏公曰:'贤俊作曲子么?'三变曰:'只如相公亦作曲子。'公曰:'殊虽作曲子,不曾道彩线慵拈伴伊坐。'柳遂退。"

朱熹《语类》一四〇:"古乐府只是诗,中间却添许多泛声。后来人怕失了那泛声,逐一添个实字,遂成为长短句,今曲子便是。"

王灼《碧鸡漫志》卷一:"盖隋以来,今之所谓曲子者渐兴,至唐稍盛。今则繁声淫奏,殆不可数。古歌变

为古乐府,古乐府变为今曲子,其本一也。"

清末自敦煌石室发现的唐人写本曲子词有《云谣集》一卷,首题"云谣集杂曲子共三十首"。

从这些记载看来,"词"实是"曲子词"的简称。在唐、宋间也可叫"杂曲子"、"今曲子",或仅称"曲子"。

此外,以句法的特点作为称谓的,别名"长短句";表明与旧的诗体有所区别的又称"诗馀";仍袭用原有名词者曰"乐府"或"乐章"。

长短句、乐府或乐章,在宋人笔记、诗话及词话中与"词"、"曲"诸名往往同时随意采用。如吴曾《能改斋漫录》云:

《颜氏家训》曰:"别易会难,古人所重。……"李后主长短句盖用此耳。故云:"别时容易见时难。"(卷十六《别易会难》)

东坡长短句云:"无情汴水自东流。只载一船离恨向西州。"(卷十六《载将离恨过江南》)

晁无咎评本朝乐章,不具诸集,今载于此云:"世言柳耆卿曲俗,非也。"(卷十六《黄鲁直词谓之著腔诗》)

王江宁元丰间尝得乐章两阕于梦中。(卷十六《伤春怨》)

今世乐府传《沁园春》词。(卷十六《沁水公主园》)

南唐宰相冯延巳有乐府一章名《长命缕》。(卷十七《冯相三愿词》)

试翻检《苕溪渔隐丛话》、《诗人玉屑》、《浩然斋雅谈》及《碧鸡漫志》等,也都诸名并用,但尚未见有称"诗馀"者。

"诗馀"之名当亦起于宋,《草堂诗馀》为南宋人所选编。南宋人之词集以诗馀为名者较多,北宋很少,如廖行之的《省斋诗馀》,或系原名如此,而《范文正公诗馀》,则显属后人所题。"诗馀"一辞,明、清以来使用渐广,但亦有反对用此者,如清毛先舒《填词名解》说:"填词不得名诗馀。"清汪森《词综序》说:"以词为诗之馀,殆非通论。"关于"诗馀"的涵义也有几种不同的解释:有人认为是诗三百篇之馀,有人认为是唐五七言诗之馀,况周颐则就"馀"字别立新说云:"诗馀之'馀',作'赢馀'之'馀'解……词之情文节奏,并皆有馀于诗,故曰'诗馀'……若以词为诗之剩义,则误解此'馀'字矣。"(《蕙风词话》卷一)按立名之初可能仅取其与旧体名不相混;初仅常用于词集,其后始渐作专用的通称。

至仅见于词人专集的异名而未转化为词的通称者：或题"歌曲"，如王安石的《临川先生歌曲》、姜夔的《白石道人歌曲》；或题"琴趣"，如黄庭坚的《山谷琴趣外篇》、晁补之的《晁氏琴趣外篇》；或题"遗音"，如石孝友的《金谷遗音》、林正大的《风雅遗音》；其他如朱敦儒的《樵歌》、刘克庄的《后村别调》、陈允平的《日湖渔唱》、张辑的《东泽绮语债》及《清江渔谱》、周密的《蘋洲渔笛谱》、杨炎正的《西樵语业》、高观国的《竹屋痴语》、夏元鼎的《蓬莱鼓吹》等，都不过各就所好，给词集题个雅名，但也表明与不合乐的诗有所不同。

清刘熙载《艺概》说："其实辞即曲之词，曲即辞之曲也。"这句话最能说明词密切配合音乐的关系。所以原来"曲子词"的全称是包括曲谱和歌辞而言，也就是说有曲谱的歌词。

经过悠长的时间，"词"这个名词终于占了优势，作为这种体裁的通称。"诗馀"、"长短句"等仅间尚沿用而已。

（二）从多方面比较词和诗、曲的异同

诗、词、曲既在韵文领域中成为鼎足而三的重要文体，因此发生分疆划界的问题。

当每体兴起之初,都是合乐的歌辞。后来发展成熟,才各具特点;但面貌上总还有些相似之处。因此,很难举出一个简单条件把它们区别开来。

假如专从体段、音律去看,有些词简直就是一首诗。例如:

杨柳枝　　　　（唐）温庭筠

馆娃宫外邺城西,远映征帆近拂堤。系得王孙归意切,不同芳草绿萋萋。

浪淘沙　　　　（唐）皇甫松

滩头细草接疏林,浪恶罾船半欲沉。宿鹭眠鸥飞旧浦,去年沙嘴是江心。

采莲子　　　　（唐）皇甫松

菡萏香连十顷陂_{举棹},小姑贪戏采莲迟_{年少}。晚来弄水船头湿_{举棹},更脱红裙裹鸭儿_{年少}。

竹枝　　　　（五代）孙光宪

门前春水_{竹枝}白蘋花_{女儿},岸上无人_{竹枝}小艇斜_{女儿}。商女经过_{竹枝}江欲暮_{女儿},散抛残食_{竹枝}饲神鸦_{女儿}。

以上四首词,前两首与七绝无异;后两首也只多"举棹"、"年少"、"竹枝"、"女儿"等和声。其他如《纥那曲》与五言绝句无别;《瑞鹧鸪》即七言律诗,且前结后起二联仍保存对偶的形式。

词和曲的体制是不是也容易混淆呢?

忆王孙　　　　　(宋)李重元

萋萋芳草忆王孙,柳外楼高空断魂,杜宇声声不忍闻。欲黄昏,雨打梨花深闭门。

一半儿·秋日宫词　　　　　(元)张可久

花边娇月静妆楼,叶底沧波冷翠沟,池上好风闲御舟。可怜秋,一半儿芙蓉一半儿柳。

熟悉词曲牌调的人,固一见即知前者为词而后者为曲。但在初学就不免有些迷惑。因仅从句法上去比较,《一半儿》除末句多两个"儿"字并改用仄韵外,其馀完全与《忆王孙》相同;并且题有"词"的字样。

既然此路不通,我们不妨试从思想和艺术的基本特征方面去寻找它们间的区别。王士禛在他的《花草蒙拾》里

说过:

> 或问诗词、词曲分界,予曰:"'无可奈何花落去,似曾相识燕归来',定非香奁诗;'良辰美景奈何天,赏心乐事谁家院',定非草堂词也。"

刘体仁在他的《七颂堂词绎》里也用类似的方式来说明诗、词不同之处:

> "夜阑更秉烛,相对如梦寐。"(晏)叔原则云:"今宵剩把银釭照,犹恐相逢是梦中。"此诗与词之分疆也。

我们能否从这些例子对于诗、词、曲在思想和艺术上的特征有所体会呢?事实上也很难,即如"无可奈何"一联就成了问题:

浣溪沙

一曲新词酒一杯,去年天气旧亭台,夕阳西下几时回? 无可奈何花落去,似曾相识燕归来,小园香径独徘徊。

示张寺丞王校勘

元巳清明假未开,小园幽径独徘徊。春寒不定斑斑雨,宿酒难禁滟滟杯。无可奈何花落去,似曾相识燕归来。游梁赋客多风味,莫惜青钱万选才。

上面一首词和一首诗同是晏殊所作,其中就有三句相同,只差一字。虽然清张宗橚曾经说:"细玩'无可奈何'一联,情致缠绵,音调谐婉,的是倚声家语。若作七律,未免软弱矣。"也不敢断然肯定这不像一首诗。如果诗、词的分别很明显,晏殊在写作时就不会两用了。

五代翁宏有首《残春》诗说:

又是春残也,如何出翠帏。落花人独立,微雨燕双飞。寓目魂将断,经年梦亦非。那堪愁向夕,萧飒暮蝉辉。

晏几道直抄了两句入他的《临江仙》词:

梦后楼台高锁,酒醒帘幕低垂。去年春恨却来时。

落花人独立,微雨燕双飞。　　记得小蘋初见,两重心字罗衣。琵琶弦上说相思。当时明月在,曾照彩云归。

我们能说"落花"一联用在这里不像词吗?清陈廷焯云:"小山词如'去年春恨却来时。落花人独立,微雨燕双飞',又'当时明月在,曾照彩云归',既闲婉,又沉着,当时更无敌手。"(《白雨斋词话》)谭献竟谓"落花"两名句千古不能有二(见《谭评词辨》)。他们给以这样高的评价,似乎并不知道是翁宏诗里的成句。

至如贺铸的《晚云高》(《太平时》,即《添声杨柳枝》)词云:

秋尽江南叶未凋,晚云高。青山隐隐水迢迢,接亭皋。　　二十四桥明月夜,弭兰桡。玉人何处教吹箫,可怜宵。

这首词的主要成分本是杜牧的《寄扬州韩绰判官》一首七绝,仅将前两句次序颠倒一下。接四个三字句原是为着符合《太平时》词调的形式,究竟加这十二个字在内容上又起了多少变化呢?

这样看来,单凭思想和艺术的特征去分辨诗、词也是有困难的。我们试再从这方面去比较曲和词。

天净沙·秋思

枯藤老树昏鸦,小桥流水人家。古道西风瘦马,夕阳西下,断肠人在天涯。

马致远这首著名散曲,其凝重静雅直与词境无别。王国维更谓"寥寥数语,深得唐人绝句妙境"(《人间词话》)。是的,如删去"夕阳西下"一句,说它是一首六言绝句诗不行吗?

张可久的散曲也有很多像词的,如:

凭阑人·湖上醉馀

屏外氤氲兰麝飘,帘底惺忪鹦鹉娇,暖香绣玉腰,小花金步摇。

此曲置之《花间集》中,简直可与温词相混。

很明显,一位作家的风格,尚且会随着他的世界观和周围的社会生活的变化而变化。使用某一体裁的作家,既非都生活在某一定的历史时期内,而且在艺术方法上也未必相同。那么,我们想就某一体裁作品明确指出它的思想和艺术的基本特征,当然不太容易。

因此,我们在区别诗、词、曲的时候,必须把许多有关的条件综合起来细加观察。兹就其结构异同、声韵比较、音乐关系、艺术特征等方面略述如下:

(1)结构异同

词、曲每首各有牌调,依其体制;诗则仅有题(乐府古题原亦调名性质,但后世同题作品只师其义。且自杜甫写《兵车行》、《哀江头》、《悲陈陶》等率皆即事名篇;到李绅、元稹、白居易等更自称其讽兴时事之作为新题乐府,不复拟赋古题)。词、曲牌调也有同名的,如《满庭芳》、《八声甘州》等,但句法不同。倘牌名中有"带过"两字(或称"兼带",或简称"带"、"过"、"兼"),如《雁儿落带过得胜令》,则显为"带过曲"而非词。

很多词、曲也有题或小序,但如词题中的"春景"、"别意"(此类题当系后人所加),曲题中的"穿破鞋"、"大桌上睡觉"等,便不像一般的诗题。

词的体制有令、引、近、慢之分,短的如《竹枝》、《苍梧谣》,不过十馀字;最长的如《莺啼序》,计二百四十字。常见的以分上、下两段为多,也有不分段或分三、四段的。曲则单调居多，双叠已经很少，更谈不到三叠、四叠了。所以曲的体段一般较词为短，大约相当于词里的引、近而已。至于诗，无论古、近体，总是不分叠的。就诗行说，古体多少无限制，可达《孔雀东南飞》、《秦妇吟》那样的长篇，这是词、曲中所绝对没有的。近体呢，律诗每首八句(小律六句，很少采用)，绝诗每首四句，竟又一成不变。

再就句法看，近体诗每句字数一致，不容增减。古体有通篇为五、七言者，也有参差不齐如李白《梦游天姥吟》、《蜀道难》等，但仍不如词曲之变化多端。尤其是曲，因多用衬字关系，虽同一曲牌，句子的长短也不是一模一样的。如前引张可久的《凭阑人》未加衬字，后半是两个五字句，加衬字的如姚燧就曾写成"我文章、你艳妆，你一斤、咱十六两"。

(2) 声韵比较

在声的方面：诗，只讲平仄。古体宽得无甚限制，近体有定式而变化少。例如词里的《瑞鹧鸪》调，《词律》所收宋侯寘"遥天拍水共空明"一首平仄与七律诗全同；但《词律拾遗》补体收南唐冯延巳词(按《阳春集》调名《舞春风》，即《瑞鹧鸪》)一首，前起二句为："严妆才罢怨春风，粉墙画壁宋家东。"平仄就和律诗不同了。

词，一般只分平仄，但为能更好地合乐，在细致处，却要辨阴阳平、上、去、入五声。北宋词如欧阳修及晏几道各有《清商怨》一首（毛刻《珠玉词》误将欧词增入，并从《六一词》删去），欧词上、下片两结云："雁过南云，行人回泪眼……梦未成归，梅花闻塞管。"晏几道词云："梦觉春衾，江南依旧远……要问相思，天涯犹自短。"此中"泪眼"、"塞管"、"旧远"、"自短"皆作去上，似非偶然。柳永、周邦彦、姜夔、吴文英等并精通音律，更特重视字声的配合。张炎《词源》尤强调"雅词协音，虽一字亦不放过"。

至于曲则南北字声之宽严亦异。北曲分阴阳平、上、去四声，其入声皆派作平、上、去三声。元周德清《作词十法》特列"入声作平声"一条，谓"施于句中不可不谨"，这大约是对南方人说的，因入声派上、去的尚不失为仄，如以派作平声的误当仄用，容易造成多数平声字相连，就会妨碍歌唱。曲尾因音节较美，字声尤要很好地配合。因此不但平仄有定格，甚至"上去"、"去上"也不宜颠倒。

北曲里没有读入声字，显然是个特点。南曲不但有平、上、去、入四声，并且四声又各分阴阳。这比词和北曲只注意到平声的阴阳又要严密些。

在韵的方面：诗词曲韵不仅分部不同，押韵亦各有规则。诗韵平、上、去、入各自分部；古体诗可任意转韵，而近体诗必须一韵到底。词，除入声独用外，平、上、去合为若干部,可以一首多韵,有同部通押、几部交押以至平仄韵互改,变化多端。曲则平、上、去亦可通押,但每首或每套不能换韵,如用江阳韵就得一韵到底,此与词之可以转韵显然不同。又遇韵脚为入声字时,亦可用作辨明为词或北曲条件之一。下面是赵文宝的一首《忆王孙》:

寻梅

寻香曾到葛仙台,踏雪今临和靖宅,横斜数枝僧寺侧。动吟怀,一半衔春一半开。

调名、句法都与词无异,末句又少两个"儿"字,也跟《一半儿》定格不合。但从"宅"、"侧"两入声字与"台"、"开"协韵看,仍可断定其为北曲而非词。

(3) 音乐关系

古乐府以七音和十二律互乘为八十四宫调。宫乘律为宫,其馀六音乘律为调。到唐代的燕乐还用二十八宫调。南宋词乐仅存七宫十二调(见张炎《词源》)。明曲乐只用六宫十一调(见沈璟《南曲谱》)。古乐府的唱法已无从得知;词虽有姜夔的十七谱在,唱法仍待研究;曲亦仅传昆腔唱法而已。

今传乐府诗已无注宫调者,词中间有之,如《念奴娇》为大石调,《望海潮》为仙吕调。曲,通常多注明宫调,如双调《凭阑人》、中吕《满庭芳》等是。

(4)艺术特征

清李渔说:"诗有诗之腔调,曲有曲之腔调。诗之腔调宜古雅,曲之腔调宜近俗,词之腔调则在雅俗相和之间。如畏摹腔铄吻之法难,请从字句入手。取曲中常用之字、习见之句,去其甚俗而存其稍雅又不数见于诗者入于诸调之中(按上举体段、声律似诗的词调如《生查子》等),则是俨然一词而非诗矣。"(《窥词管见》)因知诗、词、曲在语言使用上实各有所宜。诗贵温雅,故多用朴素的文言;曲尚尖新,故时采聪俊的口语;其上不似诗、下不类曲的清辞丽句,则是词中常见的语言。

有些曲很像诗、词,但通首中总有一、二辞语为诗词里所不用的。如:

楚天遥带过清江引   (元)薛昂夫

  屈指数春来,弹指惊春去。蛛丝网落花,也要留春住。几日喜春晴,几夜愁春雨。六曲小山屏,题满伤春句。　春若有情应解语,问着无凭据。江东日暮云,渭北春天树。不知那搭儿是春住处。

这首曲不但像词,而且里面还有杜甫《春日忆李白》两句诗。但"那搭儿"显然是曲里才有的语言。

我们也可以就表达方法来作比较。

试举一个例子:诗人表达关于"出仕"的愿望,诗、词、曲里都是常见的。用诗写,一般总是这样说:"欲济无舟楫,端居耻圣明;坐观垂钓者,空有羡鱼情。"(孟浩然《临洞庭湖上张丞相》)或是"自谓颇挺出,立登要路津;致君尧舜上,再使风俗淳"(杜甫《奉赠韦左丞丈二十二韵》)。

用词写又怎样呢?柳永说:"屈指暗想从前,未名未禄……念名利,憔悴长萦绊。"(《戚氏》)程珌说:"岂是匏瓜系者,把行藏、悉付鸿蒙。"(《六州歌头》)

再看曲是怎样写的:"宁可少活十年,休得一日无权。大丈夫时乖命蹇,有朝一日天随人愿,赛田文养客三千。"(严忠济《天净沙》)

从上面的例子不难看出,诗、词是比较含蓄而曲则显得坦率。当然,每种体裁在表达方法上也会有些例外,这只是就一般情况说的。

最后,让我再重复一句,如能掌握诗、词、曲的各种特点,综合起来观察某首作品,便不难辨明它是属于哪种体裁。

二 曲子词的兴起和发展

(一) 敦煌曲子词和《花间集》

曲子词,是包括民间曲子词和所谓诗客曲子词说的。前者可以敦煌所出《云谣集杂曲子》及其他曲子的残卷为代表,后者可以《花间集》为代表。试将二者加以比较,便可明了词的产生及其初期发展情况。

前人关于词的起源有种种不同说法:

最初仅从文字着眼。简单的办法是企图找出一二首作品作为词的始祖,这显然是很难行通的。相传为李白所作的《菩萨蛮》和《忆秦娥》曾引起很多争论。这正如苏、李赠答诗尽管有人指为五言诗之始,但一直未被大家公认。而且宋郭茂倩编《乐府诗集》,其《近代曲辞》部分首列隋炀帝和王胄的《纪辽东》;《隋书·音乐志》载炀帝命乐正白明达造新声,创《斗百草》、《泛龙舟》等曲。《泛龙舟》曲辞亦见《乐府诗集》卷四十七。

有些人想把词的起源推得更早,说它是出于《诗经》。当然《诗经》里长短句虽然比较少,总可以找得着;叠句、换韵也有;但如指《行露》第二章"谁谓雀无角"是换头,就未免过于穿凿了。

其后有人注意到词的兴起应受外来音乐的影响。

按中国的音乐,在隋、唐间起了很大的变化,古乐几乎全部消亡。唐杜佑《通典》说:"开皇中,胡乐大盛于闾阎。"《隋书·音乐志》也记载开皇中新声奇变,朝改暮易。隋文帝虽敕群臣对亲宾宴饮宜奏正声,竟不能救。宋沈括《梦溪笔谈》卷五说:"**唐天宝十三载,以先王之乐为雅乐,前世新声为清乐,合胡部者为宴乐。**"(宴又作燕或䜩,就是宴会时所奏的音乐)所谓雅乐就是秦代以前的古乐,清乐是汉魏六朝的乐府,燕乐是外族输入的新声。虽然表面上三者并列,但实际最不重视雅乐。当时"堂下立奏谓之立部伎,堂上坐奏谓之坐部伎。太常阅坐部不可教者隶立部,又不可教者乃习雅乐"(《新唐书·礼乐志十二》)。"九奏未终百寮惰"(元稹新题乐府《立部伎》),这就是当日听奏雅乐的情况。

唐代盛行的燕乐,内容究竟包括些什么呢?郭茂倩说:"唐武德初,因隋旧制,用九部乐,太宗增高昌乐,又造䜩乐而去礼毕曲。其著令者十部:一曰䜩乐,二曰清商,三曰西凉,四曰天竺,五曰高丽,六曰龟兹,七曰安国,八曰疏勒,九曰高昌,十曰康国,而总谓之燕乐。声辞繁杂,不可胜纪。凡燕乐诸曲,始于武德、贞观,盛于开元、天宝。其著录者十四调、二百二十二曲。"(《乐府诗集》卷七十九)按乐曲与歌词的关系,既可选词以配乐,亦可由乐以定词。古歌词保存到现在的:配雅乐的是"诗三百",配清乐的是"乐府"。有燕乐就必须有新歌词去配合,这是势所必然。因此,认为词的兴起与音乐变化有关是无可非议的。

外族音乐的输入,有的因通商,有的因通婚,有的由于宗教传播或战争接触。《隋书》和《唐书》的《音乐志》里各有记载,早在五胡乱华的时候,就已逐渐输入。为什么直到唐代,燕乐才能继雅乐、清乐而成为代表时代的音乐呢?这就不能不认为与唐代的社会情况有关了。唐代是中国封建社会发展历程中的鼎盛期,由于国势的强盛,经济的高涨,商业的发展,促使城市的兴盛和城市居民层的形成。更由于市民文化生活的提高,歌舞伎的出现,于是所谓胡夷里巷之曲便风行一时。

综合以上所述,词的兴起是跟社会、音乐、文学三方面都有密切关系的:唐代城市商业经济的发展,使得市民阶层扩大并需要艺术活动,于是所谓合胡部的燕乐在民间广泛流行。其初仅以五、七言诗勉强合乐,接着就有乐工、伶人按乐谱的节拍试制长短句的曲子词,终于诗人也采用这种新的体制而大量创作起来。

下面将敦煌曲子词和《花间集》各作简单介绍并比较

其异同：

敦煌曲子词辑自敦煌千佛洞石室所出的残卷。敦煌宝库于清末被盗，曲子词原卷绝大部分为斯坦因、伯希和等劫至国外，先后经过多人摄影、抄录并整理汇刻。《敦煌曲子词集》录词一百六十二首；《敦煌曲校录》分为"普通杂曲"、"定格联章"及"大曲"三类，共录曲辞五百四十五首，后者曾断句并加校语，惟所校间亦有误。如将伯三二五一号《菩萨蛮》"朱明时节樱桃熟"句"朱明"改作"清明"，即其一例（按"夏日朱明"，见《尔雅·释天》；樱桃春日开花，夏日果实成熟，原句不误）。

在这些曲子词写本中，以《云谣集杂曲子》一卷最为完整，原卷有二，都不全。藏在伦敦博物院的存词十八首，朱孝臧曾据以刻入《彊村丛书》；藏在巴黎图书馆的存词十四首，罗振玉《敦煌零拾》和刘复的《敦煌掇琐》所载，都据此卷。两本除去重出二首，适符卷首所题"共三十首"之数，所以后来采入《彊村遗书》的已是完帙。

朱孝臧跋《云谣集杂曲子》说：

> 其为词拙朴可喜，洵倚声椎轮大辂；且为中土千馀年来未睹之秘籍。

敦煌曲子词的特点，正在它保存了原始词的本来面貌。《花间集》里的存词，显然是和敦煌曲子词有所区别的。

《花间集》十卷，后蜀赵崇祚编。所录凡十八家，词五百首。这十八位词人的名字是：温庭筠、皇甫松、韦庄、薛昭蕴、牛峤、张泌、毛文锡、牛希济、欧阳炯、和凝、顾敻、孙光宪、魏承班、鹿虔扆、阎选、尹鹗、毛熙震和李珣。录词最多的是温庭筠，六十六首；其次是孙光宪，六十一首；最少的是鹿虔扆和尹鹗，仅各六首。

《花间集》的传本很多。前有广政三年（公元940）四月欧阳炯序，已经指明所收的是"诗客曲子词"。它是文人写作最古的一个词总集。

我们把《花间集》里的作品来和敦煌曲子词比较，有几点显著不同：

（1）敦煌曲子词里绝大部分是无主名的作品，与《花间集》同者仅温庭筠《更漏子》一首，调名《更漏长》；见《尊前集》者有欧阳炯《更漏子（长）》、《菩萨蛮》各一首；见《全唐诗》者有唐昭宗李杰《菩萨蛮》二首。至于《花间集》里的作者，除阎选等少数人字里失传外，其馀类皆有行实可考。

（2）《花间集》里较长的词，如薛昭蕴的《离别难》（八十七字）、欧阳炯的《凤楼春》（七十七字）、毛熙震的《何满子》（七十四字），都是引、近而非慢词；但敦煌曲子词里已有《倾杯乐》、《内家娇》等百字以上的长调。

（3）在形式上敦煌曲子词与《花间集》里同调名的格式并不完全一样，又在敦煌曲子词里虽同属一调，句法也很有出入，《花间集》里这种情况就比较少。试从韵、字数、单双叠等方面比较即知。

（4）从内容上看，《花间集》里的作品绝大多数是描写两性间的悲欢离合，像鹿虔扆的《临江仙》"金锁重门荒苑静"写亡国之痛；孙光宪的《后庭花》"景阳钟动宫莺啭"、"石城依旧空江国"赋陈后主故事一类词就很少。

至于敦煌曲子词所抒写的内容便广泛得多，王重民在《敦煌曲子词集·叙录》里说过："有边客游子之呻吟，忠臣义士之壮语，隐君子之怡情悦志，少年学子之热望与失望以及佛子之赞颂，医生之歌诀，莫不入调。其言闺情与花柳者，尚不及半。"又说："至于'生死大唐好'、'只恨隔蕃部，情悬难申吐；早晚灭狼蕃，一齐拜圣颜'等句，则直是外族统治下敦煌人民之壮烈歌声，绝非温飞卿、韦端己辈文人学士所能领会，所能道出者矣！"

（5）就语言方面比较，花间作品重词藻典雅，而敦煌曲子词用的是朴素语言。温庭筠词固好用金玉锦绣等字来雕饰，就是色彩较为平淡的韦庄词也和敦煌词大有不同。以韦词《思帝乡》两首和敦煌曲子词《菩萨蛮》一首为例：同样描写两性的山盟海誓,韦词是:"说尽人间天上,两心知。"敦煌曲子干脆一句话:"枕前发尽千般愿。"同样作坚决之辞,韦词说:"妾拟将身嫁与,一生休。纵被无情弃,不能羞。"敦煌曲子却说:"要休且待青山烂,水面上秤锤浮,直待黄河彻底枯,白日参辰见,北斗回南面,休即未能休,且待三更见日头。"这里全运用民间成语中认为不可能的事。两相比较,自觉后者更为生动有力。

通过研究比较敦煌曲子词和花间词的异同,有些问题我们可以得着解答:

(1)词究竟起于何时?

郭茂倩《乐府诗集》近代曲辞中有滕潜《凤归云》二首,都是七言绝句。同调在《云谣集》里则是长短句。这说明试制长短句的歌辞以合燕乐,民间早于诗人。王国维跋《云谣集杂曲子》说得对:"此犹唐人乐府见于各家文集、《乐府诗集》者多近体诗,而同调之见于《花间》、《尊前》者则多为长短句。盖诗家多尊其体,而乐家只倚其声,故不同也。"

《云谣集》里的调名,除《内家娇》外,其馀都见于崔令钦的《教坊记》。崔书记事迄于开元,可见这些杂曲定是当时流行的曲调。《更漏长》在敦煌词和《教坊记》里的调名一致,但在晚出的《花间》、《尊前》集里便称《更漏子》。

再就敦煌词的内容去看,不少是有关征戍的,联系唐代开边的历史去推断,应作于安史乱前。因此过去对于词的兴起年代,以《乐府诗集》里未收更早于中唐、晚唐的长短句就不敢推到贞元、元和以前,现在可以认为:在盛唐,民间已先有曲子词了。

(2)令词和慢词的兴起,是同时还是有先后?

这一问题宋王灼已经说过:"唐中叶渐有今体慢曲子。"(《碧鸡漫志》卷五《念奴娇》条)而清宋翔凤则认为:"词自南唐以后但有小令,其慢词盖起宋仁宗朝。……余谓慢词当始耆卿矣。"(《乐府馀论》)根据敦煌曲子词里已有百字以上的长调,如《倾杯乐》、《内家娇》等,可见慢词与小令同时兴起。宋翔凤所谓起宋仁宗朝,甚至谓始于柳永的说法是不正确的。

但慢词的发展为什么在唐五代词人作品中显得中断,直到北宋的张先、柳永等才大量制作呢?这是由于小令的体制更接近于五七言诗,诗人在接受新体之初,大家都在小令上做功夫并习惯这一体制,因而忽视了慢词的创作。

(3)词的体裁是诗人所创制,还是来自民间?

根据各种文学体裁的发展规律以及现有关于词的材料来看,词是起自民间而经过文人加工发展的。

由于城市文明的上升,配合所谓胡夷里巷之曲,出现了以口语为创作工具并符合市民生活情调的新体抒情诗——曲子词。这种形式就合乐说比起五七言诗强得多,因而逐渐为诗人所接受和喜爱。又因为小令的节拍和五七言绝句比较接近,开始便从令词试作起。白居易有了《忆江南》词,刘禹锡也就"和乐天春词,依《忆江南》曲拍为句"(刘禹锡《忆江南》词序)。白居易在他的新乐府《立部伎》里曾大叹"雅音替坏一至此"。但尽管主张朝廷保存雅乐,并不反对民间采用胡夷里巷之曲。这也可看出当时一般诗人对词的态度。就这样你写我和成了风气,因而到晚唐五代出现了大批词人。他们一面采用市民间新体诗的形式来抒发思想感情,一面也照着自己的意志给这种诗体加工和提高。

(4) 词以婉约为正宗的说法是否正确?

在敦煌曲子词里诚然有许多婉约之作,如:"清明节近千山绿,轻盈仕女腰如束;九陌正花芳,少年骑马郎。罗衫香袖薄,伴醉抛鞭落;何用更回头,漫添春夜愁。"(《菩萨蛮》)这是描写士女游春的景象,流露市民享乐主义的情调。"柱把金钗卜,卦卦皆虚。魂梦天涯无暂歇,枕上长嘘。"(《凤归云》)"梦魂往往到君边,心穿石也穿,愁甚不团圆。"(《送征衣》)"马上临行说,长相忆,莫负少年时节。"(《别仙子》)"悔嫁风流婿,风流无准凭,攀花折柳得人憎。"(《南歌子》)"少年夫婿,向绿窗下左偎右倚。拟铺鸳被,把人尤泥。"

(《洞仙歌》)这些都是描写两性间的悲欢离合,表现对于真挚爱情和美好生活的追求。

但这类艳情作品仅是其中一部分,此外如:"年少将军佐圣朝,为国扫荡狂妖;弯弓如月射双雕,马蹄到处阵云消。"(《望远行》)"为国竭忠贞,苦处曾征战;先望立功勋,后见君王面。"(《生查子》)这些词都表现对祖国的忠贞,对敌人的憎恨。《长相思》一调将"作客在江西"三种不同的商人生活作对比的描写:"富不归"的"频频满酌醉如泥,轻轻更换金卮,尽日贪欢逐乐";"贫不归"的"朝朝立在市门西,风吹泪点双垂,遥望家乡长叹";"死不归"的"村人曳在道旁西,耶娘父母不知,身上缀牌书字"。这不仅描写商人的有幸有不幸,也表现对于金钱魔力的愤恨。至若"我是曲江临池柳,者人折了那人攀,恩爱一时间"(《望江南》),应是反映妓女的悲哀生活的。这样看来,词在民间创始时,它的内容原是丰富的、多方面的;后世所谓词为艳科,应以婉约为正宗的说法是没有根据的。

关于词的起源问题,历来争论很多,近人也还有不同意见。有的以为"隋开皇以来,胡乐已盛行于闾阎"(杜佑《通典》),词应即兴起于此时。按燕乐流行之初,可能有个短期只有乐曲而无歌辞。又有人认为词的起源应断自"句法定型"以后,这样就连敦煌曲子也难承认它是初期的词。事实上后来文人写作的词,在句法方面也没有绝对定型而是有所发展变化的。

总之:任何一种文体,最初总是起自民间,然后才为文人所采取,词当然也不例外。中唐的刘(禹锡)、白(居易)等都是文人,当他们依照民间乐曲填词的时候,前面当然还有一段历史,这是无可怀疑的。

(二)词在发展中形成的两种途径

首先略谈从民间曲子词到诗客曲子词的发展情况。

大体上是沿着这样一个方向发展的:(1)排斥俚俗语言,让它典雅化起来。把旧时作诗炼字琢句一套办法又搬到词里来运用。因而逐渐由浅显走向浑成,但尚无晚宋词晦涩之病。(2)词在民间初创阶段,体式并不怎样严格。到了诗人手里,便从章句声韵上去考究,使得形式固定下来。(3)市民词的内容原是多方面的,但那些寄情声色的诗客,供奉内廷的词臣,为了自己或统治者消遣享乐的需要,大量写艳词,创制了新的宫廷文学。

经过这样一个阶段,固然使得词由民间文学逐渐成为封建文学的形式;但同时也使得词的体制和作法更为成熟,奠定了后来在两宋大发展的基础。

词在继续不断发展中,形成了不同的两种途径:

第一条途径是：创制新调，要求歌辞与音乐密切配合。《花间集》里共收七十七调，见于崔令钦《教坊记》者五十五，其他二十二调可能系后来新制。《教坊记》所载调名如《曲玉管》、《夜半乐》、《倾杯乐》、《兰陵王》等，不见于晚唐五代词而又见于宋词，可见宋人采用旧调的范围较广，但唐、宋乐曲不一定完全相同。如：白居易的《杨柳枝》不同于朱敦儒的《杨柳枝》；韦应物的《三台》不同于万俟雅言的《三台》；张祜的《雨零铃》不同于柳永的《雨霖铃》。大致唐诗人习惯为五、六、七言绝句，如何使声拍相合是乐工的事。宋词人则每借旧调而衍其声，并配以参差长短的句子。这说明自唐迄宋，词乐在陆续发展中，而且曲与词的配合逐渐讲究起来。

北宋柳永、周邦彦等通晓音律，既本古乐以翻新调，又善于制作谐合音谱的歌辞。但张炎对于周邦彦的评论，还嫌他没有做到尽善尽美。《词源》卷下说："崇宁立大晟府，命周美成诸人讨论古音，审定古调……而美成诸人又复增演慢曲、引、近或移宫换羽为三犯、四犯之曲，按月律为之，其曲遂繁。美成负一代词名，所作之词浑厚和雅，善于融化诗句而于音谱且间有未谐。"按方千里等和周词简直四声不敢稍异，张炎还指摘他"间有未谐"，可见此派对于合乐要求之高。

就今日存词来看,温庭筠但分平仄,晏殊则注意到去声,柳永更重视分去上,此后周邦彦、姜夔、张炎等对于字声的要求一个比一个严格。姜夔在他的《满江红》序里指出:"《满江红》旧词用仄韵多不协律,如末句用'无心扑'三字,歌者将'心'字融入去声,方谐音律。"并说明他在过巢湖时作了一首平韵《满江红》,"末句云'闻佩环'则协律矣",因知姜夔是反对让歌者融声以谐律的。张炎在《词源》里记载他的父亲张枢"每作一词,必使歌者按之,稍有不协,随即改正"。并举《瑞鹤仙》"粉蝶儿扑定花心不去"句改"扑"为"守"乃协,说明"雅词协音,虽一字亦不放过";又举《惜花春起早》"琐窗深"句改"深"为"幽",仍不协,改为"明"字,歌之始协,说明虽同为平声,亦"有轻清、重浊之分"。按"深"、"幽"与"明"辞义正相反,是重视协律,已不顾歌辞的内容了。

与此相反的另一种途径,就是黄庭坚所谓"寓以诗人之句法"(《小山词序》),要求"清壮顿挫,能动摇人心"(同上),而把协律放在第二位。

黄庭坚词,晁补之曾讥诮他是"著腔子唱好诗"。苏轼"以诗为词"更为明显,他简直在词的发展中划下一条分界线。

当时因袭唐、五代词风的作家,如晏几道曾自述其作词动机是"病世之歌词,不足以析酲解愠"(《小山词》自序),因别制新词由家伎"品清讴娱客"(同上),还是以能应歌为主。秦观所作也"语工而入律"(《避暑录话》)。苏轼却于此时给词另辟一条新的途径。王灼说:"东坡先生以文章馀事作诗,溢而作词曲,高处出神入天,平处尚临镜笑春,不顾侪辈。或曰:'长短句中诗也。'为此论者,乃是遭柳永野狐涎之毒;诗与乐府同出,岂当分异?"(《碧鸡漫志》卷二)可见当时有人反对走这一途径,而王灼则为之辩护。

前人对于苏词的评价大都很高,看法也大体相近。晁补之说:

> 苏东坡词,人谓多不谐音律。然居士辞横放杰出,自是曲子中缚不住者。(《能改斋漫录》卷十六)

胡寅说:

> 眉山苏氏,一洗绮罗香泽之态,摆脱绸缪宛转之度。使人登高望远,举首高歌。而逸怀浩气,超然乎尘俗之外。于是《花间》为皂隶,而柳氏为舆台矣。(《酒边词序》)

刘辰翁说：

> 词至东坡，倾荡磊落；如诗，如文，如天地奇观。（《须溪集·辛稼轩词序》）

从上面这些话看，苏轼词的特点是于音律渐疏，而内容更为丰富。作者的性情抱负更能表现于字里行间。因而词境扩大，词体始尊。

他的影响如何呢？王灼说：

> 东坡先生非心醉于音律者，偶尔作歌，指出向上一路，新天下耳目，弄笔者始知自振。（《碧鸡漫志》卷二）

有哪些人继承这条向上的路呢？元好问说：

> 坡以来，山谷、晁无咎、陈去非、辛幼安诸公俱以歌词取称，吟咏情性，留连光景，清壮顿挫，能起人妙思。亦有语意拙直，不自缘饰，因病成妍者，皆自坡发之。（《遗山文集·新轩乐府序》）

按其他学东坡者如叶梦得、向子諲辈尚多,不一一列举。

词到苏轼确是一大转变,指出作者可以不受音律的束缚,破除艳科的成见,改变声律与词情并重的要求。于是词遂成为"句读不葺之诗"(李清照评论苏词语),一种以长短句抒写广泛内容的新体诗。到后来曲谱散佚,那些严于声律而忽视文辞的作品,声价自减,日即湮没。惟有不赖曲调以存的歌辞,仍为爱好文学者所传诵。

因此,苏轼及其同派对于词的贡献是恢张词体。不仅延长了词的生命,并使其获得新的发展,留给我们以更丰富的遗产。

即今词乐业已失传,我们仍不得不承认词是代表两宋时代的文学。历来皆以汉赋、唐诗、宋词、元曲并称。就存词的量来说:唐词尚有千首以上;宋词则作者逾千家,篇章逾两万,亦足抵全唐诗的半数。

词在文学遗产中的地位,并不是单纯从存词数量来估价的,而是由于以下几点:

(1)在宋王朝统治的三百二十年中,散文和诗的成就都很大,并且反映现实的程度也比较深广;但不能压倒词在宋代作为代表文学的突出地位。词所反映的现实,经两宋名家不断地扩展领域,使得抒写的内容无所不包。即其很大一部分只为娱宾遣兴而作的,事实上也反映了社会的一

个侧面,补诗、文抒写的不足。

(2)词在文学作品中合乐的要求较严,我们根据现存的词,犹可考见古人制作歌辞的方法,从而学习歌辞如何与曲谱密切配合的写作技巧。

(3)词,久已成为脱离音乐而独立的诗体,是一种体制优美的格律诗。因为它采用长短句的形式,在没有合乐要求和限制不甚严格的情况下,抒写就比较自由,所以至今尚作为大家常用的文学体裁之一。前人留下的优秀作品很多,是值得我们珍视的。

从以上三点看来,词正由于是沿着两种不同的途径发展,因而留给我们以更丰富的内容。它是我们值得批判继承的一部分文学遗产。

三　宋元以来的词学

"词"和"词学"的概念是不同的,因而"学词"和"研究词学"的意义也就有所区别。

"学词",通常是指研读作品以至学习填词。"研究词学"则是探讨有关词的专门问题,或就古人存词及论词著述从种种方面加以分析研究;或以前人研究成果为基础继续加以发展。例如:从音乐方面推求,目的在探明词的唱法,这是词乐的研究;论述词的渊源流变以至历代词家及其作品,这是词史的研究;比较众制,寻求其共同规律作为依调填词的标准,这是词谱的研究;归纳唐宋名家词用韵实例,详其得失,并分部排列,以备填词时查考,这是词韵的研究。

其他品藻制作者有批评之学;著录词籍者有目录之学;考订字句者有校勘之学;搜求逸词者有辑佚之学;笺证词集者有注疏之学。范围至广,无待烦举。上述有关词学的各方面研究,或前代早有专书,或近人始开其端绪,初学者必须先行掌握其基本知识,方可作进一步研究。

词在初兴起的时候,无所谓专门的词学。但北宋名家已有词论,南宋更有论词专书,至明、清而词学大盛。

北宋论词者,如晁补之、李清照等,除评论作家外,已有些意见接触到词的本质。

晁评见《能改斋漫录》卷十六(《苕溪渔隐丛话后集》三十三引《复斋漫录》,字句略有出入),兹录次:

> 世言柳耆卿曲俗,非也。如《八声甘州》云:"渐霜风凄紧,关河冷落,残照当楼。"此真唐人语,不减高处矣。欧阳永叔《浣溪沙》云:"堤上游人逐画船,拍堤春水四垂天。绿杨楼外出秋千。"要皆绝妙。然只一

"出"字,自是后人道不到处。苏东坡词,人谓多不谐音律。然居士词横放杰出,自是曲子中缚不住者。黄鲁直间作小词,固高妙,然不是当行家语,自是著腔子唱好诗。晏元献不蹈袭人语,而风调闲雅,如"舞低杨柳楼心月,歌尽桃花扇底风"(按此二句系小山词),知此人不住三家村也。张子野与柳耆卿齐名,而时以子野不及耆卿。然子野韵高,是耆卿所乏处。近世以来,作者皆不及秦少游,如"斜阳外,寒鸦万点,流水绕孤村",虽不识字人,亦知是天生好言语。

至于李清照的词论,既简述词在唐五代的发展情况,又评论当代的作家,并于词的音律也曾论及。因此《词苑丛谈》把晁评录入《品藻》而将此录入《体制》。

  李易安云:乐府、声诗并著,最盛于唐。开元、天宝间,有李八郎者,能歌擅天下。时新及第进士开宴曲江。榜中一名士,先召李,使易服隐名姓,衣冠故敝,精神惨沮,与同之宴所,曰:"表弟愿与坐末。"众皆不顾。既酒行乐作,歌者进。时曹元谦、念奴为冠。歌罢,众皆咨嗟称赏。名士忽指李曰:"请表弟歌。"众皆哂,或有怒者。及转喉发声,歌一曲,众皆泣下,罗拜曰:"此李八郎也。"自后郑、卫之声日炽,流靡之变日繁。已有《菩萨蛮》、《春光好》、《莎鸡子》、《更漏子》、《浣溪沙》、《梦江南》、《渔父》等词,不可遍举。五代干戈,四海瓜分豆剖,斯文道熄。独江南李氏君臣尚文雅,故有"小楼吹彻玉笙寒"、"吹绉一池春水"之辞,语虽奇甚,所谓"亡国之音哀以思"也。逮至本朝,礼乐文武大备。又涵养百馀年,始有柳屯田永者,变旧声作新声,出《乐章集》,大得声称于世,虽协音律,而词语尘下。又有张子野、宋子京兄弟、沈唐、元绛、晁次膺辈继出,虽时时有妙语,而破碎何足名家。至晏元献、欧阳永叔、苏子瞻,学际天人,作为小歌词,直如酌蠡水于大海,然皆句读不葺之诗尔,又往往不协音律者,何耶?盖诗文分平侧,而歌词分五音,又分五声,又分六律,又分清浊、轻重。且如近世所谓《声声慢》、《雨中花》、《喜迁莺》,既押平声韵,又押入声韵。《玉楼春》本押平声韵,又押上去声,又押入声。本押仄声韵,如押上声则协;如押入声则不可歌矣。王介甫、曾子固文章似西汉,若作一小歌词,则人必绝倒,不可读也。乃知别是一家,知之者少。后晏叔原、贺方回、秦少游、黄鲁直出,始能知之。又晏苦无铺叙,贺苦少典重,秦即专主情致而少故实,譬如贫家美女,虽极妍丽丰逸,而终乏富贵态。黄即尚故实而多疵病,譬如良玉有瑕,价自减半矣(《苕溪渔隐丛话后集》卷三十三)。

陆游《老学庵笔记》谓易安"讥弹前辈,概中其病"。关于论音律部分,虽寥寥数语,实前人所未发。

以上只是论词片断。到了宋季、元初,便有词学专著,如:《碧鸡漫志》、《乐府指迷》、《作词五要》、《词源》、《词旨》等是。

《碧鸡漫志》,宋王灼晦叔撰。前有己巳(宋高宗绍兴十九年、公元1149)三月自序,略谓:"乙丑(绍兴十五年、公元1145)冬,予客寄成都之碧鸡坊妙胜院。自夏涉秋,与王和先、张齐望所居甚近,皆有声妓,日置酒相乐,予亦往来两家不厌也……予每饮归,不敢径卧。客舍无与语,因旁缘是日歌曲,出所闻见,仍考历世习俗,追思平时论说,信笔以记,积百十纸混群书中,不自收拾。今秋开箧偶得之,残脱逸散,仅存十七。因次比增广成五卷,目曰《碧鸡漫志》。"其书部分评论作家作品,大部分则述古初以至唐、宋声歌的递变。三卷以下更分列二十几个调名,一一考其得名由来和渐变为宋词的沿革。

《乐府指迷》,宋沈义父撰。义父字伯时,吴江震泽人。《花草粹编》曾附刻其书,据书前自题谓:"壬寅秋,始识静翁于泽滨,癸卯,识梦窗,暇日相与唱酬。"壬寅、癸卯为淳祐二年(公元1242)、三年,大约他是理宗时人。"静翁",疑指翁元龙(字时可,号处静)。

全书凡二十八条,内容比较重要者,如:

(1)论词以周邦彦为宗。

(2)谓两人名不可对使,如周邦彦《宴清都》的"庾信愁多,江淹恨极"等亦不可学。

(3)主张用代辞,"如说桃不可直说破桃,须用红雨、刘郎等字;说咏柳不可直说破柳,须用章台、灞岸等字"。

(4)去声字最为紧要,平声可用入声字替,上声字最不可用去声字替。

(5)指出"古曲谱多有异同。至一腔有两三字多少者,或句法长短不等者,盖被教师改换;亦有嘌唱一家多添了字"。

以上二、三两条并不正确。第四条万树《词律》曾用其说。末条盖承认词可以有衬字。

《作词五要》,宋杨缵守斋撰。守斋字继翁,又号紫霞翁。《词源》云:"近代杨守斋精于琴,故深知音律,有圈法周美成词。与之游者:周草窗、施梅川、徐雪江、奚秋崖、李商老。每一聚首,必分题赋曲。但守斋持律甚严,一字不苟作,遂有作词五要。"《词源》曾附录其说:第一要择腔;第二要择律;第三要填词按谱;第四要随律押韵;第五要立新意。

《词源》,宋遗民张炎撰。炎字叔夏,号玉田,又号乐笑翁,临安人。其书上卷研究声律,探本穷源,自"五音相生"至"讴曲指要"凡十四节。下卷泛论乐章,计分音谱、拍眼、制曲、句法、字面、虚字、清空、意趣、用事、咏物、节序、赋情、离情、令曲、杂论十五节(末附《作词五要》)。其论作法,语多精到。他提出"清空"之说,以姜夔为宗。

据下卷卷首自述:"昔在先人(张枢)侍侧,闻杨守斋、毛敏仲、徐南溪诸公商榷音律,尝知绪馀。故生平好为词章,用功逾四十年,未见其进。今老矣,嗟古音之寥寥,虑雅词之落落,僭述管见,类列于后,与同志者商略之。"是其书作于晚年。今为研究词学者重要参考。

《词旨》,元陆辅之撰。书首序云:"予从乐笑翁游,深得奥旨制度之法。"又说:"……作《词旨》,语近而明,法简而要,俾初学易于入室云。"据此则辅之尝闻词学于张炎,其书是为便利初学写的。书分上、下两卷。上卷:(1)词说七则;(2)属对凡三十八则;(3)乐笑翁奇对凡二十三则。下卷:(1)警句凡九十二则;(2)乐笑翁警句凡十三则;(3)词眼凡二十六则;(4)单字集虚凡三十三字。以下"两字集虚"及"三字集虚"俱缺佚。

除上述各书外,宋人诗话如吴曾的《能改斋漫录》、胡仔的《苕溪渔隐丛话》、魏庆之的《诗人玉屑》、周密的《浩然斋雅谈》及元吴师道的《吴礼部诗话》等都附有专卷论词。

词学专著虽起于南宋，而其盛则在明、清。述作宏富，不能一一列举，下面只略述梗概。

明代词学著述：关于词谱者有张綖的《诗馀图谱》，程明善的《啸馀谱》；词韵有胡文焕的《会文堂词韵》；关于评论考证的有杨慎的《词品》，陈霆的《渚山堂词话》，俞彦的《爰园词话》。其他如王世贞的《艺苑卮言》，祝允明的《猥谈》，胡应麟的《笔丛》，都穆的《南濠诗话》，也有一部分是论词的。

关于词谱、词韵，后面有专章论及。关于评论考证的以《词品》六卷及拾遗一卷较为博洽。其中有考释调名的，如"词名多取诗句"、"踏莎行"等条；有评论作家作品的，如"斜阳暮"、"李易安词"等条；有论用韵及词语来源的，如"填词用韵宜谐俗"、"词用晋帖语"等条，不赘举。正由于内容庞杂，因而谈奇志怪者有之；疏于考证者有之；甚至论列错误反自矜创获者亦有之。如卷首自序论《草堂诗馀》得名由来云："太白诗名《草堂集》，见郑樵书目。太白本蜀人，而草堂在蜀，怀故国之意也。曰诗馀者，《忆秦娥》、《菩萨蛮》二首为诗之馀而百代词曲之祖也。今士林多传其书而昧其名，故于余所著《词品》首著之云。"

其他《渚山堂词话》、《爰园词话》、《弇州山人词评》等皆可供研究词学参考。至若胡氏《笔丛》,其摘《词品》处亦有未确;祝氏《猥谈》论词曲音调处语而不详;都氏《南濠诗话》论词曲调名尤多牵强附会。

轻率不精,为明人著书通病。清初词学著述,如毛先舒的《填词名解》,赖以邠的《填词图谱》,犹袭明人馀风。稍后则词学研究大为进步。举其专著:词谱则有万树的《词律》及《康熙词谱》;继此而作的复有叶申芗的《天籁轩词谱》、舒梦兰的《白香词谱》、谢元淮的《碎金词谱》;到了晚清,又有徐本立的《词律拾遗》和杜文澜的《词律补遗》。词韵则初有沈谦的《词韵略》;继有叶申芗的《天籁轩词韵》,吴烺、程名世的《学宋斋词韵》,吴应和的《榕园词韵》,戈载的《词林正韵》以及《白香词谱》所附的《晚翠轩词韵》等。

关于论词的书,尤不胜枚举。其较著者有毛奇龄的《西河词话》,李渔的《窥词管见》,王又华的《古今词论》,刘体仁的《七颂堂词绎》,沈谦的《填词杂说》,邹祗谟的《远志斋词衷》,王士禛的《花草蒙拾》,贺裳的《皱水轩词筌》,彭孙遹的《金粟词话》,沈雄的《古今词话》,徐釚的《词苑丛谈》,方成培的《香研居词麈》,先著、程洪的《词洁》,郭麐的《灵芬馆词话》,周济的《论词杂著》,冯金伯的《词苑萃编》,吴衡照的《莲子居词话》,宋翔凤的《乐府馀论》,谢元淮的《填词浅说》，刘熙载的《词概》，孙麟趾的《词径》，蒋敦复的《芬陀利室词话》，丁绍仪的《听秋声馆词话》，谢章铤的《赌棋山庄词话》，江顺诒的《词学集成》，陈廷焯的《白雨斋词话》，郑文焯的《词源斠律》，况周颐的《蕙风词话》，王国维的《人间词话》等。

此外张宗橚有《词林纪事》，以作者时代为次，所选皆有故实或评语之作。叶申芗有《本事词》，纂集唐、宋、辽、金、元有本事可考的词，惜未注明出处。二者可以互相参看，亦为研究词学常用的书。

以上仅粗举大要，后面有关各章节将进一步详谈。

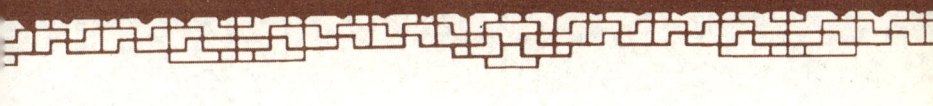

第二章

词的体制

一　词体的类别

词体的种类,说起来头绪纷繁。任中敏在其《词曲通义》里曾列一个表,把它分成五大类。每一类又各有不同的体制:

词体的类别
- (1) 寻常散词（细分引见下）
- (2) 联章者
  - 一题联章、分题联章
  - 演故事者——每词演一事者、多词演一事者
- (3) 大遍　法曲、大曲、曲破
- (4) 成套者　鼓吹、诸宫调、赚词
- (5) 杂剧词　用寻常词调者、用法曲者、用大曲者、用诸宫调者

按上列五类词当其与音乐分离后,联章以下诸体制或已佚

亡,或入为曲,今传的作品很少。因此它们在词中的地位就远不及寻常散词。所谓散词是对联章、大遍和其他成套的词而言,它是具有音乐上独立的性质,可用以单独歌唱的。一般称为"词"的,即指此类,不另立专名。

原表在寻常散词下,又分为三行:

寻常散词 { (1)令、引、近、慢、犯调、摘遍、三台、序子
(2)单调、双调、三叠、四叠、叠韵
(3)不换头、换头、双拽头

以上(2)是就词的体段来区分,其中双调又可分为换头和不换头两类。双拽头则系三叠的一种特殊形式,将在后面有关章节分别讲到。

这里谈的是一种与音乐有关的分法,即:令、引、近、慢、犯调、摘遍、三台、序子。

(一)令、引、近、慢和小令、中调、长调

在没有说明令、引、近、慢等之前,首先应该提到所谓小令、中调和长调,这是着眼于每首词的字数而加以区分的。

自明嘉靖间上海顾从敬刻分调本《草堂诗馀》(《四库总目提要》谓为南宋庆元前所编),始用小令、中调、长调的名称,以后就沿袭下来,如明万历刊本《花草粹编》亦采此分类。

到清人则有更加具体的说明,毛先舒说:"五十八字以内为小令;五十九字至九十字为中调;九十一字以外为长调,此古人定例。"但沈雄又说:"唐、宋作者只有小令、曼词,至宋中叶而有中调、长调之分,字句原无定数,大致(中调)比小令为舒徐,而长调比中调尤为婉转也。今小令以五十九字止,中调以六十字起至八十九字止,遵旧本也。"(《古今词话·词品》)此两说已有出入,起迄各差一字。

这类按字数来严格区分的说法是没有根据的。朱彝尊说:"宋人编集,歌词长者曰慢,短者曰令,初无中调、长调之目。自顾从敬编《草堂词》以臆见分之,后遂相沿,殊为牵率。"(《词综·发凡》)万树亦指出毛先舒说为拘执无据,略谓:"若以少一字为短,多一字为长,必无是理。如《七娘子》有五十八字者,有六十字者,将名之曰小令乎?抑中调乎?如《雪狮儿》有八十九字者,有九十二字者,将名之曰中调乎?抑长调乎?"(《词律·发凡》)

显然,中调既系后起的名称,自无所谓"古人定例"。即令、慢之间,古人也没有按字数来分界限。如必欲采此后起的习惯分法,似只可约略参考顾刻《草堂诗馀》或《花草粹编》而不必拘执。顾刻将《临江仙》列入中调,收词有六十字和五十八字两种;中调又收柳永《夏云峰》"宴堂深"词,竟是九十一字(上片结句应作"时换新音",汲古阁本误脱"时"字),所以并非什么必"遵"的"旧本"。

这种小令、中调、长调的划分在当时究竟有何意义,宋翔凤《乐府馀论》曾作如下解释:

> 其分小令、中调、长调者,以当筵伶伎,以字之多少分调之长短,以应时刻之久暂……诗之馀先有小令,其后以小令微引而长之,于是有《阳关引》、《千秋岁引》、《江城梅花引》之类,又谓之近,如《诉衷情近》、《祝英台近》之类,以音调相近,从而引之也。引而愈长者则为慢,慢与曼通,曼之训引也、长也。如《木兰花慢》、《长亭怨慢》、《拜星月慢》之类,其始皆令也。亦有以小令曲度无存,遂去慢字;亦有别制名目者。则令者,乐家所谓小令也;曰近、曰引者,乐家所谓中调也;曰慢者,乐家所谓长调也。不曰令、曰引、曰近、曰慢,而曰小令、中调、长调者,取流俗易解,又能包括众题也。

这是一种通俗的解释,并将令、引、近、慢和小令、中调、长调的关系互相联系起来。但这种解释,并不能令人满意。

张炎《词源·讴曲旨要》说:"歌曲,令曲四掯匀;破、近六均,慢八均"。就这两句去推测,专从字数的多寡去区分

令、引、近、慢显然是有问题的。王易《词曲史》谈到这一问题时,他认为:

> 令、引、近、慢在宋时名曰小唱,惟以哑篥篪合之,不必备众乐器,故当时便于通行。其节奏以均拍区分,短者为令,稍长者为引、近,愈长则为慢词矣。拍者所以齐乐,施于句终,故名曰齐乐,又曰乐句。拍之多少,以均而定,约两拍为一均。令则以四均为正;引、近则以六均为正;慢则以八均为正。然令有不及四均者,亦有延至六均者;引、近亦有延至八均者;慢亦有延至十均、十二均、十六均者。盖四均、六均、八均之限,乃南宋以来就其大较区之耳。若词调则多倡于北宋,此时均拍之数,固未刻定若是也。故不少六均之调,明称为令;八均之调,明称为引、近者;至于八均以上之慢,又不胜数矣。

什么叫做"均"?沈义父《乐府指迷》说:"词腔谓之均。均,即韵也。"王易谓:"调以均为节,一均略如诗之一联,有上下句,下句住韵,起转之韵不计。"

根据王氏此说,可举令词两例说明如下:

十六字令　　　　　　（宋）蔡伸

天！休使圆蟾照客眠。人何在？桂影自婵娟。

菩萨蛮　书江西造口壁　　　　　　（宋）辛弃疾

郁孤台下清江水,中间多少行人泪?西北是长安,可怜无数山。　青山遮不住,毕竟东流去。江晚正愁予,山深闻鹧鸪。

《十六字令》是单叠两均的令词,"眠"、"娟"协韵处各为一均,而起韵的"天"字不算。《菩萨蛮》双叠四均,此类最多,应是令词的正体。其起韵"水"及转韵"安"、"住"、"予"三字都不算。

其他令词四均者如《清平乐》、《探春令》等;引、近六均者如《千秋岁引》、《祝英台近》、《风入松》、《离亭宴》等;慢词八均者如《木兰花慢》、《满江红》、《摸鱼儿》等。

又吴梅曾经就"大曲紧慢相次之序和南北词引曲正赠之理"来推求引、近、令、慢的区别是在歌拍之缓急。他说:"词中之引,即如大曲之散序,无拍者也;近、令者,有节拍者也;慢者,迟声而歌,如后世之赠板者也。"吴梅认为引无节拍,这和王易说又不同。吴谓"引、近、令、慢之别,自来词家无有论及此者","以南北曲之理论词",也只是"略事推求,粗有悟会"(见《词学季刊》创刊号《论急慢曲书》)。

这是至今尚无定论的问题。王、吴两说虽有出入,但指其区别在节拍而非字数则是一致的。因此有一点我们可以肯定,就是令、引、近、慢的名称,是表示就节拍的不同来区分曲类。唐、宋《乐志》里常以急、慢曲对举,更以"近"、"拍"两字连用于若干词牌上(如《隔浦莲近拍》、《快活年近拍》、《郭郎儿近拍》等),知道是指"近曲"的拍。我们可以领会这些确是拍眼的名词。

(二)词里较少的几种体制

犯调、摘遍、三台和序子几种体制,在词里比较少,现略加说明:

(1)犯调

张炎《词源》说:"或移宫换羽,为三犯四犯。"又姜夔说:"凡曲言犯者,谓以宫犯商、商犯宫之类。"说见其《凄凉犯》小序,《凄凉犯》就是"仙吕调犯商调"。这样看来,犯调是"宫调的移转"。

(2)摘遍

宋人从大曲许多遍内,摘取其一遍单谱单唱,便成为寻常单篇的词,可作"小唱"。如《薄媚摘遍》就是摘取《薄媚》大曲中入破第一的一遍。

(3) 三台

也是摘自大曲,如万俟咏的《兰台》"见梨花初带夜月"一首,是三叠十五均。《词源》论拍眼说《三台》是慢二急三拍。照现传《三台》是每叠五均,这五均中一、二、五字数较多,当为急拍;三、四两均字数较少,当为慢拍。

(4) 序子

这是词里最长的一种体制。四叠,节拍破碎。今传《莺啼序》一调,通首二百四十字,比起《十六字令》恰好十五倍。

二 几种特殊的词体

词中亦有若干调在体制上与一般形式不同,或由于音谱的要求,或显示文字上的技巧。前者如定句叠字和双拽头,后者如福唐独木桥体、长尾韵及回文等。

(一) 由于配合音谱的

(1) 定句叠字

词以善用叠字著称的,有李清照的《声声慢》,但填此调者不一定叠字,所以不能视为特殊形式。有些词调则某一句习惯上都用叠字,积久便成为定格。

结句叠三字者,如:

钗头凤　　　（宋）陆游

红酥手,黄縢酒,满城春色宫墙柳。东风恶,欢情薄,一怀愁绪,几年离索。错,错,错！　　春如旧,人空瘦,泪痕红浥鲛绡透。桃花落,闲池阁,山盟虽在,锦书难托。莫,莫,莫！

结句叠两字者,如:

惜分钗　　　（宋）吕渭老

春将半,莺声乱,柳丝拂马花迎面。小堂风,暮楼钟,草色连云,暝色连空。重,重。　　秋千畔,何人见？宝钗斜照春妆浅。酒霞红,与谁同？试问别来,近日情悰。忡,忡。

《康熙词谱》卷十收《撷芳词》调,计列五体。首列无名氏"风摇动"一词,又引《古今词话》谓此词于政和间传自宫禁,类唐人所作,以禁中有撷园,故名。其后蜀中竞唱之,却于前段下添"忆"、"忆"、"忆"三字,后段下添"得"、"得"、"得"三字。

按《钗头凤》及《惜分钗》可能自《撷芳词》演变而来。其显著区别即在增加叠字结句,至于句中字声及转韵平仄差异都不大。惟调名分歧殊甚。如,元张翥有《摘红英·题春雨惜花》"莺声寂"一首,仍与《撷芳词》同,无叠字结句。宋程垓有《折红英》"桃花暖"一首,上片结句作"惜"、"惜"、"惜",下片结句作"忆"、"忆"、"忆"(毛本《书舟词》注谓:"即《钗头凤》,正伯更名《折红英》。"此说未必可靠。《词谱》谓:"陆游因《撷芳词》中有'可怜孤似钗头凤'句,改名《钗头凤》。"似尚得之。据《齐东野语》及《耆旧续闻》,放翁此词系为被迫与妻唐氏离异而作,盖寄其"钗分"之恨)。此外如《能改斋漫录》载"城南路"一首,调名《玉珑璁》;曾觌"华灯闹"一首,史达祖"春愁远"一首,调名俱作《清商怨》(毛本《海野词》及《梅溪词》已指出其误,并更名《钗头凤》)。

就中史达祖(寒食饮绿亭)"春愁远"一首,毛本上片结句为"忆"、"忆"、"忆",下片结句为"得"、"得"、"得";而周密《绝妙好词》卷二选此词,则上下结各少一字。可见《钗头凤》与《惜分钗》源自同调,所增叠字结句亦可伸缩。毛本《圣求词》跋谓:"《惜分钗》,其自制新谱也。"疑系揣测之辞。

词里某句习惯须叠字者,如:

醉春风　　（宋）赵鼎

　　宝鉴菱花莹,孤鸾慵照影。鱼书蝶梦两消沉,恨、恨、恨！结尽丁香,瘦如杨柳,雨疏云冷。　　宿醉厌厌病,罗巾空泪粉。欲将远意托湘弦,闷、闷、闷！香絮悠悠,画帘悄悄,日长春困。

按《花草粹编》卷七《醉春风》收赵德仁(一作赵与仁或无名氏)"陌上清明近"及赵鼎"宝鉴菱花莹"各一首。两词叠字句用字相同,仅将其在上下片中位置互易。又前后结本系一长句,填词者可随意分逗。赵鼎词较整齐,前后此处皆以三个四言短句组成。赵德仁(?)词前结亦系三短句,后结为"惟有窗前过来明月照人方寸",倘在"月"字下加逗,尚无不可。但《词律》、《词谱》以及近人《词式》等取此词为式,皆将"惟有窗前"断为一句,以致文理欠顺。盖长句在一均以内可作多种不同分逗,无论"四四四"、"八四"……都可构成十二字长句,且上、下片不要求一致。作谱者不明这一事实,致有此误。

(2)双拽头

双拽头是三叠词中一种特殊形式。(近人或谓:"凡是三叠的词,以音律论,前两叠是双拽头。"非也)它的特点是:①词分三段,一般前两段较短;②前两段的句法完全相同,很像第三段的双头。

这种体制在词里比较少,容易被人忽略。自来词谱及词选等书,往往任意分段、断句。万树《词律》一面指明《瑞龙吟》是双拽头,一面又主张分为四段,杜文澜已指出这样就"不能有双拽头之名"。

瑞龙吟　一百三十三字　　　　（宋）周邦彦

章台路,还见褪粉梅梢,试花桃树。愔愔坊陌人家,定巢燕子,归来旧处。　　黯凝伫,因记个人痴小,乍窥门户。侵晨浅约宫黄,障风映袖,盈盈笑语。　　前度刘郎重到,访邻寻里,同时歌舞。惟有旧家秋娘,声价如故。吟笺赋笔,犹记燕台句。知谁伴、名园露饮,东城闲步,事与孤鸿去。探春尽是,伤离意绪。官柳低金缕。归骑晚,纤纤池塘飞雨。断肠院落,一帘风絮。

《花庵词选》卷七录此词并注云:"今按此词自'章台路'至'归来旧处'是第一段,自'黯凝伫'至'盈盈笑语'是第二段,此谓之双拽头。……今诸本皆于'吟笺赋笔'处分段者,非也。"《词律》、《康熙词谱》分段均依《花庵》此说。

再举一例于下:

曲玉管　一百五字　　　（宋）柳永

陇首云飞,江边日晚,烟波满目凭阑久。一望关河,萧索千里清秋,忍凝眸。　　杳杳神京,盈盈仙子,别来锦字终难偶。断雁无凭,冉冉飞下汀洲,思悠悠。　　暗想当初,有多少、幽欢佳会;岂知聚散难期,翻成雨恨云愁。阻追游,每登山临水,惹起平生心事,一场消黯,永日无言,却下层楼。

由于"一望关河萧索千里清秋",向来多在"萧索"处断句,遂致双拽头不甚明显。《词律》竟疑其第二段结句"思悠悠"三字是后叠起句,《康熙词谱》虽指出:"此词前段截然两对,即《瑞龙吟》调所谓双拽头也。"惜仍未分三段,并和《词律》一样以"一望关河萧索"为句。杜文澜谓:"按叶谱（叶申芗《天籁轩词谱》）以'杳杳神京'作第二段为双拽头,宜从。"亦未提出断句问题。就配合一个乐句的文字说,其较长者原可分为几种不同的词句。但此处宜断为"一望关河,萧索千里清秋",取其与第二段相应的句子"断雁无凭,冉冉飞下汀洲"整齐一致。

双拽头的词调,时见于各书的尚有《剑器近》、《绕佛阁》、《安公子》、《秋宵吟》、《踏歌》等。

《剑器近》

此调九十六字,《康熙词谱》卷二十四录袁去华词"夜来雨"为式,注云:"此调惟有此词,无别首可校。"徐本立《词律拾遗》亦收此,皆误将前二段合为一片。近人作谱,如《词式》、《唐宋词格律》等多沿其误。并未提及为双拽头。

《绕佛阁》

此调一百字,首见《片玉集》,或系周邦彦所创制。吴文英、陈允平俱依周词填写。《词谱》据周、吴词比较异同,定出若干字可平、可仄,但与《词律》均误以为是普通的双调。杜文澜引戈载说谓是三叠,仍未明白指出为双拽头。《词式》、《唐宋词格律》都沿误分为两段。

《安公子》

此调柳永有词两首,长短不同,皆无别词可校。其较短的八十字一首系双拽头。《词律》卷十二注谓:"按此调当作三叠……所谓双拽头也。"但从《词律》、《康熙词谱》以至近人所作《词式》,都仍分为两段。惟《天籁轩词谱》改作三叠。

《秋宵吟》

此调有姜夔词九十九字一首,系自度越调曲。《词律》

卷十六注云:"此调应分三叠……亦双拽头之谓耳。"《康熙词谱》卷二十七也说:"此词前段十句,后五句与前五句句读、平仄全同,如《瑞龙吟》调之所谓双拽头也。或是此调体例宜然,填者辨之。"按双拽头显然是由于音谱重复一次,歌辞必须配合填写。《词谱》谓"或是此调体例宜然",似尚未明其理。《词式》谓"此调只有此词,无别首可校",并引《词谱》注。不过在具体分段中,它们都依旧作两片处理。

《踏歌》

徐本立《词律拾遗》卷三补调以朱敦儒《踏歌》"宴阕"一首为式,调名下注云:"八十三字,三叠,与《踏歌辞》无涉。"词后又指出"第一、二叠全同"。检《彊村丛书》本《樵歌》校《拾遗》引词,互异达十二字,徐氏当另据一本。又彊村本《稼轩词补遗》有《踏歌》"撷厥"一首,其第三叠"告第一"句较《樵歌》少两字。朱氏《校记》云:"按此为双曳头调,原本分二段,以'问昨宵'句作过片,据朱敦儒《樵歌》改正。"盖万载辛氏原刻尚未知其为双拽头。

(二) 显示文字技巧的

(1) 福唐独木桥体

简称福唐体或独木桥体,常见的有三种形式:

第一式(隔句用同字协韵)

阮郎归　效福唐独木桥体作茶词　　　　(宋)黄庭坚

烹茶留客驻雕鞍,月斜窗外山。别郎容易见郎难。有人愁远山。　归去后,忆前欢,画屏金博山。一杯春露莫留残,与郎扶玉山。

元好问《遗山乐府》下亦有《阮郎归》独木桥体一首,逢双数句皆押"山"字,与山谷体同。按《阮郎归》为四均的令词,每均有上、下句,下句住韵。今在住韵处用同一"山"字,所以称为独木桥体。很可能是此体的最早形式,其后才衍为多种。

第二式(上半片用同字协韵)

清平乐　酒后二首　　　　　　(元)张翥

先生醉矣,是事忘之矣。欲友古贤谁可矣,严子真其人矣。　问渠辛苦征鞍,何如自在渔竿?终办一丘隐计,西湖鸥鹭平安。

先生醉也,甚矣吾衰也。万物不如归去也,陶令真吾师也。　　篱边菊蕊初黄,为花准备携觞。只恐不如人意,风风雨雨重阳。

第三式(全词用同字协韵)

柳梢青　　　　(宋)辛弃疾

辛酉生日前两日,梦一道士话长年之术,梦中痛以理折之,觉而赋八难之辞。

莫炼丹难,黄河可塞,金可成难。休辟谷难,吸风饮露,长忍饥难。　　劝君莫远游难,何处有、西王母难。休采药难,人沉下土,我上天难。

上词凡八用难字为韵,故谓为"八难之辞"。其特点为所有应协韵及句末一字与韵脚平仄相同者,皆用同一字。石孝友《金谷遗音》有《惜双娇》"我已多情"一首,押韵处凡十用"你"字,与辛词同体。

声声慢　秋声　　　　(宋)蒋捷

黄花深巷,红叶低窗,凄凉一片秋声。豆雨声来,中间夹带风声。疏疏二十五点,丽谯门、不锁更声。故人远,问谁摇玉珮,檐底铃声。　　彩角声吹月堕,渐连营马动,四起笳声。闪烁邻灯,灯前尚有砧声。知他诉愁到晓,碎啾啾、多少虫声。诉未了,把一半分与雁声。

此词与辛词稍有不同者,即有些平声字的句尾,并不与韵脚用同一字。

此外有通首以"也"字为韵的,如黄庭坚的《瑞鹤仙》一首(见《草堂诗馀》卷四),系隐括欧阳修的《醉翁亭记》,词如下:

环滁皆山也。望蔚然深秀,琅琊山也。山行六七里,有翼然泉上,醉翁亭也。翁之乐也,得之心、寓之酒也。更野芳佳木,风高石出,景无穷也。　　游也。山肴野蔌,酒洌泉香,沸筹觥也。太守醉也,喧哗众宾欢也。况宴酣之乐,非丝非竹,太守乐其乐也。问当时太守为谁,醉翁是也。

其后填《瑞鹤仙》调以"也"字为韵者,如:赵长卿《惜香乐府》有"无言屈指也"一首,方岳《秋崖词》有"一年寒尽也"

一首,大约都是效山谷体。

(2)长尾韵

长尾韵实即独木桥体的一种。所不同者,前举各例韵在句的最后一字;此则句尾用同一虚字,而韵脚藏在虚字之上。如:

瑞鹤仙 寿东轩,立冬前一日　　　(宋)蒋捷

玉霜生穗也。渺洲云翠痕,雁绳低也。层帘四垂也。锦堂寒早,近开炉时也。香风递也。是东篱、花深处也。料此花、伴我仙翁,未肯放秋归也。　嬉也。缯波稳舫,镜月危楼,酹琼酰也。笼莺睡也。红妆旋舞衣也。待纱灯客散,纱窗日上,便是严凝序也。换青毡、小帐围春,又还醉也。

《瑞鹤仙》共十三韵,皆协仄。此词将韵脚移至"也"字上,遂不得不六协仄而七协平。

又辛弃疾有《水龙吟》一首,序谓:"用些语再题瓢泉,歌以饮客,声韵其谐,客皆为之醋。"词云:

听兮清珮琼瑶些,明兮镜秋毫些。君无去此,流昏

涨腻,生蓬蒿些。虎豹甘人,渴而饮汝,宁猿猱些。大而流江海,覆舟如芥,君无助、狂涛些。　　路险兮山高些,块予独处无聊些。冬槽春盎,归来为我,制松醪些。其外芳芬,团龙片凤,煮云膏些。古人兮既往,嗟予之乐,乐箪瓢些。

蒋捷《竹山词》亦有《水龙吟》"醉兮琼瀣浮觞些"一首,注云:"效稼轩体招落梅之魂。"用韵方式与辛词同。

(3) 回文

词因受调的限制,其回文与诗不尽相同。有多种形式,最常见的是倒句。《东坡乐府》里有《菩萨蛮》回文七首,兹录其一首于下:

落花闲院春衫薄,薄衫春院闲花落。迟日恨依依,依依恨日迟。　　梦回莺舌弄,弄舌莺回梦。邮便问人羞,羞人问便邮。

又晁端礼《菩萨蛮》回文云:

卷帘风入双双燕,燕双双入风帘卷。明月晓啼莺,莺啼晓月明。　　断肠空望远,远望空肠断。楼上几多愁,愁多几上楼。

张孝祥、朱熹等也作有回文词,都用《菩萨蛮》调。所以采用此调原因,显然是因为全篇由五、七言句构成,且两两对称,具备互倒的条件。

写此种回文词的限制是比较多的,如:①每句首末两字必须同韵;②平仄要能在倒转时不发生障碍;③两字构成的词要选择颠倒后仍能成意,如"诗情"、"情诗";(张孝祥:"谁与话情诗,诗情话与谁。")或与邻近的字结合另成新意,如"残雨"、"残花";(张孝祥:"晚花残雨风帘卷,卷帘风雨残花晚。")④注意全首要成文理;⑤最好一句倒转后能表达另一意思,如:"年去似流川,川流似去年。"(张孝祥词句)

回文词的另一形式是:全首倒读,仍可成为合于本调格律的另一首词。选调的范围既窄,填词时尤须充分运用写作技巧。现录《瑞鹧鸪》、《虞美人》各一例于次:

瑞鹧鸪　席上　　　　(宋)郭世模(从范)

倾城一笑得人留,舞罢娇蛾敛黛愁。明月宝鞴金络臂,翠琼花珥碧搔头。　　晴云片雪腰支嫋,晚吹微波眼色秋。清露亭皋芳草绿,轻绡软挂玉帘钩。(《花

草粹编》卷六)

虞美人　　　　(宋)王文甫(齐愈)

黄金柳嫩摇丝软,永日堂空(原误作堂)掩。卷帘飞燕未归来,客去醉眠欹枕、䑃残杯。　　眉山浅拂青螺黛,整整垂双带。水沉香熨窄衫轻,莹玉碧溪春溜(原误作流)、眼波横。(《花草粹编》卷六)

明张綖又利用《虞美人》调与七律诗字数相同,写过一首可以回读为七言律诗的《虞美人》如下:

堤边柳色春将半,枝上莺声唤。客游晓月绮罗稠,紫陌东风弦管、咽朱楼。　　少年抚景惭虚过,终日看花坐,独愁不见玉人留,洞府空教燕子、占风流。(沈雄《古今词话·词品上》)

此种形式除选调须符合一首诗的字数外,还要注意:①同时顾及诗韵和词韵;②要做到既可成为七言,又可分合为长短句;③要注意律诗的对仗;④变动后无论是诗是词,都要能成文理。

回文词因受形式束缚太甚,内容大都较差,只是一种文字游戏而已。

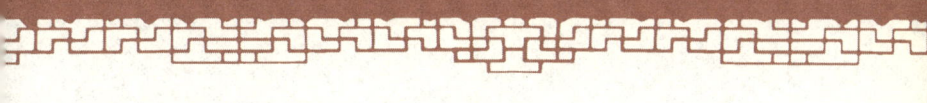

第三章

词调的由来及其繁衍

一　因袭与创制

调和词有什么关系，词调是怎样来的呢？

调和词的关系原来在"合乐"这点上，也就是表明应依某一乐谱去唱。自从词乐失传后，在意义上起了变化，它只表明是依某一旧调的章句声韵写的，虽然同样叫做"填词"或"倚声"，可是实质上并不一样。

关于词调是怎样来的，现说明几点：即音谱的来源、调名的沿袭与创新、自度腔或自制腔。

(一)音谱的几种来源

唐宋词调大约有六个主要来源：

(1)截取隋、唐的大曲、法曲或引用琴曲。例如：《伊州令》、《婆罗门引》、《剑器近》、《石州慢》、《霓裳中序第一》、《六州歌头》、《水调歌头》、《法曲献仙音》、《醉翁操》、《风入松》、《昭君怨》等。

(2)由民歌、祀神曲、军乐等改变的,例如:《竹枝》、《赤枣子》、《渔歌子》、《二郎神》、《河渎神》、《江神子》、《征部乐》、《破阵子》等。

(3)从国外或边地传入的。例如:《菩萨蛮》、《苏幕遮》、《普赞子》、《蕃将子》、《八声甘州》、《梁州令》、《氐州第一》等。

(4)宫廷创制:有的出于帝王,如《水调》、《河传》、《破阵乐》、《雨霖铃》、《燕山亭》;有的出于乐工,如《夜半乐》、《还京乐》、《千秋岁》等。

(5)宋大晟乐府所制。例如:《徵招》、《角招》、《黄河清》、《并蒂芙蓉》、《五福降中天》等。

(6)词人自度(制)曲。如姜夔的《扬州慢》、《淡黄柳》、《惜红衣》、《凄凉犯》和《长亭怨慢》等。柳永《乐章集》里用调达一百二十个,但仅有七个同于敦煌旧曲。其《昼夜乐》、《佳人醉》、《殢人娇》等,可能都是为歌妓制作。

以上六种来路,前三种属于因袭,后三种则出自创新。

(二)调名的沿袭与创新

今传词调名称,也可分为沿袭与创新两类。

上述音谱的来源有六，其中完全或部分因袭旧制者，则调名亦必沿用或略作改动，如增"歌头"、"第一"等字样。其出于自度腔并制词者，当然调名亦系新立，如姜夔的《凄凉犯》小序云："琴有凄凉调，假以为名……亦曰《瑞鹤仙影》。"则一调而命以两个新名。

大体说来，传词所写的内容与调名没有任何关系，总是沿袭旧谱填词，其关联明显的，可能是自度新腔。所应注意者，这不能就某一词调的别名去考虑。因用旧谱而易以新名者甚众，如张炎有《红情》、《绿意》二词，分咏荷花、荷叶，调名与词意相应。选本往往录词而略序，就难免使读者误解为张炎的自制腔。据《山中白云词》卷六此词自序云："《疏影》、《暗香》，姜白石为梅著语，因易之曰《红情》、《绿意》，以荷花、荷叶咏之。"更检《白石道人歌曲》，知此两曲系为范成大"授简索句，且征新声"而作。其他无明白记载而须作出判断时，考虑即不可不慎。

以下略谈词调得名与歌词内容关系的演变情况。

词调最初创制的时候，应该都有意义，而且和内容有密切关联，大多数调名也就是词的题目。例如《摸鱼子》写摸鱼，《卜算子》写卖卜，《诉衷情》写爱情，《祝英台近》写梁祝故事，《鹊桥仙》写牛郎织女相会。姜夔的《暗香》、《疏影》，明明是从林逋"疏影横斜水清浅，暗香浮动月黄昏"两句诗各摘两个字,内容也是咏梅。

我们打开《花间集》,就可以看出《南乡子》总是写南方风物;《河渎神》总是写迎神祀庙;《临江仙》总是写江妃水媛。其他如《更漏子》、《女冠子》、《天仙子》、《渔歌子》、《巫山一段云》等,大抵也是就题发挥。

此外还有就本词的字数或词句命名的。例如《十六字令》全首共十六个字,《三字令》通首为三字句。段成式的《闲中好》、白居易的《忆江南》各取其词的首句或末句为名,这也应算得和词的本身有关联。

不过,摘词句为名的,多半不是作者而是后人。例如《念奴娇》因苏轼的一首词,便又名《大江东去》、《大江东》、《酹江月》、《酹月》,甚至由于"东"字错成"乘"字,凭空添出一个《大江乘》这样莫名其妙的调名。又如《水龙吟》一名《小楼连苑》,是从秦观词"小楼连苑横空"句来的,《花草粹编》竟另列一调,抄了杨樵云的咏梅词一首。这样,和词的内容就毫无关联,越走越远了。

现在,有些词调还可找出命名的由来,可是大多数已经没办法了。宋人好以《暗香》、《疏影》来咏梅花、《惜红衣》来咏荷花,还是采用姜夔创调的原意;但如《河渎神》原是祀神曲,后人也有依声来填写情词的。这样,只是借调抒写,就不管原来创调的意义。自从绝大多数的作者都这样办,再加有些创调的原词已经失传,我们在今天就很难把调名原意一一考证出来了。

明、清以来,曾经有些研究词学的人想做到这一点,但他们的意见也很不一致。以《满庭芳》为例吧,杨慎说是取自吴融"满庭芳草易黄昏"诗句;都穆说是本柳宗元诗"满庭芳草积"。像这样去寻源,大家争来争去并不解决问题。试想唐以前诗中用过"满庭芳草"的恐尚不止这两句。毛先舒作过《填词名解》,自称"参伍钩稽,颇获端绪",其实也未免自我吹嘘。例如他说《师师令》是张先为汴妓李师师作,就是沿袭杨慎《词品拾遗》的错误。张先活了八十九岁,可惜神宗元丰元年(公元1078)就死了,怎会看见徽宗时(公元1101—1125年)的汴京名妓李师师呢?

我想,知道创调时原词的内容写的什么,可以作为了解这一词调声情的参考,因而调名起源确可考查的不妨搞清楚,如将那些来历不明的也都加以悬揣附会,就没有什么意义了。

总之:在词乐尚未完全失传以前,有部分腔调已逐渐失去音谱,无法歌唱;作者依照旧词填写,也无意为应歌之用。另一方面,乐工和文人根据需要,继续不断地在创制新调并填词。这种情况,一直延续到曲兴起而取代了词的地位。此后,词便成为格律诗的一种,直至今日犹不废填词。不过,词是新的创作而调则全袭旧名了。

(三)自度腔或自制腔

据说率意吹管成腔,然后填词,这种叫做自度腔;先率意为长短句,然后制谱,就叫做自制腔。柳永、周邦彦、姜夔、吴文英等词集中有很多新调,就是这样来的。不过,哪首是先作词而后制谱,哪首是先有新声而后填词,除极少数尚有说明外,后人已无法搞清当时的程序。因此,所谓"自度"与"自制"混用已久。

《白石道人歌曲》沈逊斋仿刻宋嘉泰钱希武本,其目录卷五为"自度曲",录《扬州慢》、《长亭怨慢》、《淡黄柳》、《石湖仙》、《暗香》、《疏影》、《惜红衣》、《角招》、《徵招》九调。卷六为"自制曲",录《秋宵吟》、《凄凉犯》、《翠楼吟》、《湘月》四调。今检各词自序云:

《扬州慢》:"因自度此曲。"

《长亭怨慢》:"予颇喜自制曲,初率意为长短句,然后协以律,故前后阕多不同。"

《淡黄柳》:"因度此曲,以纾客怀。"

《惜红衣》:"自度此曲,以无射宫歌之。"

《角招》:"予每自度曲。"

《徵招》:"此一曲乃予昔所制。"

以上虽列入"自度曲",而《长亭怨慢》、《徵招》的序都称"制"。又:

《翠楼吟》:"度曲见志。"
《湘月》:"予度此曲。"

此又收入"自制曲"而词序明明言"度"者。更查书中五、六两卷皆题"自制曲",与目录并不符合。许增榆园本系据陆锺辉本重刊,即将宋本五六两卷合并为卷四而统题为"自制曲"。可见"度"、"制"之别,宋时已难言之,后人更不复措意。

某调为何人所创制,有时亦见于他家记载。例如:《玉梅令》据《白石道人歌曲》知为范成大家所制。白石序云:"石湖家自制此声,未有语实之,命予作。"《西子妆慢》据《山中白云词》知为吴文英所制。以张炎填此调序谓:"吴梦窗自制此曲,余喜其声调妍雅,久欲述之而未能。甲午春寓罗江,与罗景良野游江上,绿阴芳草,景况离离,因填此解。惜旧谱零落,不能倚声而歌也。"

无论自度腔或自制腔,音谱及歌词是否出自一人之手,都属新的创制而使得词调增多。

此外还有一种并非创制,只是把旧调平仄互换一下。词调本用仄韵而改为平韵的,如姜夔的《满江红》"仙姥来时",叶梦得的《念奴娇》"洞庭波冷";词调本用平韵而改为仄韵的,如李清照的《声声慢》"寻寻觅觅",秦观的《雨中花慢》"指点虚无征路"。这样就又增加不少所谓又一体了。

二　别体和异名

较详的词谱,在很多词调的后面,总是列有"又一体"。清康熙二十二年(公元1683)万树作《词律》收了六百六十调,就有一千一百八十体,调体的比例还不到加倍(晚清同治年间,徐本立作《词律拾遗》,补一百六十五调,四百九十五体。杜文澜作《词律补遗》,又增加五十调。连同《词律》原书共得八百七十五调,一千六百七十五体,平均每调约有两体)。康熙五十四年(公元1715)王奕清等修的《钦定词谱》收调八百二十六,居然有二千三百零六体。平均每调几乎达到三体了。究竟这些别体怎样演变来的呢?

(一)别体产生的原因

主要原因是这样:古人写词,有两种不同情况。一种是不大懂得音乐的,就依声填词,如刘禹锡在他的《忆江南》词前就叙明:"和乐天春词,依《忆江南》曲拍为句。"一种是懂得音乐的,如《旧唐书》就记载温庭筠"能逐弦吹之音,为侧艳之词"。逐弦吹之音作词,当然就不必斤斤计较字句某方面的稍有出入,而一以音谱许可的范围为准。因此同一词调而句法参差或平仄不大严整的,往往是词人深通乐曲或常与乐工接触的人造成的。后人作谱,就没办法不多列别体,给不懂音乐的文人还可按照成规去填词。至于有些作者,可能因为语句文理上的需要,偶加衬字,也是增多别体原因之一。

词调、词体的增多,除自度(制)腔及平仄韵互换外,常见的还有如下三条途径:(1)由简而繁;(2)由繁而简;(3)谱拍间的变化。

(1)由简而繁

先有小令,后来又有同调名的中调或慢词。如《忆江南》一调,《词律》卷一收以下三体:

忆江南　二十七字　　　　（唐）皇甫松

　　兰烬落,屏上暗红蕉。闲梦江南梅熟日,夜船吹笛雨潇潇。人语驿边桥。

又一体　五十四字　　　　　（宋）吴文英

三月暮,花落更情浓。人去秋千闲挂月,马停杨柳倦嘶风。堤畔画船空。　　厌厌醉,长日小帘栊。宿燕夜归银烛外,啼莺声在绿阴中。无处觅残红。

又一体　五十九字　　　　　（南唐）冯延巳

今日相逢花未发。正是去年,别离时节。东风次第有花开,恁时须约却重来。　　重来不怕花堪折。只怕明年,花发人离别。别离若向百花时,东风弹泪有谁知。

后两首俱较第一首为长,并且第二首显将单调加了一叠。至冯词调名虽同而句法全异。又如《抛球乐》一调,刘禹锡"五色绣团圆"一首系五言六句,中二句对偶,全首不过三十字。冯延巳"霜积秋山万树红"一首则为四十字、六句,惟第五句五字,馀皆七字。其中二句亦对偶,且同为单调,仍有近似处。至若柳永"晓来天气浓淡"一首,竟成为长达一百八十七字的双调慢词。

此外如《梅花引》叠为《小梅花》,《接贤宾》叠为《集贤宾》,《忆故人》叠为《烛影摇红》,后者都即前者的加倍而另立调名。

(2) 由繁而简

先有大曲、法曲，然后有歌头、摘遍等。例如《泛清波摘遍》、《法曲第二》等都是从大曲或法曲摘取其声音美听而又能自为起结的一遍，单独谱唱成为一般的词。下面是吴文英的《梦行云》：

箪波皱纤縠，朝炊熟，眠未足。青奴细腻，未拌真珠斛。素莲幽怨风前影，摇头斜坠玉。　画阑枕水，垂杨梳雨，青丝乱，如乍沐。娇笙微韵，晚蝉理秋曲。翠阴明月胜花夜，那愁春去速。

此调与一般的词毫无区别，但据吴氏自注"即六幺花十八"一语，知系摘自大曲。《碧鸡漫志》卷三云："六幺，一名绿腰，一名乐世，一名录要……欧阳永叔云：'贪看六幺花十八。'此曲内一叠名花十八，前后十八拍，又四花拍，共二十二拍。乐家者流所谓花拍，盖非其正也。曲节抑扬可喜，舞亦随之。而舞筑球六幺至花十八益奇。"按本调首见梦窗此词，或即吴氏所摘。《词律》卷十取作例词，未注可平可仄处。

(3) 谱拍间的变化

这方面种类很多：增减腔调因而字数亦有变动者，如：

《摊破浣溪沙》的结句破七字为十字;《减字木兰花》的一、三、五、七句的七字减为四字而转入两平韵;《偷声木兰花》上下片皆前用原调而后用减字;《添声杨柳枝》将原为七言四句诗的《杨柳枝》在每句下各添一个三字句等。各录一例于下以资比较:

浣溪沙　徐门石潭谢雨道上作　　　（宋）苏轼

麻叶层层檾叶光,谁家煮茧一村香？隔篱娇语络丝娘。　垂白杖藜抬醉眼,捋青捣䴷软饥肠,问言豆叶几时黄？

摊破浣溪沙　　　　　　　（南唐）李璟

菡萏香销翠叶残,西风愁起绿波间。还与韶光共憔悴,不堪看。　细雨梦回鸡塞远,小楼吹彻玉笙寒。多少泪珠何限恨,倚阑干。

木兰花　邠州作　　　　　（宋）张先

青钱贴水萍无数,临晓西湖春涨雨。泥新轻燕面前飞,风慢落花衣上住。　红裙空解烟蛾聚,云月却能随马去。明朝何处上高台,回认玉峰山下路。（按宋词《木兰花》、《玉楼春》两调句法全同。《花间集》所载《木兰花》共三体,与此稍异。)

减字木兰花　　　　(宋)张先

垂螺近额,走上红裀初趁拍。只恐轻飞,拟倩游丝惹住伊。　　文鸳绣履,去似杨花尘不起。舞彻伊州,头上宫花颤未休。

偷声木兰花　　　　(宋)张先

雪笼琼苑梅花瘦,外院重扉联宝兽。海月新生,上得高楼无奈情。　　帘波不动凝釭小,今夜夜长争得晓?欲梦高唐,只恐觉来添断肠。

杨柳枝　　　　(唐)白居易

六幺水调家家唱,白雪梅花处处吹。古歌旧曲君休听,听取新翻杨柳枝。

添声杨柳枝　　　　(后蜀)顾夐

秋夜香闺思寂寥,漏迢迢。鸳帏罗幌麝烟消,烛光摇。　　正忆玉郎游荡去,无寻处。更闻帘外雨潇潇,滴芭蕉。(按《花间集》载此词仍名《杨柳枝》,《康熙词谱》收此称《添字杨柳枝》。)

因律调的变动而成为新体者,如转调的《转调踏莎行》在《踏莎行》每段后半加字而变其句法,转换宫调,自成新声,犯调的《凄凉犯》以仙吕调犯双调,《六丑》凡犯六调,皆声之美者;过腔的《湘月》,姜夔自序云:"即《念奴娇》之鬲指声也,于双调中吹之。鬲指亦谓之过腔,见晁无咎集。凡能吹竹者便能过腔也。"录《踏莎行》及《转调踏莎行》各一例于下:

踏莎行　　　　（宋）晏殊

细草愁烟,幽花怯露,凭阑总是消魂处。日高深院静无人,穿帘海燕双飞去。　　带缓罗衣,香残蕙炷,天长不禁迢迢路。垂杨只解惹春风,何曾系得行人住。

转调踏莎行　　　　（宋）曾觌

翠幄成阴,谁家帘幕。绮罗香拥处、觥筹错。清和将近,奈春寒更薄。高歌看簌簌梁尘落。　　好景良辰,人生行乐。金杯无奈是、苦相虐。残红飞尽,袅垂杨轻弱。来岁断不负莺花约。(按陈亮的《转调踏莎行》"洛浦尘生"一首与此句法又不同。)

(二)异名述例

最后,略谈关于词调的异名。

前面曾经提到有摘取词句另立名的办法,这便是异名产生的主要原因。大致有如下两种情况:其一是作者有意为之。例如贺铸的《寓声乐府》,张辑的《东泽绮语债》,虽依旧调填词,但都另立新名,下面是贺铸的一首词:

半死桐

重过阊门万事非,同来何事不同归?梧桐半死清霜后,头白鸳鸯失伴飞。　　原上草,露初晞。旧栖新垄两依依。空床卧听南窗雨,谁复挑灯夜补衣?

这首词的调子分明就是《鹧鸪天》,内容是悼亡。他所以就词中的一句摘"半死桐"三字做调名,显然是有意使得调名和词发生联系。

其次是后人摘自名作的词句。如《念奴娇》为通称的正名,异名除前举五个外,其他尚多:

《赤壁词》　《大江西上曲》　《太平欢》

《淮甸春》　　《寿南枝》　　《湘月》

　　　《百字令》　　《百字谣》　　《古梅曲》

　　　《壶中天》　　《壶中天慢》　《白雪词》

　　　《无俗念》　　《庆长春》　　《双翠羽》

　　　《千秋岁》　　《杏花天》

　　以上《赤壁词》当仍由苏轼"赤壁怀古"一首得名。其他《大江西上曲》系因宋戴复古词有"大江西上"句；《太平欢》系因宋姚述尧词有"太平无事，欢娱时节"句；《淮甸春》系因宋张辑词有"柳花淮甸春冷"句；《寿南枝》系因宋韩淲词有"年年眉寿，坐对南枝"句；《湘月》系由宋姜夔为此调的隔指声另立新名（张炎填此调时尚提及）；《百字令》或《百字谣》的得名显然由于本调字数。其他不赘述。

　　此外还要说明的，就是有些既是某调的异名，又是另一调的正名，如上列的《千秋岁》、《杏花天》都是。

　　七十一字或七十二字体的《千秋岁》又名《千秋节》。五十四字的《杏花天》别名《杏花风》；而《杏花风》同时又是《桃源忆故人》的异名之一，它是因韩淲词有"杏花香里东风峭"句得名的。

　　有关这类问题的工具书，除多数词谱有详略不同的说明外，如近人编的《词名索引》（中华书局版）亦可供参考。

第四章

词的章法

一　词的分段

词,如果就分段情况去区别,可分为:单调、双调、三叠、四叠、叠韵五种。

一段的叫单调,两段的叫双调,三叠、四叠也就是指分三段、四段的。

这里所谓双调,跟宫调里同一名词的涵义是不同的。因其容易相混,有人主张用"再叠"。

现存词调,以两段的为最多,其次是一段和三段的,四段的很少见。

至于叠韵,就是将寻常双调的词,用原韵再叠一倍成为四叠。

现分别说明于下:

(一) 单调和双调

单调的词都是比较短小的。短的不过十几个字,如《竹枝》、《苍梧谣》等;长的也只三四十字,如《望梅花》(和凝"春草全无消息"一首三十八字)、《抛球乐》(冯延巳"霜积秋山万树红"一首四十字)等。

常用的单调有:《如梦令》、《忆江南》、《忆王孙》、《南歌子》、《南乡子》、《渔歌子》、《何满子》、《捣练子》、《天仙子》、《荷叶杯》、《诉衷情》等(上述各调亦有重叠为双调的)。

录单调一例于次:

如梦令　　　(宋)秦观

遥夜月明如水,风紧驿亭深闭。梦破鼠窥灯,霜送晓寒侵被。　无寐,无寐,门外马嘶人起。

双调的词,长短悬殊很大。短的令词,如《长相思》(三十六字)、《相见欢》(三十六字)、《醉太平》(三十八字)、《长命女》(三十九字)等,虽是双叠,不一定比单调长;长的如《浪淘沙慢》、《多丽》、《六丑》、《六州歌头》等都是一百几十字的慢词,更长的《哨遍》,竟达二百零三字。

从这里可以看出:小令不一定都是单调;慢词也不一定都是三叠、四叠。同一调名的《抛球乐》,单调和双调长短的比较仅及六分之一;同是《更漏子》,温庭筠与杜安世所作截然不同。这又说明有些双调是由单调重叠而来;有些除调名相同外,简直找不出其他关系。

双叠常用的词调,如《生查子》、《点绛唇》、《浣溪沙》、《菩萨蛮》、《采桑子》、《卜算子》、《减字木兰花》、《清平乐》、《浪淘沙》、《鹧鸪天》、《临江仙》、《虞美人》、《玉楼春》、《踏莎行》、《蝶恋花》、《青门引》、《一剪梅》等,都在六十字以下。较长的则有《千秋岁》、《鹊桥仙》、《满江红》、《满庭芳》、《八声甘州》、《念奴娇》、《高阳台》、《木兰花慢》、《水龙吟》、《齐天乐》、《雨霖铃》、《永遇乐》、《望海潮》、《沁园春》、《贺新郎》、《六州歌头》等。

录双叠一例于次:

青门引　　（宋）张先

乍暖还轻冷,风雨晚来方定。庭轩寂寞近清明,残花中酒,又是去年病。　　楼头画角风吹醒,入夜重门静。那堪更被明月,隔墙送过秋千影。

(二)三叠、四叠和叠韵

三叠的词,如:《西河》、《十二时慢》、《兰陵王》、《夜半乐》、《宝鼎现》、《戚氏》等调都是。其中《西河》一百零五字,《戚氏》二百一十二字,长短相差约一倍。

特殊体制的"双拽头",也是三段的。

录一般三叠最短的一例于次:

西河 金陵怀古 (宋)周邦彦

佳丽地,南朝盛事谁记?山围故国绕清江,髻鬟对起。怒涛寂寞打孤城,风樯遥度天际。　断崖树、犹倒倚,莫愁艇子曾系。空余旧迹郁苍苍,雾沉半垒。夜深月过女墙来,伤心东望淮水。　酒旗戏鼓甚处市?想依稀、王谢邻里。燕子不知何世,入寻常巷陌人家相对,如说兴亡斜阳里。

末两句一般认为"对"协韵,依文理宜在"家"字处断句。

四叠的词调很少,《康熙词谱》卷三十九只收《胜州令》、《莺啼序》两调。《胜州令》录郑意娘词,四段二百一十五字,注云:"此词用韵太杂,无别首可校,姑录以备一体。"

《莺啼序》计录吴文英、黄公绍、汪元量等词五首为式,指明应以吴文英词为正体。计四段,二百四十字。

《词律》四叠词调仅收吴文英《莺啼序》一首,注云:"词调最长者惟此序,而最难订者亦惟此序。盖因作者甚少,惟梦窗数阕与《词林万选》所收黄在轩一首耳。"按《词律拾遗》除从《花草粹编》将郑意娘《胜州令》补调外,并将黄在轩、汪元量各一首补体。现将吴词录次:

莺啼序　　　　（宋）吴文英

残寒正欺病酒,掩沉香绣户。燕来晚、飞入西城,似说春事迟暮。画船载、清明过却,晴烟冉冉吴宫树。念羁情、游荡随风,化为轻絮。　　十载西湖,傍柳系马,趁娇尘软雾。溯红渐、招入仙溪,锦儿偷寄幽素。倚银屏、春宽梦窄,断红湿、歌纨金缕。暝堤空,轻把斜阳,总还鸥鹭。　　幽兰旋老,杜若还生,水乡尚寄旅。别后访、六桥无信,事往花萎,瘗玉埋香,几番风雨。长波妒盼,遥山羞黛,渔灯分影春江宿,记当时、短楫桃根渡。青楼仿佛,临分败壁题诗,泪墨惨淡尘土。　　危亭望极,草色天涯,叹鬓侵半苎。暗点检、离痕欢唾,尚染鲛绡,鸲凤迷归,破鸾慵舞。殷勤待写,书中长恨,蓝

霞辽海沉过雁。漫相思、弹入哀筝柱。伤心千里江南，怨曲重招，断魂在否？（参阅陈洵赏析，引见下节）

从短小的一叠到冗长的四叠，无论是原来已有音谱而按谱填词，或先成长短句而后配曲，彼此在声情等各方面都必须互相密切配合。故所谓词的章法，应兼乐章与辞章二者而言。不过今所谈者，仅能就文字一方面而已。篇章结构安排的重要，每因叠数的增多而益显，细玩梦窗这首《莺啼序》即知。

又按照某调原有曲谱长度的两倍去填写一首词，称为叠韵。如用两段的双调重叠，便形成一种特殊形式的四叠词。

录晁补之两首词为例：

梁州令　永嘉郡君生日

二月春犹浅，去年樱花开遍。今年春色怪迟迟，红梅常早，未露胭脂脸。　　东君故遣春来缓，似会人深愿。蟠桃新镂双盏，相期似此春长远。

梁州令叠韵

田野闲来惯，睡起初惊晓燕。樵青走挂小帘钩，南园昨夜,细雨红芳遍。　　平芜一带烟光浅,过尽南飞雁。江云渭树俱远,凭阑送目空肠断。　　好景难常占,过眼韶华如箭。莫教鹈鴂送韶华,多情杨柳,为把长条绊。　　清樽满酌谁为伴?花下提壶劝。何妨醉卧花底,愁容不上春风面。

按词调由于重叠而变化的不少,但不一定就原调名后加叠韵两字。如周邦彦的《烛影摇红》"丹脸轻匀",实即小令《忆故人》的叠韵;盖因词中有"烛影摇红"一语,便摘取另立新名。《能改斋漫录》卷十七略谓:"王都尉有《忆故人》词云:'烛影摇红……',徽宗喜其词意,犹以不丰容宛转为恨,遂令大晟别撰腔。周美成增损其词而以首句为名,谓之《烛影摇红》。"按毛滂《东堂词》有此调小令四十八字的三首(调名亦改《烛影摇红》)。王诜《忆故人》"烛影摇红"一首五十字。周邦彦"增损其词"而撰的新腔,即将王诜原词改成四十八字作为后半,而照增一倍于其前。

根据上述种种情况看来,绝大部分词是分段的。这是词体的特点之一,也是研究它的章法关键所在。

(三)词的分段专用名称

词的分段,向有其专用的名称:最常用的是"片"或

"阕",也可叫做"遍"或"撷"。"遍"、"撷"是沿用唐代大曲某一构成部分的旧名来的(《碧鸡漫志》卷三说:"凡大曲有散序、靸、排遍、撷、正撷、入破……始成一曲,此谓大遍。")。又曲终叫做阕。"片"也就是《诗经》所谓"章",古乐府所谓"解"的意思。有人认为"阕"既然是指曲终,就不能说什么"上阕"、"下阕"。但由于乐曲在每一分段处应略休止,或有声无辞,故所谓"上阕"、"前阕"、"上半阕"等等,习惯沿用已久,词话里常见。姜夔词小序如"因度此阕"(《淡黄柳》),当指全词;至"前后阕多不同"(《长亭怨慢》),则明明是指前后两片。

这些专用名词说明一个问题,就是词的分段是和音乐的要求分不开的,虽然也可以叫做段,但跟诗的分段条件有所不同。

词以两段的为最多,因此通常称为上、下片或上、下阕,也有用"前、后"来区分的。对于两段以上的词,只好称它为一、二、三、四段或叠了。

搞清词的结构,便可进而谈其章法所宜。这无论对于欣赏前人的词篇或运用旧形式从事新的创作,都有好处。不过文无定式,作者各具匠心。一般的篇章布局,诗文大致相同,似无泛谈必要。这里只想就词的特殊结构,着重说明其过片和意脉问题。

二 过片和意脉

多数词既然分片,因此从上一片过渡到下一片叫做"过片"或"过变"。也有简称"过"的,如言"过处"当即"过片(变)处"的省略。

词,有换头和不换头两种类型。有人把双拽头跟二者并举,这是不合适的。因为换头或不换头指的是下片开始句法;而双拽头是就三叠词的头两段来说,既已重复一次,至其第三段势宜有所变化。

所谓换头、不换头,原意应指两段的开头句法有无变化,但"过片"也是指另一段的开头,因而一般又把"换头"看做是"过片"或"过变"的同义语(或疑"过片"指"不换头";"过变"指"换头",事实相混已久)。

(一)换头和不换头

现先说明什么是换头和不换头。

有些词调上、下片的首句句法相同,这就叫做"不换头"。大抵是由单调变为双叠的,例如:

浪淘沙 （南唐）李煜

上片：帘外雨潺潺，春意阑珊……

下片：独自莫凭阑，无限江山……

江城子　密州出猎　　　　（宋）苏轼

上片：老夫聊发少年狂，左牵黄，右擎苍……

下片：酒酣胸胆尚开张，鬓微霜，又何妨……

　　常见不换头的词调，如：《采桑子》、《南歌子》、《减字木兰花》、《长相思》、《生查子》、《卜算子》、《踏莎行》、《蝶恋花》、《西江月》、《行香子》、《虞美人》、《鹊桥仙》、《何满子》、《天仙子》、《桃源忆故人》等等都是。

　　换头的有些只上、下片开始一二句不同，其余仍同的；也有全不相同的。各举一例于下：

沁园春　寄辛承旨，时承旨招不赴　　（宋）刘过

上片：斗酒彘肩，风雨渡江，岂不快哉……　⎫
下片：白言天竺去来，图画里峥嵘楼阁开……⎭以下句法全同

清平乐　独宿博山王氏庵　　　（宋）辛弃疾

上片：绕床饥鼠,蝙蝠翻灯舞……　⎫
下片：平生塞北江南,归来华发苍颜……⎬以下句法仍不相同
　　　　　　　　　　　　　　　　⎭

《忆秦娥》、《鹧鸪天》、《好事近》、《阮郎归》、《菩萨蛮》、《醉落魄》、《诉衷情》、《师师令》、《祝英台近》、《水调歌头》、《贺新郎》、《满庭芳》、《八声甘州》、《六州歌头》、《齐天乐》等调都是换头的。

为什么要换头,显然是要求音乐节奏上多所变化。歌辞是要密切合乐的,因此作者往往在换头处特别下功夫。我们就古来名词加以玩索,也可略知消息。例如柳永《雨霖铃》一词的换头"多情自古伤离别"一句,是以"阴、阳、去、上、阴、阳、入"不同的字声相错列。接着后面的八言句,不仅采用了三字领头的句式,并安排下"冷落"、"清秋"两组双声字,这样就使得音节更为谐和响亮。

换头既是另一片的开始,因此就全词的章法来说,正是关键所在。从章法的角度去看,"过片"一辞的涵义,更为名符其实。

(二)对于过片的要求

片与片间的关系,在音乐上是暂时休止而非全曲终了;

在词的章法上也就必须做到若断若续的有机联系,彼此才能密切配合。所以词的章法显然跟诗有所不同。诗不管长到怎样,总是一首自为起讫,中间可以任意分段抒写而不受限制。词可不是这样,一个调固定分为几片,每片像是一首,但又非真正的一首。必须分开来似可独立,合起来还是一个整体。因而前片的结句总是似合似起,后片的首句总是似承似转,让全篇的意脉相通。

关于过片的要求,张炎在《词源》卷下《制曲》条曾经提出:"过片不要断了曲意,须要承上接下。如姜白石词云:'曲曲屏山,夜凉独自甚情绪?'于过片则云'西窗又吹暗雨',此则曲之意脉不断矣。"沈义父的《乐府指迷》又说:"过处多是自叙,若才高者方能发起别意,然不可太野,走了原意。"他们指出的"不要断了曲意"和"发起别意"、"不可太野",很值得注意。

照张炎的意思,姜夔的《齐天乐》可算是过片的范例。为了说明它的特点,现把姜词和张镃当日同赋的《满庭芳》一首都抄在下面,以资比较。

齐天乐　　　（宋）姜夔

丙辰岁,与张功父会饮张达可之堂。闻屋壁

间蟋蟀有声,功父约余同赋,以授歌者。功父先成,词甚美;予徘徊末利花间,仰见秋月,顿起幽思,寻亦得此。蟋蟀,中都呼为促织,善斗;好事者或以三二十万钱致一枚,镂象齿为楼观以贮之。

庾郎先自吟愁赋,凄凄更闻私语。露湿铜铺,苔侵石井,都是曾听伊处。哀音似诉,正思妇无眠,起寻机杼。曲曲屏山,夜凉独自甚情绪? 西窗又吹暗雨,为谁频断续,相和砧杵? 候馆迎秋,离宫吊月,别有伤心无数。豳诗漫与,笑篱落呼灯,世间儿女。写入琴丝,一声声更苦。(原注:宣、政间有士大夫制《蟋蟀吟》)

满庭芳　促织儿　　　(宋)张镃

月洗高梧,露浥幽草,宝钗楼外秋深。土花沿翠,萤火坠墙阴。静听寒声断续,微韵转、凄咽悲沉。争求侣、殷勤劝织,促破晓机心。　　儿时曾记得,呼灯灌穴,敛步随音。任满身花影,犹自追寻。携向华堂戏斗,亭台小、笼巧妆金。今休说,从渠床下,凉夜伴孤吟。

按张镃此词:上片一起三句写时令;四、五两句写地点;六、七两句写鸣声;结尾数句写闻者的心情。这些都是一般的描绘。下片便折到作者自身,从追忆儿时如何捕蟋蟀、斗蟋蟀的豪兴,直说到老来孤独的情怀。这与沈义父说的"过处多是自叙"正相符合。就章法说,自是一种很平正的写法。

姜词的章法却不是这样,全篇着眼在一个"声"字。上片一起便以吟声和私语来比拟蟋蟀的鸣声,铜铺、石井虽似写蟋蟀所在的地点,但紧接一句"曾听伊处",仍是在写声。"哀音似诉"一语上承"听"字,下面引起所谓"促织"一层,虽未明言机杼究作何声,但使读者很容易感觉到思妇夜织也应如蟋蟀之哀音似诉。

下片明白说出的只一个琴曲声,但暗示出来的还有雨声、砧杵声、伤叹声和苦笑声。这样看来,作者只是抓住一个"声"字平铺直叙地写下去,上、下片并没有什么不同。

可是细加玩索,便知并非如此简单。作者在起句里安下一个"愁"字,所有上片都是按照这样程度去写的,所以只说"哀音似诉"。下片却结出一个"苦"字,肯定地说"别有伤心无数"。这样在程度深浅上就显得大不相同。又上片是从诗人的秋感写到妇人的秋思;下片则以篱落呼灯的痴儿女与候馆、离宫的伤心人作强烈对照。

这样的两片要使得保持有机的联系,在过片处就必须下番功夫。当我们读到上片结句时,因里面用了个"甚"

字,很自然地浸沉在夜凉孤寂情绪的体味中。作者就在这种情况下,陡然以"西窗又吹暗雨"一语把我们的思想感情引到一个更凄凉的境界。"又"字与篇末的"更"字是遥相呼应的,人们的感慨也就跟着这些字而更深一层。为了防止"太野","西窗"句后面紧接"为谁"一问句,这里提出的"砧杵"和上面的"机杼",因都与"思妇"有关而联系起来。"甚情绪"、"为谁断续"不仅本句摇曳生姿,更衬托出夹在中间的"西窗"句,语气肯定而有力量。

再就全词说,"声"原是贯穿全篇的脉络,而这里简直把蟋蟀声、机杼声、雨声、砧杵声,以至思妇的叹息声,写得融成一片,真正做到"意脉不断",或所谓不"走了原意"的要求。这是否高手偶得之呢?据词序"徘徊末利花间"一语推测,应是经过一番意匠经营的。

郑文焯说:"功父《满庭芳》词咏促织儿,清隽幽美,实擅词家能事,有观止之叹。白石别构一格,下阕寄托遥深,亦足千古矣。"(郑校《白石道人歌曲》)这些话说得很对,论清隽幽美,姜词不一定胜过张词。姜词的优点实在其别构一格,尤善于处理过片。

(三)名作过片例释

过片与白石此词类似者,兹再举数例于下:

一萼红　　（宋）姜夔

丙午人日,予客长沙别驾之观政堂。堂下曲沼,沼西负古垣,有卢橘幽篁,一径深曲。穿径而南,官梅数十株,如椒如菽,或红破白露,枝影扶疏。著屐苍苔细石间,野兴横生。亟命驾登定王台,乱湘流,入麓山,湘云低昂,湘波容与,兴尽悲来,醉吟成调。

古城阴,有官梅几许,红萼未宜簪。池面冰胶,墙腰雪老,云意还又沉沉。翠藤共、闲穿径竹,渐笑语、惊起卧沙禽。野老林泉,故王台榭,呼唤登临。　　南去北来何事? 荡湘云楚水,目极伤心。朱户粘鸡,金盘簇燕,空叹时序侵寻。记曾共、西楼雅集,想垂杨、还嫋万丝金。待得归鞍到时,只怕春深。

此词上片写景记事;下片"发起别意",即景生情。抒写时序殷流中仆仆风尘、聚散无常之感。作者在换头处安排"南去北来何事"一语,这样上片与下片之间,不仅"登临"、"目极"在字面上互相呼应,内容上亦前后联系,做到情景交融,曲之意脉自然不断。

眉妩　新月　　　　（宋）王沂孙

渐新痕悬柳，淡彩穿花，依约破初暝。便有团圆意，深深拜，相逢谁在香径？画眉未稳，料素娥、犹带离恨。最堪爱、一曲银钩小，宝帘挂秋冷。　　千古盈亏休问。叹漫磨玉斧，难补金镜。太液池犹在，凄凉处、何人重赋清景？故山夜永，试待他、窥户端正。看云外山河，还老桂花旧影。

此词上片刻画新月，清幽细腻；下片就月抒写家国之感，词旨悲愤。作者在过片处陡以"千古盈亏休问。叹漫磨玉斧，难补金镜"数语，把读者的思想感情，由柔媚的境界带到悲凉的境界。但下片句句仍在写月，并以新月难圆来寓山河破碎之意，所以并不觉得"太野"。陈廷焯说："千古句忽将上半阕意一笔撇去，有龙跳虎卧之奇。"（《白雨斋词话》）表面是一笔撇去，暗中还是意脉相通的。

高阳台　西湖春感　　　　（宋）张炎

接叶巢莺，平波卷絮，断桥斜日归船。能几番游？看花又是明年。东风且伴蔷薇住，到蔷薇、春已堪怜。

更凄然,万绿西泠,一抹荒烟。　　当年燕子知何处?但苔深韦曲,草暗斜川。见说新愁,如今也到鸥边。无心再续笙歌梦,掩重门、浅醉闲眠。莫开帘,怕见飞花,怕听啼鹃。

这首词上片平起而愈转愈深,但仍不外寻常伤春之意。为了把愁感写得更为深广,换头是关键所在。作者很巧妙地在"万绿西泠,一抹荒烟"和"苔深韦曲,草暗斜川"的中间,插上一句"当年燕子知何处",意境便大大不同。"旧时王谢堂前燕,飞入寻常百姓家。"(刘禹锡《乌衣巷》)他没有明白化用这两句诗,可是这样一提问,读者自然就领会到词人所以写下这句的心情,不仅有盛衰无常之感,更怀家国兴亡之痛。于是"无心"、"怕见"诸句表面看是伤春,实则伤心人别有怀抱。连上片的"能几番游"和"东风且伴蔷薇住"等语,也觉得沉哀动人了。

以上所举各例,如"西窗又吹暗雨"、"南去北来何事"、"当年燕子知何处",都是运用空灵之笔;而"千古盈亏休问"则出以肯定语气。苏轼的"不恨此花飞尽"(《水龙吟·次韵章质夫杨花词》)、吴文英的"春梦人间须断"(《三姝媚·过都城旧居有感》)等换头句,也是同样写法。

三　几种特殊章法

过片,并非千篇一律;词的章法,更是变化无端。下面再举一些比较特殊的例子:

(一)上、下片紧密依存者

所谓紧密依存,是指上、下片删去其一,另一片便不能独立存在。这与一般词的两片虽非真正截然两首但又似各是一首,全篇只赖意脉相连贯者不同。在章法上大都以上片的结句引起下片。有的是用下片申说上片;有的竟是上片问而下片答。

长命女　　　　　(南唐)冯延巳

春日宴,绿酒一杯歌一遍,再拜陈三愿:　一愿郎君千岁;二愿妾身长健;三愿如同梁上燕,岁岁长相见!

玉楼春　　　　　(宋)辛弃疾

乐令谓卫玠:人未尝梦捣虀、餐铁杵、乘车入鼠穴,以谓世无是事故也。余谓世无是事而有是理,乐所谓无,犹云有也。戏作数语以明之。

有无一理谁差别,乐令区区犹未达。事言无处未尝无,试把所无凭理说: 伯夷饥采西山蕨,何异捣蘁餐杵铁;仲尼去卫又之陈,此是乘车穿鼠穴。

沁园春　　　　（元）刘敏中

余既以太初名石,且为记。客曰:"虽命之不可无号,号所以贵之也。"乃以己意号之曰苍然。余复援稼轩例作乐府《沁园春》一首,改名曰《苍然吟》。附于记后。

石汝来前!号汝苍然,名曰太初。问太初而上,还能记否?苍然于此,为复何如?偃蹇难亲,昂藏不已,无乃于予太简乎?须臾便、唤一庭风雨,万窍号呼。

依稀似道狂夫!在一气何分我与渠。但君才见我,奇形怪状;我先知子,冷淡清虚。撑住黄垆,庄严绣水,攘斥红尘力有馀。今何许?倚长风三叫,对此魁梧。

明杨慎的《沁园春·送卞苏溪》,写法也是一样的。

(二)上、下片平列对照者

平列对照是指上、下片各写一意境,在形式上彼此对

称,而内容则互相衬托,此类词以双调的小令为多。如:

生查子　有觅词者,为赋　　　(宋)辛弃疾

去年燕子来,绣户深深处。花径得泥归,都把琴书污。　今年燕子来,谁听呢喃语?不见卷帘人,一阵黄昏雨。

辛词同调有"山行,寄杨民瞻"一首,上片起云"昨宵醉里行",下片起云"今宵醉里归",与上同一章法。又如:

丑奴儿　书博山道中壁　　　(宋)辛弃疾

少年不识愁滋味,爱上层楼;爱上层楼,为赋新词强说愁。　而今识尽愁滋味,欲说还休;欲说还休,却道天凉好个秋。

采桑子　　　　(宋)吕本中

恨君不似江楼月,南北东西;南北东西,只有相随无别离。　恨君却似江楼月,暂满还亏;暂满还亏,待得团圆是几时?

《丑奴儿》与《采桑子》本是同调异名,此二词章法亦同。

(三)上、下片融成一体者

分片原是词体特点之一,但亦有打破此种惯例,视上、下片为一体者。

沁园春　将止酒,戒酒杯使勿近。　　　(宋)辛弃疾

　　杯汝前来,老子今朝,点检形骸。甚长年抱渴,咽如焦釜;于今喜睡,气似奔雷。汝说:"刘伶,古今达者,醉后何妨死便埋。"浑如此,叹汝于知己,真少恩哉!　更凭歌舞为媒,算合作人间鸩毒猜。况怨无大小,生于所爱;物无美恶,过则为灾。与汝成言:"勿留亟退,吾力犹能肆汝杯!"杯再拜,道:"麾之即去,招亦须来。"

此词自起句至"吾力犹能肆汝杯",都是对杯说话,仅结尾可另成一小段而已。

破阵子　为陈同甫赋壮语以寄　　　　(宋)辛弃疾

　　醉里挑灯看剑,梦回吹角连营。八百里分麾下炙,

五十弦翻塞外声,沙场秋点兵。　　马作的卢飞快,弓如霹雳弦惊。了却君王天下事,赢得生前身后名,可怜白发生!

这首词从起句到"赢得生前身后名",全是所谓"壮语",可看作一个整段。结句突然转出沉痛的心情,把上面所说的话全部否定了。就文义说,应当另作一段,但实际上只是个五字句,比前者的结尾更短。

长调如将上、下片融为一体,更便于铺叙。如《六州歌头》"晨来问疾"一首,在提出"只三事,太愁予"之后,竟明白分为:"其一"、"其二"、"其三"去叙说。

稼轩他作,如:《永遇乐·京口北固亭怀古》及《贺新郎·别茂嘉十二弟》,在过片处仍平列使用故事,也是把上、下片看成一体去写的。

辛派词人学此章法的,如:

沁园春　寄辛承旨。时承旨招,不赴。　　(宋)刘过

斗酒彘肩,风雨渡江,岂不快哉!被香山居士,约林和靖,与东坡老,驾勒吾回。坡谓:"西湖正如西子,浓抹淡妆临照台。"二公者,皆掉头不顾,只管传杯。

白云："天竺去来，图画里峥嵘楼阁开。爱纵横二涧，东西水绕；两峰南北，高下云堆。"逋曰："不然，暗香浮动，不若孤山先探梅。须晴去，访稼轩未晚，且此徘徊。"

下面一首令词也是同样写法：

虞美人　听雨　　　（宋）蒋捷

少年听雨歌楼上，红烛昏罗帐。壮年听雨客舟中，江阔云低断雁叫西风。　　而今听雨僧庐下，鬓已星星也。悲欢离合总无情，一任阶前点滴到天明。

刘过词铺叙三人言语，苏轼在上片，白居易及林逋在下片；蒋捷词则上片写少年、壮年事，下片专写晚景。其分布皆不匀称，故与上述平列对照的章法有所不同。

（四）上、下片关系微妙者

有些词的上、下片初看似各咏一事物，但细加玩索，则内容仍有一定的联系，例如：

卜算子 黄州定慧院寓居作　　　（宋）苏轼

缺月挂疏桐,漏断人初静。谁见幽人独往来？缥渺孤鸿影。　　惊起却回头,有恨无人省。拣尽寒枝不肯栖,寂寞沙洲冷。

贺新郎　　　（宋）苏轼

乳燕飞华屋。悄无人、桐阴转午,晚凉新浴。手弄生绡白团扇,扇手一时似玉。渐困倚、孤眠清熟。帘外谁来推绣户,枉教人、梦断瑶台曲。又却是、风敲竹。

石榴半吐红巾蹙。待浮花、浪蕊都尽,伴君幽独。秾艳一枝细看取,芳意千重似束。又恐被、西风惊绿。若待得君来向此,花前对酒不忍触。共粉泪、两簌簌。

元吴师道说："东坡《贺新郎》词'乳燕飞华屋'云云,后段'石榴半吐红巾蹙'以下皆咏榴;《卜算子》'缺月挂疏桐'云云,'缥渺孤鸿影'以下皆说鸿,别一格也。"（《吴礼部诗话》）这两首词的特点即在此。

据说两词各有本事。《宋六十名家词》本东坡词《卜算子》题云:

惠州有温都监女,颇有色。年十六,不肯嫁人。闻坡至,甚喜。每夜闻坡讽咏,则徘徊窗下。坡觉而推窗,则其女逾墙而去。坡从而物色之曰:"吾当呼王郎与之子为姻。"未几而坡过海,女遂卒,葬于沙滩侧。坡回惠,为赋此词。(其他词话所载大同小异)

关于《贺新郎》词,《古今词话》也有一段记载:

苏子瞻守钱塘,有官妓秀兰,天性黠慧,善于应对。湖中有宴会,群妓毕至,惟秀兰不来。遣人督之,须臾方至。子瞻问其故,具以(言)发结沐浴,不觉困睡,忽有人叩门声急,起而问之,乃乐营将催督之(也)。非敢怠忽,谨以实告。子瞻亦(已)恕之。坐中一倅属意于兰,见其晚来,恚恨未已。责之曰:"必有他事,以此晚至。"秀兰力辩,不能止倅之怒。是时榴花盛开,秀兰以一枝借手告倅,其怒愈甚。秀兰收泪无言。子瞻作《贺新凉》以解之,其怒始息。(《苕溪渔隐丛话后集》卷三十九引)

《卜算子》词分明在黄州写的,拉扯到惠州,自是傅会之说。就是关于《贺新郎》词的故事,传说亦有歧异。《宋六十名家词》本东坡词题作"予倅杭日……"云云,疑系毛刻所据"金陵本子"编者参考词话改写。而《耆旧续闻》又谓《贺新郎》词用榴花事乃妾名",其实都未必可靠。

按《卜算子》词起两句写静夜的情景。"谁见"两句故为问答,进一步写此时静寂无人;见幽人独自徘徊者,只缥缈的孤鸿而已。这样上片是设想"鸿见人",下片便接写"人见鸿"。以孤鸿喻幽人,幽人也就是作者自谓。就全词寓意来看,语多双关,上、下片仍是意脉相通的。至于《贺新郎》一词,上片是写夏日幽闺的清静生活,下片则写因见榴花而引起的伤感情怀。写花即所以写人,读者并不难体会,固不必借助于为秀兰而作的本事。这样章法,正是《乐府指迷》所谓"才高者""发起别意",并无"太野"之嫌。

采用此种章法,辛词中亦有之:

感皇恩　读庄子,闻朱晦庵即世　　　　（宋）辛弃疾

　　案上数编书,非庄即老。会说忘言始知道。万言千句,自不能忘堪笑。朝来梅雨霁,青天好。　　一壑一丘,轻衫短帽。白发多时故人少。子云何在? 应有玄经遗草。江河流日夜,何时了!

此词上、下片的关系更为微妙。"读庄子"是一回事,"闻朱晦庵即世"又是一回事,表面看来毫不相干,因此有人认为词题有误(所以有的本子题作"读庄子有所思",疑系后人改动的)。但如能体会作者当时是怎样把这两件事在思想感情上联系起来,便觉得有意脉可寻了。

朱熹卒于庆元六年三月甲子,大约稼轩得消息时已是四月。我们可以设想在一个梅雨初晴的天气,作者方读《庄子》,忽闻故人即世,在感情激动下,不免有"一死生为虚诞,齐彭殇为妄作"(王羲之《兰亭集序》语)之感,因而讥笑庄子主"忘言"、"知道"之说,但竟"万言千句,自不能忘"。复因眼前景物,追念昔时同游之乐;即今白发暮年,故人何在?他把朱熹比作扬雄,并肯定其著作将如《太玄》的传世。这时朱熹方被政敌所攻击。词以"江河"两句作结,似乎隐寓"尔曹身与名俱灭,不废江河万古流"(杜甫《戏为六绝句》)的意思。这样看来,此词上、下片也不是毫无关联的两段。

总之:词的分片格式,并非一成不变。过片怎样才能做到不粘不脱,固看作者的写作技巧,同时也决定于一定的内容。多研究一些名词的过片,便可了然章法尽管有变化,意脉总是不断的。

至于三段以上的词,上述前人有关过片诸说亦可参考。

刘体仁云:"中调、长调转换处,不欲全脱,不欲全粘。如画家开合之法,须一气而成,则神味自足,以有意求之不得也。"(《词绎》)所谓一气呵成,指的仍是意脉不断。最长的词调《莺啼序》,前已引吴文英词一首为例,兹更将陈洵分析此词的章法录次:

> 第一段伤春起,却藏过伤别,留作第三段点睛。燕子画船,含无限情事;"清明"、"吴宫",是其最难忘处。第二段"十载西湖"提起,而以第三段"水乡尚寄旅"作钩勒。"记当时短楫桃根渡","记"字逆出,将第二段情事尽销纳此一句中。"临分"、"泪墨"、"十载西湖",乃如此了矣。"临分"于"别后"为倒应,"别后"于"临分"为逆提,"渔灯分影"于"水乡"为复笔,作两番钩勒,笔力最浑厚。"危亭望极,草色天涯",遥接"长波妒盼,遥山羞黛","望"字远情,"叹"字近况,全篇神理,只消此二字。"欢唾"是第二段之欢会,"离痕"是第三段之临分。"伤心千里江南,怨曲重招,断魂在否?"应起段"游荡随风,化为轻絮"作结。通体离合变幻,一片凄迷。细绎之,正字字有脉络,然得其门者寡矣。(《海绡说词》)

第五章

词的句法

一　各种类型的句子

词所以又称长短句,正因其句式参差不齐,悬殊很大。诗以四、五、六、七言为基本句型,词则从一字到十字句都有。就是字数与诗句相同的,因词汇的安排与平仄的配合等关系,也有很多变化。又这里所谓句,是指在词的格律上须断句而言,并不要求它在语法上是个完整的句子。现依字数顺序将种种不同类型的句式分述于次:

(一)少见的一、二字句

词中两字以下的短句,一字句最少见。因用作领字的如柳永《八声甘州》"对潇潇暮雨洒江天"、"渐霜风凄紧"、"叹年来踪迹"等句里的"对"、"渐"、"叹"等字,应不能算它是句。这些虚字是全句的一个组成部分;读时虽稍停顿,但不能断句。如勉强割开,也不能表达一个独立的意思。

真正的一字句像《十六字令》(又名《苍梧谣》)的首句才是。例如:

> 天。休使圆蟾照客眠。人何在?桂影自婵娟。——蔡伸
> 眠。月影穿窗白玉钱。无人弄,移过枕函边。(窗月)——周晴川

又张孝祥有此调饯刘珙词三首,其起首皆作"归"。所有"天"、"眠"、"归"等字都各自成句并起韵,跟次句不能连读而与全词则意有关联。

二字句比较稍多些,它在字声方面以用"平仄"的较多,如:

> 莺语,花舞,春昼午。——温庭筠《诉衷情》
> 知否?知否?应是绿肥红瘦。——李清照《如梦令》
> 岑寂,高树晚蝉,说西风消息。——姜夔《惜红衣》

用"平平"、"仄平"、"仄仄"的也有:

> 天下英雄谁敌手？曹刘。——辛弃疾《南乡子》
> 雨微,鹧鸪相逐飞。——顾敻《河传》
> 春尽小庭花落,寂寞。——顾敻《荷叶杯》

其他如《满庭芳》换头"消魂,当此际"（秦观词）,魂字协韵,应看作二字句。但亦有填此调连为五字句者,即不存在是否二字句问题。

词句中以二字领起的也常见。其特点总是用虚字,所以不能把它分割开来。如:

> 况有狂朋怪侣,遇当歌对酒竟留连。——柳永《戚氏》
> 章台路,还见褪粉梅梢,试花桃树。——周邦彦《瑞龙吟》

(二) 常用的三至七言

(1) 三字句

平仄声交错或相连的三字句,各种形式皆有之。如:

汴水流,泗水流,流到瓜洲古渡头,……思悠悠,恨悠悠,恨到归时方始休。——白居易《长相思》

梧桐树,三更雨,不道离情正苦。一叶叶,一声声,空阶滴到明。——温庭筠《更漏子》

晚秋天,一霎微雨洒庭轩。——柳永《戚氏》

柳烟直,烟里丝丝弄碧。……沉思前事,似梦里,泪暗滴。——周邦彦《兰陵王》

被半温,香半熏……人瘦也,比梅花,瘦几分。——康与之《江城梅花引》(一作程垓词)

三字句用叠字形式的,如陆游《钗头凤》的"错、错、错","莫、莫、莫";用作叠句的,如顾敻《荷叶杯》的"知么知,知么知"。

词中全首用三字句组成的有《三字令》(欧阳炯的"春欲尽"始见《花间集》)。其他用三字句较多的词调有《江城梅花引》、《更漏子》、《厅前柳》、《芳草渡》、《六州歌头》等。换头用三字句者如《鹧鸪天》、《阮郎归》、《相见欢》。至如柳永《雨霖铃》里的"更那堪冷落清秋节","更那堪"是领头句,并非完整能独立的句子。

(2) 四字句

四字句的变化渐多,二、二平列的句子最为普通。如欧阳修《踏莎行》的"候馆梅残,溪桥柳细……寸寸柔肠,盈盈粉泪"等是。较特殊的有上三下一、上一下三及句中两字相连者,各举二例于次:

去年相送,馀杭门外,飞雪似杨花。——苏轼《少年游·润州作代人寄远》

第四桥边,拟共天随住。——姜夔《点绛唇·丁未冬过吴松作》

元嘉草草,封狼居胥,赢得仓皇北顾。——辛弃疾《永遇乐·京口北固亭怀古》

何处相逢,登宝钗楼,访铜雀台。——刘克庄《沁园春·梦孚若》

揾英雄泪——辛弃疾《水龙吟·登建康赏心亭》

过春社了——史达祖《双双燕》

四字句在平仄声配合上除普通格式外,有句备四声的,如"几时见得"(姜夔《暗香》);有去平连用的,如"愿春暂留"(周邦彦《六丑》);有去上连用的,如"傍柳系马"(吴文英《莺啼序》);有全用仄声的,如"暮雨乍歇,小楫夜泊"(柳永《倾杯》);有全用平声的,如"黄鹂翩翩"(柳永《黄莺儿》)。

至于四言排偶句,如:"花发西园,草熏南陌……水嬉舟动,禊饮筵开,银塘似染,金堤如绣。是处王孙,几多游妓……兰堂夜烛,百万呼卢;画阁春风,十千沽酒。"(柳永《笛家弄》)例不多录。

(3)五字句

五字句和五言近体诗的句法相似,但词的句法变化较多。同是五言八句的双调,《怨回纥》与一首五言律诗无异,《生查子》就不一样。较为特殊的如史达祖《寿楼春》词的第一句"裁春衫寻芳",竟连用了五个平声字。

上二下三是五字句里最普通的句法,如:

> 明月几时有?把酒问青天。——苏轼《水调歌头》

但像上面举的"裁春衫寻芳"则是上三下二的句法。再录数例于下:

> 睡不成还起。——柳永《十二时慢》
> 引壶觞自酌,须富贵何时。——辛弃疾《临江仙》
> 写入琴丝,一声声更苦。——姜夔《齐天乐》
> 更那堪酒醒。——刘过《醉太平》

又句首用一领字的上一下四句在词里亦常见,如:

> 拆桐花烂漫——柳永《木兰花慢》
> 正单衣试酒——周邦彦《六丑》
> 有暗香盈袖——李清照《醉花阴》
> 说西风消息——姜夔《惜红衣》

此外还有一种比较稀少的五言句式,即中三字不可分割而与首一字连属成为上四下一的。如:

> 绣鸳鸯枕暖,画孔雀屏欹。——顾夐《献衷心》

此两句倘以"鸳鸯枕暖"、"孔雀屏欹"连读,则"绣"、"画"应作为领字而全句不成文理,故不能视为尖头偶句。

尖头偶句词中时亦有之,如:

> 向武昌溪畔,于彭泽门前。——杜安世《行香子》
> 系长江舴艋,拂深院秋千。——同上

下面是词里五言排句的例子:

绣被掩馀寒,画幕明新晓;朱槛连空阔,飞絮无多少。——张先《谢池春慢》

高柳春才软,冻梅寒更香;暮雪助清峭,玉尘散林塘。——周邦彦《红林檎近》

(4)六字句

六字句也是词里常用的。一般平仄相间,颇似诗句;但如姜夔词"沉思年少浪迹"(《霓裳中序第一》),"风沙回旋平野"(《探春慢》),"庭院暗雨乍歇"(《八归》)等,平仄便没有一定,可视为拗句。

上二下四或上四下二是六言句里最多的格式,如:

闻道中原遗老——张孝祥《六州歌头》
一片神鸦社鼓——辛弃疾《永遇乐》
气吞万里如虎——同上
二十四桥仍在——姜夔《扬州慢》

又如辛弃疾《西江月》的上、下两结句作"宜醉宜游宜睡"、"管竹管山管水",则是二、二、二的句法。

此外有上一下五的,如:

过三十六离官,遣游人回首。——姜夔《角招》
又片片吹尽也,几时见得。——姜夔《暗香》

有上三下三的折腰句,如:

恨芳菲世界,游人未赏,都付与莺和燕。——刘过《水龙吟》
阅人多矣,谁得似长亭树。——姜夔《长亭怨慢》
道无书,却有书中意,排几个人人字。——辛弃疾《寻芳草》

至于六言对句,如:"燕子来时新社,梨花落后清明。"(晏殊《破阵子》)六言排句,如:"脸色朝霞红腻,眼色秋波明媚。云渡小钗浓鬓,雪透轻绡着臂。"(晁补之《斗百花》)后者较少见。又《寿山曲》是通篇六言句的词调,最早的一首据说是冯延巳作。全篇六言十句,几如诗中的排律。

(5) 七字句

词中七字句平仄无定,大致和诗相同;惟时有拗句,如"关河愁思望处满"(欧阳修《清商怨》)、"正露冷初减兰红"(晁补之《八六子》)等是。

常见的七字句有上四下三及上二下五两种,如:

绿杨芳草长亭路——晏殊《木兰花》
暮霭沉沉楚天阔——柳永《雨霖铃》
细雨斜风作小寒——苏轼《浣溪沙》
明日落红应满径——张先《天仙子》
多情自古伤离别——柳永《雨霖铃》
一春犹有数行书——晏几道《阮郎归》

上三下四的句法，诗里比较少，但在词里则常用。如：

杨柳岸晓风残月——柳永《雨霖铃》
更能消几番风雨——辛弃疾《摸鱼儿》
万户侯何足道哉——刘克庄《沁园春》

一字领起的七言句，词里也很多，如：

念去去千里烟波——柳永《雨霖铃》
聚万落千村狐兔——张元幹《贺新郎》
又软语商量不定——史达祖《双双燕》

此外如姜夔《扬州慢》"波心荡冷月无声"句，依文理言竟似上五下二的句法。至于七言偶句，词中亦常用；较特殊

者有尖头七言偶句,如"惊粉重、蝶宿西园,喜泥润、燕归南浦"。(史达祖《绮罗香》)

(三)八字以上的长句

(1)八字句

超过七字的长句,有些是合成句,但也有不能分读的。八字句以一字领起的,如:

> 对潇潇暮雨洒江天——柳永《八声甘州》
> 念寓形宇内复几时——苏轼《哨遍》
> 便山遥水远分吴越——朱敦儒《踏歌》

以两字领起的,如:

> 有时三点两点雨霁——欧阳修《越溪春》
> 应是良辰好景虚设——柳永《雨霖铃》
> 中有万点相思清泪——周邦彦《还京乐》

以"三、五"合成的,如:

> 误几回天际识归舟——柳永《八声甘州》

枉教人梦断瑶台曲——苏轼《贺新郎》
　　最堪爱一曲银钩小——王沂孙《眉妩·新月》

有些八字句虽然由"一、七"或"二、六"组成，但在诵读时亦可不为文理所拘。如："使李将军遇高皇帝"(刘克庄《沁园春》)、"英雄无觅孙仲谋处"(辛弃疾《永遇乐》)等，往往在第四字处略作停顿。"怕梨花落尽成秋色"(姜夔《淡黄柳》)，一般也可当作"三、五"合成句去读它。

(2) 九字句

大多数九言是合"三、六"成句的，例如：

　　算人生悲莫悲于轻别——柳永《倾杯乐》
　　残日下渔人鸣榔归去——柳永《夜半乐》
　　向园林铺作地衣红绉……约清愁杨柳岸边相候——辛弃疾《粉蝶儿》
　　有人似旧曲桃根桃叶——姜夔《琵琶仙》

与此类似者，以三虚字领起的九言句也很多。如："又不道流年暗中偷换"(苏轼《洞仙歌》)、"终不似一朵钗头颤袅"(周邦彦《六丑》)、"应忘却明月夜深归辇"(王沂孙《法曲献仙音》)。

此外"上二下七"、"上六下三"、"上四下五"的九字句

亦有之,分别举例于下:

> 惟有阮郎春尽不还家——温庭筠《思帝乡》
> 谁问旗亭美酒斗十千——贺铸《小梅花》
> 寂寞梧桐深院锁清秋……别是一般滋味在心头——李煜《相见欢》
> 裂荷焚芰接武曳长裾——贺铸《小梅花》
> 江阔云低断雁叫西风——蒋捷《虞美人》

亦有结构甚为灵活者,如:"恰似一江春水向东流"(李煜《虞美人》)、"梦里栩然蝴蝶一身轻"(苏轼《南歌子》)等,读时无论按照"上二下七"或"上六下三"皆无害于文理。

(3) 十字句

一般以"三、七"组合成句,如:

> 见说道天涯芳草无归路……君不见玉环飞燕皆尘土——辛弃疾《摸鱼儿》
> 甚无情便下得雨僝风僽……把春波都酿作一江醇酎——辛弃疾《粉蝶儿》

但也有其他种种组成形式,像"岸边两两三三浣纱游女"(柳永《夜半乐》),便是"二、八"或"六、四"的句法。"忍良时辜负少年等闲度"(柳永《夜半乐》),应是一领九的长句。读时除"忍"字略停顿外,以下九字亦可视同"四、五"的结构。

以上已不避烦琐举例,仍未包括所有的句型,但希能供举一反三之助。歌辞与乐句是互相配合的,今词的曲谱已佚,只好从歌辞的句法略窥其本来面目。

不过,知其正还要知其变,下面着重谈谈句法的变化。

二 句法的变化

上节所述各种类型的句子,是就一个单句的构造而言。倘就这些句子在一个词调里运用的情况来说,它的变化也很多。试取传词加以研究,便可发现有些地方从句型到字声大家都遵守一定的规律;有些地方却不是这样:句型可以掉换,平仄可以改动,字数可以增减,甚至句子也可分合。现分别举例说明于下。

(一)句型的活用

五言的句法有"上二下三"及"上三下二"等。《临江仙》上片结句通常多用"上二下三"的句法,如:

> 一船霜夜月，两岸荻花风。——赵长卿
> 花开胡蝶乱，桑嫩野蚕生。——辛弃疾

但如下面的两例便是改用"上三下二"及"上四下一"的：

> 引壶觞自酌，须富贵何时。——辛弃疾
> 半篙春水滑，一段夕阳愁。——晁补之

上引辛词一联分明用陶潜《归去来辞》"引壶觞以自酌"及杨恽《报孙会宗书》"须富贵何时"两成句。"壶觞"、"富贵"各系一辞，连读颇不顺口。但他不欲割裂或更改原文，只求平仄相合，遂不计及句型。

一首词的尾句，一般认为是最要紧的地方，作者往往谨守句法。但也不是绝对不许变动的，例如《水龙吟》的结尾是四字句，柳永作"有和羹美"，其特点是中间两字相连，既非"上一下三"或"上三下一"，亦非"上下各二"。万树《词律》录辛弃疾"楚天千里清秋"一首为一百二字的又一体，其尾句是"揾英雄泪"，注云：

> 尾句"英雄"二字，须用相连语。名作多如此，间有不连者，十中之一耳。

今检《水龙吟》一调,宋人填此句时虽多以中二字相连,但不连者并非"十中之一"。如秦观、程垓、孔平仲、向子諲、赵长卿、吕渭老、陈亮、毛开、王沂孙等皆不墨守此一规式。同一作家,用语连否,随意者尤多,录数例于下:

作者	相连的	不连的
苏 轼	作霜天晓	此怀难寄
晁补之	遣离魂断	也应堪寄
孔武仲	作春光主	此情何限
周紫芝	又随风去	似天难老
杨无咎	唱黄金缕	眼明如水
辛弃疾	系斜阳缆	又何嗟及
卢祖皋	倩传杯手	照人何处
刘克庄	入耆英会	插花高会
史达祖	寄白云抄	倚帘吹絮
吴文英	傍西湖路	为谁吟怨
周 密	聚相思泪	寄将愁与
刘辰翁	说开元旧	不堪重数

词人填《水龙吟》调较多,而尾句的中两字绝大多数相连者,大家仅辛弃疾一人而已。吴文英号称守律最严的,其

存词尚连否参半。所可注意者,即上引诸例句的中二字绝大多数都作平声,这足以说明字声与音乐的配合更为重要。又杜文澜谓《八声甘州》后结上一句及《百宜娇》结句亦当以中二字相连(见《词律·水龙吟》调后杜氏按语)。除《百宜娇》因传词过少,无法比较外,《八声甘州》后结上一句更不甚拘,例不赘举。

  词中有些地方是要用对句的,但必要时也可打破常例,前举《临江仙》的上片结句通常多用对偶,但也有用不对的,如:

    酒阑清梦觉,春草满池塘。——苏轼
    微波澄不动,冷浸一天星。——秦观
    绿荷多少恨,回首背西风。——晁补之
    晚凉如有意,习习到山家。——赵长卿

  再以《浣溪沙》一调为例,下片起联也是可对、可不对的。如:

    绿酒细倾消别恨,红笺小写问归期。——晏几道
    酒困路长惟欲睡,日高人渴漫思茶。——苏轼
    自在花飞轻似梦,无边丝雨细如愁。——秦观
    红蓼一湾纹缬乱,白鱼双尾玉刀明。——张孝祥

以上都用工整的偶句,下列各例便不是这样了。

  咫尺画堂深似海,忆来惟把旧书看。——韦庄
  记得去年寒食日,延秋门外卓金轮。——薛昭蕴
  归去山公应倒载,拦街拍手笑儿童。——苏轼
  记得西楼凝醉眼,昔年风物似如今。——贺铸

至于上片起联原可随意,但也有采用趁韵偶句的。如:"细雨斜风作小寒,淡烟疏雨媚晴滩"(苏轼)、"新妇矶头眉黛愁,女儿浦口眼波秋"(黄庭坚)等是。

(二)字声的改动

先有曲谱的歌辞,原应依乐声而作,这样才能密切配合,不拗歌喉。但也不是一成不变的,尤其是像五、七言诗的词调,格律往往不严。以《生查子》为例,《康熙词谱》录韩偓词为式:

  侍女动妆奁,故故惊入睡。那知本未眠,背面偷垂泪。 懒卸凤头钗,羞入鸳鸯被;时复见残灯,和烟坠金穗。

万树《词律》录魏承班词为式：

> 烟雨晚晴天，零落花无语；难话此时情，梁燕双来去。琴韵对熏风，有恨和情抚；肠断断弦频，泪滴黄金缕。

以上加点处是原谱认为可平可仄的字。

《词律》说：

> 五言八句、四韵，作者平仄多有差参。此词八句第二字俱用仄者。按韩偓词前第三句"那知本未眠"、后第四句"和烟坠金穗"，此乃初创之体，故只如五言古诗。至五代而宋，渐加纪律。故或亦依此魏体，而前后首句第二字用平者为多。虽间有一二拗句者，然名流则如出一轨也。

《康熙词谱》说：

> 此调以此词为正体……每句第二字例用仄声。如魏承班词……宋词照此填者甚多。间有前后段起句第二字用平声者，如欧阳修词："含羞整翠鬟，得意频相

顾。雁柱十三弦,一一春莺语。　　娇云容易飞,梦断知何处?深院锁黄昏,阵阵芭蕉雨。"晏几道、吕渭老、向子𬤇、吴文英集中,亦有此体。因此调创自韩偓,故以韩词作谱。谱内可平可仄,悉参后词。若前段起句第五字可仄,则照牛希济词"终日擘桃穰","穰"字,仄声也(按"穰"字一读平声,阳韵。《词谱》说误)。

　　两谱对于可平可仄处的说明并不一致,起句尤为明显,因知此调平仄颇有参差。又有在下片起句多押一韵者,如《尊前集》载刘侍读一首,后起二句作"芰荷风乍触,一对鸳鸯宿"即是。

　　有些词调如《念奴娇》、《满江红》、《声声慢》等,既有平韵的,亦有仄韵的。韵脚一经改动,句中的平仄参差就更多了。李煜的仄韵《浣溪沙》"红日已高三丈透"里字声的平仄和同调平韵的大有出入。这样看来,是否字声可以随意改动、无所限制呢?这种想法也是错的。虽然在词乐亡后,写词无配合曲谱的要求;但为了吟诵和谐,仍须注意到自然的声律,仄韵《浣溪沙》正因为韵脚换了,而句中的平仄也随之改变。

　　《词律》对于《生查子》调只注明每句第一字可平、可仄,态度是比较谨慎的。《词谱》综合许多词例,注明可平可仄的字较多,但勿误解可不顾本句里平仄的配合。倘将第一句连用五个仄声字或五个平声字,结果便将成为难读的拗句。唐宋人填此调甚多,从未见有这样做的。

平仄一经改动,对合乐当然有所影响。古人如何解决这一问题呢?按词在初期与音谱的配合只重在乐句,对于四声的要求似不严格,虽结句及换头平仄亦不甚拘。例如温庭筠的三首《河渎神》,上片结句竟无平仄相同者,其下片起句亦然。

	上片结句	下片起句
①	兰棹空伤别离	何处杜鹃啼不歇
	(平仄平平仄平)	(平仄仄平平仄仄)
②	泪流玉箸千条	暮天愁听思归乐
	(仄平仄仄平平)	(仄平平仄平平仄)
③	楚山如画烟开	离别橹声空萧索
	(仄平平仄平平)	(平仄仄平平平仄)

温庭筠是能逐弦吹之音为词的作者,对于平仄的使用竟随意至此。实因当时唱词的习惯,遇字声与音谱不能配合时,可将平声字作仄声唱,也可将仄声作平声唱。如杨守斋《作词五要》说:"或谓善歌者融化其字则无疵。"姜白石《满

江红》词序又说:"歌者将心字融入去声,方谐音律。"据此则融字声以谐音律的办法,到南宋尚有人继续采用,不过他们认为这样做是不妥善的。大抵音律最关紧要处,字声必须符合曲谱才美;有些地方平仄亦可改动,试检名家所填同一词调的作品即知。

(三)字数可以增减

从现代歌辞和曲谱的配合来看,二者不一定完全符合。词与乐的关系,纵使原则上应一声一字;但如就节奏急、徐处将字数偶作增减,似亦无碍于歌唱。根据这样的推测,词句所以间有参差,便不难理解了。

曲有衬字是人所共知的,词是否也有衬字呢?现举《唐多令》一调来加以说明。此调《康熙词谱》录三体如下:

唐多令　六十字　　　(宋)刘过

芦叶满汀洲,寒沙带浅流。二十年、重过南楼。柳下系船犹未稳,能几日,又中秋。　黄鹤断矶头,故人曾到不?旧江山、浑是新愁。欲买桂花同载酒,终不似、少年游。

又一体　六十一字　　　（宋）吴文英

何处合成愁？离人心上秋。纵芭蕉、不雨也飕飕。都道晚凉天气好,有明月、怕登楼。　年事梦中休,花空烟水流。燕辞归、客尚淹留。垂柳不萦裙带住,漫长是、系行舟。

又一体　六十二字　　　（宋）周密

丝雨织莺梭,浮钱点翠（细）荷。燕风清（轻）、庭宇正清和。苔面唾绒堆绣径,春去也、奈春何。　宫柳老青娥,题红隔翠波。扇鸾孤、尘暗合欢罗。门外绿阴深似海,应未比、旧愁多。（"细"、"轻"两字据朱刻《蘋洲渔笛谱》）

《词律》此调录陈允平"何处是秋风"一首为式,注云：

前后对待无参差者。梦窗一首第三句误刻"纵芭蕉不雨也飕飕",因多一字,《词统》遂注"纵"字为衬。衬之一说,不知从何而来,词何得有衬乎？况此句句法上三下四,亦止可注"也"字为衬,而不可注"纵"字衬也。著谱示人而可率意为之耶！愚谓"也"字必是误多无疑。即不然，亦竟依其体而填之，不可立衬字一说以混词格也。

据此知万氏确认词无衬字，实属大误。吴词原句"纵"、"也"两字相应，删去其一即不成文理，显非误刻。故《词谱》注谓："此与刘词同，惟前段第三句多一衬字异。按此词'也'字是衬字，《词统》于'纵'字注衬字，非上三下四句法矣。"

加衬例用虚词，但习用既久，遂并入句中而成为该调本字，这种演变情况就周密一首即可看出。周词的特点在前后段第三句各添一字，其"燕风轻、庭宇正清和"句"正"字为衬，仍与吴词句法相合，至"扇鸾孤、尘暗合欢罗"句的"合欢"一词便无法分割，这就由虚变实，成为句中本字了。

前人不敢肯定词可有衬字者，遇词句参差处，往往妄事增删。杜文澜不同意万氏"也字必是误多"之说，但又言："如谓必前后一律，安知非后段'燕辞归、客尚淹留'句少一字乎？"《历代诗馀》卷三十七录周词竟作"燕风庭宇正清和"、"扇鸾尘暗合欢罗"，证以宋本（《彊村丛书·蘋洲渔笛谱》据江昱跋系就影抄宋刻本转录），原句"轻"、"孤"两字必被后人妄删。这样不仅损害了句意，而且改动了"上三"的句式。

至被妄增之例,再举一词于下:

思远人　　　(宋)晏几道

红叶黄花秋意晚,千里念行客。飞云过尽,归鸿无信,何处寄书得。　　泪弹不尽临窗滴,就砚旋研墨。渐写到别来,此情深处,红笺为无色。

按此调可能系晏几道创制。词有"千里念行客"句,似即取其意以为调名,无别首宋词可校。《词律》、《康熙词谱》、《天籁轩词谱》皆录此词为式,所不同者,《词律》作"飞云过尽"而两词谱作"看飞云过尽"。查《小山词》汲古阁本、晏端书刻本、《彊村丛书》本、许氏鉴止水斋及赵氏星凤阁两明抄本,此句均无"看"字。杜文澜谓"《花草粹编》'飞云过尽'句'飞'字上有看字",今检影印张月霄藏明刻《粹编》卷五并无"看"字,因知此"看"字当系后人所增,使与下段"渐写到别来"句字数一致。

细玩小山此词,上、下片字句的平仄几乎全部不同,甚至结句亦前后相反,是与一般同头小令上、下片字句平仄相同者迥异。则字句略有参差,有何不可?况"渐"系虚词,又怎知不是因文理关系而加的衬字?

词句里增减一二字的例子很多,我们怎样辨别某调某句是由少而增多还是由多而减少的呢?这可以时代较早的作品所共同采用的形式为标准去判断它。如《卜算子》的结句,以上、下两片都作五字者为最多,但亦有上片五字而下片六字或上片六字而下片五字者。如徐俯"胸中千种愁"一首,前结作"草满莺啼处"而后结作"遮不断愁来路";黄公度"薄宦各东西"一首,前结作"又何况春将暮"而后结作"后会知何处"。又有上、下两片都作六字者,如杜安世"樽前一曲歌"一首,两结为"恨应更多于泪"、"怕和我成憔悴",这些六字句显然都由五字句增加了一个字。

再看《清商怨》一调的起句。晏殊一首作"关河愁思望处满"(见毛本《珠玉词》,实系欧阳修作),而晏几道一首作"庭花香信尚浅"。是不是传抄或刻本脱去一字呢?(毛本《小山词》在信字下留空格,可能即作此怀疑)证以周邦彦所作,则二者皆不误。周集有《伤情怨》及《关河令》各一首(二者皆《清商怨》异名),《关河令》首句作"秋阴时晴渐向暝",《伤情怨》首句作"枝头风势渐小",其字数及四声,一合于晏殊(?),一合于晏几道。因知是小晏填此词时减去一字。

他如《风流子》一调,张耒词"亭皋木叶下"一首的前段三至六句作"奈愁入庾肠,老侵潘鬓;漫簪黄菊,花也应羞"。而贺铸"何处最难忘"一首填此数句,则作"彩笔赋诗,禁池芳草,香鞯调马,辇路垂杨",少一领句字。张、贺平生有交往,同填一调两句有参差,则其字必可有可无者,因推知一二字的增减,对于音节并无妨碍(调名指出为"添"、"减"者,其乐句当有相应的变动)。试从现代歌辞和曲谱的配合来看,字数也允许偶作增减,则词句所以间有参差,便不难理解了。

(四)句子的分合

调有定句,词句应与乐句相配合。但在不过于参差的条件下,能不能稍加变动呢?兹先举苏轼两首《念奴娇》来加以比较:

(1)中秋

凭高眺远,见长空万里,云无留迹。桂魄飞来光射处,冷浸一天秋碧。玉宇琼楼,乘鸾来去,人在清凉国。江山如画,望中烟树历历。　我醉拍手狂歌,举杯邀月,对影成三客。起舞徘徊风露下,今夕不知何夕。便欲乘风,翻然归去,何用骑鹏翼。水晶宫里,一声吹断横笛。

(2)赤壁怀古

大江东去,浪淘尽、千古风流人物。故垒西边,人道是、三国周郎赤壁。乱石穿空,惊涛拍岸,卷起千堆雪。江山如画,一时多少豪杰。　遥想公瑾当年,小乔初嫁了,雄姿英发。羽扇纶巾,谈笑间、樯橹灰飞烟灭。故国神游,多情应笑我,早生华髮。人生如梦,一樽还酹江月。

这两首词相同之点为:双调一百字,前后段各十句,四仄韵。其不同处在句度的差异很多。为了便于比较,再将不同各句摘出并列于下:

{(1)凭高眺远,见长空万里,云无留迹。
(2)大江东去,浪淘尽、千古风流人物。

{(1)桂魄飞来光射处,冷浸一天秋碧。
(2)故垒西边,人道是、三国周郎赤壁。

{(1)我醉拍手狂歌,举杯邀月,对影成三客。
(2)遥想公瑾当年,小乔初嫁了,雄姿英发。

{(1)起舞徘徊风露下,今夕不知何夕。
(2)羽扇纶巾,谈笑间、樯橹灰飞烟灭。

{(1)便欲乘风,翻然归去,何用骑鹏翼。
(2)故国神游,多情应笑我,早生华发。

从上表可以看出苏词两首计有五处断句不同。"中秋"一首为通用体式;"赤壁怀古"一首作谱者往往列为"又一体",是不是因语意所到不得不破坏乐句、仅供吟诵的呢?事实上并非如此,杨朝英的《阳春白雪》所录"大乐十首",首列此词,可见到元时仍在传唱中。

根据上面的对比,有一点我们不可忽略,即这两首词在每协一韵前,虽然句有参差,而总的字数则完全一致。其所以一致,原因可能系为了配合乐句。只要这点做到,句读的分合稍加活动,似无碍于歌唱。有人想把这两首词句读互相迁就,使其一致,这在前段还可勉强,如将第一首断句改为"凭高眺远、见长空、万里云无留迹"、"桂魄飞来,光射处、冷浸一天秋碧",但在后段就行不通了。无论把第一首断成"举杯邀月对",或把第二首断成"了雄姿英发",都不成话说,其他各句亦有问题。况同调他词尚有在一首内兼用此两种句法,更是证明句子是可以斟酌分合,用不着强同的。

关于句子的分合,其他例子尚多。

同是五十二字体的《探春令》,晏几道和赵长卿用的句法不同,赵词变化尤多,竟至五首各异,各录其前段:

晏词——绿杨枝上晓莺啼,报融和天气。被数声、吹入纱窗里,又惊起,娇娥睡。

赵词一——数声回雁,几番疏雨,东风回暖。甚今年、立得春来晚。过人日,方相见。

赵词二——笙歌间错华筵启,喜新春新岁。菜传纤手,青丝轻细。和气入,东风里。

赵词三——去年元夜,正钱塘、看天街灯火。闹蛾儿转处,熙熙笑语,百万红妆女。

赵词四——溪桥山路,竹篱茅舍,凄凉风雨。被摧残泪挫,精神依旧,无奈相思苦。

赵词五——清江平淡,暗香潇洒,满林风露。渐枝上、也学杨花飞絮。轻逐春归去。

同是《水龙吟》,苏轼《次韵章质夫杨花词》一首与原作句法也有所不同,除次句章词"正堤上、柳花飘坠"是上三下四而苏词"也无人惜从教坠"改作上四下三外,其结尾句子的分合也不同:

章楶原词——望章台路杳,金鞍游荡,有盈盈泪。
苏轼和词——细看来不是杨花,点点是离人泪。

有人将苏词按照原作在"是"、"点"两字下断句,这分明有害文理。辛弃疾曾用此调写《寿韩南涧》一首，结尾是："待他年整顿乾坤事了，为先生寿。"字数相同，但与章、苏两词的断句又不一样。

关于词句的分合，例多不胜枚举。搞清这一点，对于古人的词，就可大胆依文理断句，不会把《满江红》断成"驾长车踏破"，《念奴娇》断成"故垒西边人道是"，"多情应笑，我早生华髮"。也用不着说明：依语法结构，应如何标点，这里是按词谱断句。

词调有注明为"摊破"或增加字数较多者，可能就要添声，不仅仅是句子分合的问题了。

第六章

关于音律

词是合乐的文学，在研究中自应音乐与文字并重。但自词的音谱失传，欣赏研究者多舍音而取文，词乐遂成为中国音乐史的专门课题之一。这里，只将有关词的音律方面常识作一简要说明。

一　宫调及其声情

通常所说的词调，是指词的腔调(亦称腔子)，也就是依照歌唱的音谱。创制音谱，必须依据宫调来定律，所以每个词调都属于一定的宫调。

宫调是以七音、十二律构成的。宫、商、角、徵、羽、变宫、变徵叫做七音，等于现在西乐的 do、re、mi、fa、sol、la、si；黄钟、大吕、太簇、夹钟、姑洗、仲吕、蕤宾、林钟、夷则、南吕、无射、应钟叫做十二律，等于西乐 C、^{b}D、D、^{b}E、E、F、^{b}G、G、

^bA、A、^bB、B 十二级。前者所以代唱声的高低，后者则定音阶的高下。十二律各有七音，以宫音乘十二律名曰宫；以商、角、徵、羽、变宫、变徵乘十二律名曰调。宫有十二，调有七十二，合称八十四宫调（张炎《词源》卷上列有全表）。

按在中国音乐史上，隋、唐为俗乐大盛、雅乐混入俗乐的时代。以上即是隋郑译得龟兹人苏祇婆的琵琶法而附会以五音、二变合十二律所创。以琵琶为乐之主体定雅乐，实为中国乐律一大变革，"由是雅俗之乐皆此声矣"（《辽史·乐志》）。当时苏夔已引证《韩诗外传》等记载，指出于五音外更加变宫、变徵为非（详《隋书·音乐志》）。事实上琵琶只有四弦，徵音不备；每弦七调，共二十八调。唐和北宋时实际应用的止此而已。调名如下：

	正　名	俗　名
宫七调	黄钟宫	正黄钟宫
	大吕宫	高宫
	夹钟宫	中吕宫
	中吕宫	道宫
	林钟宫	南吕宫
	夷则宫	仙吕宫
	无射宫	黄钟宫

商七调	无射商	越调
	黄钟商	大石调
	大吕商	高大石调
	夹钟商	双调
	中吕商	小石调
	林钟商	歇指调
	夷则商	商调
角七调	无射闰(闰即变宫)	越角调
	黄钟闰	大石角
	大吕闰	高大石角
	夹钟闰	双角
	中吕闰	小石角
	林钟闰	歇指角
	夷则闰	商角
羽七调	夹钟羽	中吕调
	中吕羽	正平调
	林钟羽	高平调
	夷则羽	仙吕调
	无射羽	羽调
	黄钟羽	般涉调
	大吕羽	高般涉调

以上二十八调，到南宋时，据张炎《词源》所载，只用以下七宫十二调了。

七宫：黄钟宫、仙吕宫、正宫、高宫、南吕宫、中吕宫、道宫

十二调：大石调、小石调、般涉调、歇指调、越调、仙吕调、中吕调、正平调、高平调、双调、黄钟羽、商调

上述十九宫调，是当日音律的实际应用。某词调注明属于某宫调者，意即表明该词应依某宫调的音律去决定腔调的高低。凡不同词调而属于同一宫调的，其高低当然一样；倘同一词调而入几个宫调，则用音应有所不同。

今传宋人词集注明宫调的已寥寥可数：依宫调编次者如柳永的《乐章集》、张先的《张子野词》；在词调分别注明所属宫调者如周邦彦的《片玉集》、张孝祥的《于湖先生长短句》；部分注明宫调的如吴文英的《梦窗词集》、姜夔《白石道人歌曲》中的自度曲。近世夏敬观撰《词调溯源》，经参考各种有关资料，罗列二十八调词牌分别予以说明。（惟其中没有称引《于湖先生长短句》，可能未曾见及注明宫调的乾道本。）他在书末指出："总上列各词牌名，所属的律调，皆不出于苏祗婆琵琶法的二十八调以外。自隋至宋，

凡在记载中可寻考的,无一不是这样。郑译虽然演为八十四调,除二十八调外,却都没人用过。"又说:"琵琶法的二十八调,到后来又减成六宫十一调。"按此已为金元北曲用调情况,其后续有改变,这里不多谈。

不同的宫调,其声情有何不同,宋人论词未见有关这方面的系统描述。惟元人论曲,如周德清《中原音韵》曾指出"大凡声音,各应于律吕",并就当时北曲所用六宫十一调的声情特点加以分析如下:

仙吕宫清新绵邈　　南吕宫感叹伤悲
中吕宫高下闪赚　　黄钟宫富贵缠绵
正宫惆怅雄壮　　　道宫飘逸清幽

(以上六宫)

大石调风流蕴藉　　小石调旖旎妩媚
高平调条畅滉漾　　般涉调拾掇坑堑
歇指调急并虚歇　　商角调悲伤宛转
双调健捷激袅　　　商调凄怆怨慕
角调呜咽悠扬　　　宫调典雅沉重
越调陶写冷笑

(以上十一调)

以上又见元燕南芝庵《唱论》,每一宫调名后皆有"唱"字(如"越调唱陶写冷笑")。其所谓"大凡声音,各应于律吕",自是指乐曲声情,宋词与元曲相去尚不远,其说可供参考。

二 择腔和择律

张炎《词源》附录杨守斋(缵)《作词五要》说:

> 作词之要有五:第一要择腔,腔不韵则勿作。如《塞翁吟》之衰飒、《帝台春》之不顺、《隔浦莲》之寄煞、《斗百草》之无味是也。第二要择律,律不应月则不美。如十一月调须用正宫,元宵词必用仙吕宫为宜也。

按宋人所谓择调,实包括选择宫调、腔调以至依月用律而言。一般制谱填词或依词配谱的过程,首先要根据自己所欲表达的思想感情去选取声情合适的宫调,而腔与律都是和宫调有密切联系的。杨缵说的是"作词之要",所以从择腔说起,要求第一要选声情切合的腔调,并注意依月用律,然后按谱填词。他说:"第三要填词按谱,自古作词能依句者已少,依谱用字者百无一二。词若歌韵不协奚取焉?"当然,倘作者如此认真,自能写出文情与声情一致的好词。

可惜,在南宋末年的杨缵已慨叹"依谱用字者百无一二",则所谓择腔与依月用律究竟如何,不难想像。事实上宋词并不尽依宫调声情,也不拘于依月用律。《碧鸡漫志》卷二云:"崇宁间建大晟乐府,周美成作提举官,而制撰官又有七:万俟咏雅言……政和初召试补官,置大晟乐府制撰之职,新广八十四调,患谱弗传。雅言请以盛德大业及祥瑞事迹制词实谱。有旨依月用律,月进一曲,自此新谱稍传。"《词源》卷下也有类似的记载说:"崇宁立大晟府,命周美成诸人讨论古音,审定古调……由此八十四调之声稍传。而美成诸人又复增演慢曲、引、近,或移宫换羽为三犯、四犯之曲,按月律为之,其曲遂繁。"看来"依月用律"是徽宗想借助古乐粉饰盛治而提出的要求,大晟乐府诸人也曾致力于此。但同时的作者,并未认真守此功令。夏承焘著《词律三义》,论证"宋词不尽依宫调声情",亦"不依月用律",认为"宋词不能依月用律,由其有一不可解决之困难,即不能用四十八调中之三十五中管调是也。宋词以哑觱篥和唱,见白石词序(他本姜词,'哑'或作'亚',以其声较弱也)。哑觱篥即今头管;中管则较头管短一半,声高一倍,艰于吹奏,故宋词不用"。又说:"以予所知,今存宋人词中,其确用中管,且确为依月用律者,惟有仅见之一首,即万俟雅言所作之《春草碧》是。词谱二十六谓雅言《大声集》此首注'中管高宫',太簇宫中管高宫乃正月律,雅言以赋春草,正应月律。"(见《唐宋词论丛》)今《大声集》已佚,其他守律之作已不可复见。至于杨缵去大晟府时代已远,虽称择律为作词五要之二,也不过说说而已。

　　写词择腔,用意在使声、文谐合,相得益彰。但每调声情既难尽晓,而文字亦能独自表达思想感情。尤其不是为了应歌的词,更可置声情于不顾。于是出现《梦溪笔谈》卷五所说的情况:"今声、词相从,惟里巷间歌谣及《阳关》、《捣练》之类,稍类旧俗。然唐人填曲,多咏其曲名,所以哀乐与声,尚相谐会;今人则不复知有声矣。哀声而歌乐词,乐声而歌怨词,故语虽切而不能感动人情,由声与意不相谐故也。"由于能词者众而明乐者寡,其结果必然如此。不过作者往往通过旧词间接去领会声情,因而传词中同一调名者其文情多数相近。例如《六州歌头》一调,据南宋程大昌《演繁露》卷十六说:"《六州歌头》,本鼓吹曲也。近世好事者倚其声为吊古词,如'秦亡草昧,刘项起吞并'者是也。音调悲壮,又以古兴亡事实之,闻其歌,使人怅慨,良不与艳词同科,诚可喜也。"按"秦亡草昧"一首系刘仲方《项羽庙》词(见《花庵词选》卷五,又《花草粹编》卷十二,字句略有出入,题"过乌江",

作者李冠,注明"玉林作刘仲方")。同调现存较早者有贺铸词,如下:

少年侠气,交结五都雄。肝胆洞,毛发耸。立谈中,死生同,一诺千金重。推翘勇,矜豪纵,轻盖拥,联飞鞚,斗城东。轰饮酒炉,春色浮寒瓮,吸海垂虹。闲呼鹰嗾犬,白羽摘雕弓,狡穴俄空,乐匆匆。　似黄粱梦,辞丹凤;明月共,漾孤篷。官冗从,怀倥偬。落尘笼,簿书丛。鹖弁如云众,供粗用,忽奇功。笳鼓动,渔阳弄,思悲翁。不请长缨,系取天骄种,剑吼西风。恨登山临水,手寄七弦桐,目送归鸿。

此词抒写少年侠气以至请缨壮怀,激昂慷慨。其后张孝祥在建康留守席上赋"长淮望断,关塞莽然平"一首,歌阕,张浚为之罢席而入(见《朝野遗记》)。刘辰翁为贾似道督师至太平州鲁港,未见敌鸣锣而溃,作"向来人道,真个胜周公"一首,暴露贾似道擅权误国,畏敌逃遁,极尽嬉笑怒骂之能事。其他如刘过的《吊武穆鄂王忠烈庙》"中兴诸将,谁是万人英"及"镇长淮,一都会,古扬州"各一首,汪元量的《江都》"绿芜城上,怀古恨依依"一首,这些词无论是倾吐忠愤填膺的激情,或是抒发怀古伤今的感慨,确皆雄健奔放,不与艳词同科。但如跟张孝祥同时的韩元吉所写一首相比，便稍有不同：

> 东风著意，先上小桃枝。红粉腻，娇如醉，倚朱扉。记年时，隐映新妆面，临水岸，春将半，云日暖，斜桥转，夹城西。草软莎平，跋马垂杨渡，玉勒争嘶。认蛾眉，凝笑脸，薄拂胭脂。绣户曾窥，恨依依。　共携手处，香如雾，红随步，怨春迟。消瘦损，凭谁问？只花知，泪空垂。旧日堂前燕，和烟雨，又双飞。人自老，春长好，梦佳期。前度刘郎，几许风流地，花也应悲。但茫茫暮霭，目断武陵溪，往事难追。

此词与前举同调诸作相较，似有豪放与婉约之异，特别上片给人以宛转缠绵的感受。不过换头以下，便把读者带入一个悲凉的境界。《六州歌头》在《于湖先生长短句》里注明大石调，此调声情特色为"风流蕴藉"，对照韩作似亦合乎要求。

再举一词调为例，《满江红》在《乐章集》、《清真集》、《于湖先生长短句》里都入仙吕调，今传宋词豪放、婉约皆有之。张孝祥用此调写过"千古凄凉，兴亡事、但悲陈迹"；也写过"罗帕分柑霜落齿，冰盘剥芡珠盈掬"，"离岸橹声惊渐远,盈襟泪点凄犹滴"。柳永"暮雨初收"一词,写的是"游宦区区成底事?平生况有云泉约"的漂泊失意情怀。周邦彦的一首,全录于次:

> 昼日移阴,揽衣起、春帷睡足。临宝鉴、绿云撩乱,未忺妆束。蝶粉蜂黄都褪了,枕痕一线红生肉。背画阑、脉脉悄无言,寻棋局。　　重会面,犹未卜;无限事,萦心曲。想秦筝依旧,尚鸣金屋。芳草连天迷远望,宝香熏被成孤宿。最苦是、蝴蝶满园飞,无心扑。

把这首词跟"怒发冲冠……壮怀激烈……壮志饥餐胡虏肉,笑谈渴饮匈奴血"那首壮词比起来,似乎风格相去甚远。但也要看到它们有个共同之点,即无论是抒发豪情襟抱,或是感叹羁旅离别,都以激越怨抑的辞语出之。仙吕调的声情特色是"清新绵邈",而这些词的文情并无与此直接抵触。则与《梦溪笔谈》所说的"哀声而歌乐词,乐声而歌怨词"有所不同。

总之:在词乐失传之后,我们仅凭前人语焉不详的若干文字记载,兼从旧词的文情去间接揣摩声情,显然只能得其近似。《词源·杂论》说:"若词人方始作词,必欲合律,恐无是理。所谓'千里之程起于足下',当渐而进可也……音律所当参究,词章先宜精思。俟语句妥溜,然后正之音谱。二者得兼,则可造极玄之域。今词人才说音律,便以为难,正合前说,所以望望然而去之。"张炎又说:"近代杨守斋精于琴,故深知音律……但守斋持律甚严,一字不苟作,遂有《作词五要》,观此则词欲协音,未易言也。"因知所谓择腔、择律以及填词按谱等说,只是从理论上立言,张炎已经慨叹协音不易,到后世但以前人的作品为范例去填词,不仅与音律无所联系,即"填词按谱"的原义也不存在了。

第七章

字声在词里的运用

一　字声平仄阴阳与音谱的关系

歌词是与音谱互相配合的。上章只提及文情要与声情一致，现在进一步略谈字声和乐声的密切关系。既然制作音谱在音律方面要求很严，那么，歌词就不得不应用最符合乐声的字，平仄、阴阳也是在这一情况下，才逐渐严格起来的。

古无四声之说，到齐、梁间，四声的妙用才渐显著。《南史·沈约传》谓约"撰《四声谱》，以为在昔词人累千载而不寤，而独得胸衿，穷其妙旨，自谓入神之作……"。按其书今已不传。

讲究四声有什么好处呢？《宋书·谢灵运传论》说："欲使宫羽相变，低昂舛节，若前有浮声，则后须切响。一简之内，音韵尽殊；两句之中，轻重悉异。妙达此旨，始可言文。"

按语言如能够做到四声相间成章,则在口头语一定悦耳动听,在书面语也应流利易读。用以合乐的歌词,当然更要讲究谐和。

元稹《乐府古题序》谓歌词有"由乐以定词"和"选词以配乐"两种。"由乐以定词"应该怎样呢?据他说要:"因声以度词,审调以节唱。句度长短之数,声韵平上之差,莫不由之准度。"所谓"因声以度词,审调以节唱",这是属于音律方面的。至于"句度长短之数,声韵平上之差",便是文字方面的事了。

唐代的律诗,已经很重视平仄的运用。到了词,就更进一步以音谱为准去配合。苏轼词,向来认为是"曲子中缚不住者",但就其存词来看,并非完全不顾音谱。以《阳关曲》一调为例,最早的歌词是用王维《送元二使安西》的一首七绝诗:"渭城朝雨浥轻尘,客舍青青柳色新。劝君更尽一杯酒,西出阳关无故人。"自从"选词以配乐"后,当然就有了一定的音谱。《东坡乐府》现存《阳关曲》三首,竟没有一首像一般七言绝句诗的。原词如下:

(1)答李公择

济南春好雪初晴,才到龙山马足轻;使君莫忘霅溪女,还作阳关肠断声。

(2) 中秋作

暮云收尽溢清寒,银汉无声转玉盘;此生此夜不长好,明月明年何处看。

(3) 赠张继愿

受降城下紫髯郎,戏马台南旧战场;恨君不取契丹首,金甲牙旗归故乡。

王维原诗系用平起,其后二句仍平起,且每句有一拗字,苏词一一依之。再比较此三词句中用字的平仄,除"银"、"才"两平声,王维诗"客"字系入声(入原可代平)外,其他竟无一字不合,甚至一、二两首用字的四声,只"莫"、"此"两字与王维原作不同,第三首虽有六个字四声不同于原作,但紧要处如第一字用去声及第三句拗第五字,仍未轻易改变。他为什么这样谨守格律,当然是由于音谱的要求。

苏轼原不是最重音律的词家,北宋的柳永、周邦彦,南宋的姜夔、吴文英、张炎等,对此更为重视。李清照已指出歌词分清浊、轻重,而张炎论述四声清浊与音谱的关系更详。他在《词源》卷下《音谱》节里说:

词以协音为先,音者何,谱是也。古人按律制谱,以词定声,此正声依永、律和声之遗意。

又说:

先人晓畅音律,有《寄闲集》旁缀音谱,刊行于世。每作一词,必使歌者按之,稍有不协,随即改正。曾赋《瑞鹤仙》一词云:"卷帘人睡起,放燕子归来,商量春事。芳菲又无几,减风光都在卖花声里。吟边眼底,被嫩绿、移红换紫。甚等闲、半委东风,半委小桥流水。还是苔痕溅雨,竹影留云,做晴犹未。繁华迤逦,西湖上、多少歌吹。粉蝶儿、扑定落花不去,闲了寻香两翅。那知人、一点新愁,寸心万里。"此词按之歌谱,声字皆协,惟"扑"字稍不协,遂改为"守"字,始协。乃知雅词协音,虽一字亦不放过,信乎协音之不易也。又作《惜花春起早》云"琐窗深","深"字音不协,改为"幽"字,又不协,再改为"明"字,歌之始协。此三字皆平声,胡为如是?盖五音有唇、齿、喉、舌、鼻,所以有轻清重浊之分,故平声字可为上入者此也。听者不知宛转迁就之声,以为合律;不详一定不易之谱,则曰失律。矧歌者岂特忘其律,抑且忘其声字矣。述词之人,若只依旧本之不可歌者,一字填一字,而不知以讹传讹,徒费思索。当以可歌者为工,虽有小疵,亦庶几耳。

按张炎之意,作词不可只依旧本之不可歌者一字填一字。如欲其协律,必使歌者按之。这在音谱失传后就无法做到了。

不过他虽认为按谱当以可歌者为准,但也明白指出四声清浊与音谱有密切关系。沈义父在所著《乐府指迷》里更畅论如何运用四声以填词,他说:

> 腔律岂必人人皆能按箫填谱,但看句中用去声字最为紧要。然后更将古知音人曲一腔三两只参订,如都用去声,亦必用去声。其次,如平声却用得入声字替,上声字最不可用去声字替。不可以上、去、入尽道是侧声便用得,更须调停参订用之……。

沈氏自称尝与吴文英等"讲论作词之法",《乐府指迷》实由于"子侄辈往往求其法"而作。他是主张"音律欲其协"的,而其示子侄以协律之法,即由参订四声入手,显然认为这是间接求合音谱的一条路径。

又词、曲跟音乐的关系,虽唱法有别,理实相通。明王骥德《曲律》说:

四声者,平、上、去、入也。平谓之平,上、去、入总谓之仄。曲有宜于平者,而平有阴阳;有宜于仄者,而仄有上、去、入。乖其法则曰拗嗓。盖平声声尚含蓄,上声促而未舒,去声往而不返,入声则逼侧而调不得自转矣……词隐谓:"遇去声当高唱,遇上声当低唱,平声、入声又当斟酌其高低,不可令混。"或又谓:平有提音,上有顿音,去有送音,盖大略平、去、入启口便是其字,而独上声字须以平声起音,渐揭而重以转入,此自然之理。至调其清浊,协其高下,使律吕相宣,金石错应,此握管者之责,故作词第一吃紧义也。(《论平仄》)

又说:

　　古之论曲者曰:"声分平仄,字别阴阳。"……夫自五声之有清浊也,清则轻扬,浊则沉郁……曲之篇章句字,既播之声音,必高下抑扬,参差相错,引如贯珠,而后可入律吕,可和管弦。倘宜扬也而或用阴字,则声必欺字;宜抑也而或用阳字,则字必欺声。阴阳一欺,则调必不和。欲诎调以就字,则声非其声;欲易字以就调,则字非其字矣。毋论听者逆耳,抑亦歌者棘喉。(《论阴阳》)

从王氏论曲所指出四声清浊宜如何与律调相配合,亦可推知词与音谱的互相关系。

总之:词既系合乐的文学作品,即应力求字声能与音谱密切配合,不必依赖善歌者"宛转迁就"(《词源》语)、"融化其字"(《作词五要》语)。这一原则是无可非议的,不过应以不损害歌词的思想内容为限度。

二　四声的配合

自从词的音谱失传,后世填词无所适从。于是广采旧词同一词调者,排比推求,定为规式。这样间接求得合谐,明知尚隔一尘,也是不得已的办法。

最初只注意到平仄,后来渐进而论上、去,论四声以至论清、浊。到晚清词人如郑文焯、况周颐等,都是守律很严的。况氏曾说"凡协音先审清、浊,阴平清声,阳平浊声,亦如上、去不可通融"(《二云词·绮寮怨序》)。填词如只备吟诵而守律如此之严,实无甚意义。但如因研究前人选择字声的实例,从而掌握运用四声的技巧,对于欣赏与创作可能不是完全无益的。

兹举若干实例作为研究之助。

(一)关于去声的运用

万树《调律·发凡》说:"平仄固有定律矣,然平止一途,仄兼上、去、入三种,不可遇仄而以三声概填。盖一调之中,可概者十之六七,不可概者十之三四。须斟酌而后下字,方得无疵。此其故当于口中熟吟,自得其理。"按在一首词里,通常有数平仄可以互易。大部分仄声字上、去、入不拘,但亦有若干去声字不宜轻动者。沈义父《乐府指迷》已指出"去声字最为紧要"。万树更说明其所以紧要的原因如下:

> 名词转折跌荡处多用去声,何也?三声之中,上、入二者可以作平,去则独异。故余尝窃谓论声虽以一平对三仄,论歌则当以去对平、上、入也。当用去者,非去则激不起。用入且不可,断断勿用平、上也。(《词律·发凡》)

古人是不是这样重视去声呢?姜夔《满江红》小序曾谓该调旧词用仄韵多不协律,末句"无心扑"的"心"字,歌者必融入去声方谐音律,所以他写的平韵《满江红》用"闻佩环","佩"字去声方协律,可见古人词里有些去声字是特地安排的。

现录两首《恋绣衾》于下:

陆游:

不惜貂裘换钓篷,嗟时人、谁识放翁。归棹借樵风稳,数声闻林外暮钟。　　幽栖莫笑蜗庐小,有云山烟水万重。半世向丹青看,喜如今身在画中。

蒋捷:

蒨金小袖花下行,过桥亭、倚树听莺。被柳线低萦鬓。绀云垂、钗凤半横。　　红薇影转晴窗昼,漾兰心、未到绣绷。奈一点春来恨,在青蛾弯处又生。(此从《彊村丛书》本。按"昼"字毛本作"尽"、《历代诗馀》作"画"。又两本"春"字下皆脱"来"字。)

此调五十四字,前段四句三平韵,后段四句两平韵。《词律》录吴文英"频摩书眼怯细文"一首为式;《康熙词谱》首录朱敦儒"木落江南感未平"一首指为正体,又引周密等四首为"又一体"。

《词律》注云:"此调声响,每句俱于协韵上一字用仄声。"今进一步检查陆游词协韵上一字为"钓"、"放"、"暮"、"万"、"画",蒋捷词协韵上一字为"下"、"听"、"半"、"绣"、

"又",竟没有一个字不是去声,可见并非出于偶然。

再检同调他词,如朱敦儒、辛弃疾、韩淲、史达祖、吴文英、周密、陈允平、张翥等作,都只个别协韵上一字作上声或入声(盖为文理所限,只好让歌者"宛转迁就")。因知此韵脚上一字自是宜"去",否则不会巧合至此。与此类似者如《醉太平》调,其前后段起二句协韵上一字亦多用去声。

万氏谓"名词转折跌荡处多用去声",吴梅称其"深得倚声三昧",并举姜夔的《扬州慢》为例,原词录次:

> 淳熙丙申至日,予过维扬。夜雪初霁,荠麦弥望。入其城,则四顾萧条,寒水自碧,暮色渐起,戍角悲吟。予怀怆然,感慨今昔,因自度此曲。千岩老人以为有黍离之悲也。
> 淮左名都,竹西佳处,解鞍少驻初程。过春风十里,尽荠麦青青。自胡马窥江去后,废池乔木,犹厌言兵。渐黄昏、清角吹寒,都在空城。　　杜郎俊赏,算而今、重到须惊。纵豆蔻词工,青楼梦好,难赋深情。二十四桥仍在,波心荡冷月无声。念桥边红药,年年知为谁生?

吴氏云:"'过春风十里'、'自胡马窥江去后'、'渐黄昏、清角吹寒',凡协韵后转折处皆用去声,此首最为明显。他如《长亭怨慢》'树若有情时'、'望高城不见'、'第一是早早归来'、'算空有并刀',《淡黄柳》之'看尽鹅黄嫩绿'、'怕梨花落尽成秋色',其领头处无一不用去声者,无他,以发调故也。"(《词学通论》)

按《扬州慢》一调领头处用去声者凡九,在协韵后转折处有六字,确属"最为明显"。他词除吴氏已举之《长亭怨慢》及《淡黄柳》外,其《暗香》一调亦然:

辛亥之冬,予载雪诣石湖。止既月,授简索句,且征新声。作此两曲,石湖把玩不已,使二妓肄习之,音节谐婉,乃名之曰《暗香》、《疏影》。

旧时月色,算几番照我,梅边吹笛?唤起玉人,不管清寒与攀摘。何逊而今渐老,都忘却春风词笔。但怪得竹外疏花,香冷入瑶席。　　江国,正寂寂,叹寄与路遥,夜雪初积。翠樽易泣,红萼无言耿相忆。长记曾携手处,千树压、西湖寒碧。又片片、吹尽也,几时见得?

此词"算"、"唤"、"但"、"正"、"叹"、"翠"、"又"都是去声,并且用在协韵后转折处每句的领头字。其所以如此,自是由于音谱的要求。万氏所谓"非去则激不起",吴氏所谓"发调",也就是说只有去声字才能唱高音。因三仄中入可作平,上界平仄之间,都不像去声由低而高,可以缓唱。倘应用去声字而代以他声,唱时便有妨碍。沈义父《乐府指迷》早已指出:

> 古曲亦有拗者,盖被句法中字面所拘牵,今歌者亦以为碍。如《尾犯》之用"金玉珠珍博","金"字当用去声字;如《绛都春》之用"游人月下归来","游"字合用去声字之类是也。

沈氏所引两例:前者为柳永句,后者为吴文英句。柳、吴都是精通音律的,但为"句法中字面所拘牵"时,就不管字声合否。足见字声也只求其尽可能合乐而已。

(二)去、上的互相配合

万树《词律·发凡》说:

> 一调有一调之风度声响,若上、去互易,则调不振起,便成落腔。尾句尤为吃紧,如《永遇乐》之"尚能饭否",《瑞鹤仙》之"又成瘦损","尚"、"又"必仄,"能"、

"成"必平,"饭"、"瘦"必去,"否"、"损"必上,如此然后发调。末二字若用平上或平去或去去、上上、上去,皆为不合。

为什么上、去不能互易?就字声的差异来看便不难理解。"上声舒徐和软,其腔低;去声激厉劲远,其腔高"(《词律·发凡》)。当去而用上,唱腔就扬不起来;当上而用去,唱腔就低不下去。只有相互配合使用,才能抑扬有致,即在吟诵中也感到音节谐和。词调中去、上连用特多的要算《花犯》,录两词于下:

花犯 咏梅 (宋)周邦彦

粉墙低,梅花照眼,依然旧风味。露痕轻缀,疑净洗铅华,无限佳丽。去年胜赏曾孤倚,冰盘同燕喜。更可惜、雪中高树,香篝熏素被。 今年对花最匆匆,相逢似有恨,依依愁悴。吟望久,青苔上,旋看飞坠。相将见、脆丸荐酒,人正在、空江烟浪里。但梦想、一枝潇洒,黄昏斜照水。

花犯 苔梅 (宋)王沂孙

古婵娟,苍鬟素靥,盈盈瞰流水。断魂千里,叹绀缕飘零,难系离思。故山岁晚谁堪寄?琅玕聊自倚。谩记我、绿蓑冲雪,孤舟寒浪里。　　三花两蕊破蒙茸,依依似有恨,明珠轻委。云卧稳,兰衣正,护春憔悴。罗浮梦、半蟾挂晓,么凤冷、山中人乍起。又唤取、玉奴归去,馀香空翠被。

以上去上连用凡十馀处。两词中"相逢似有恨,依依愁悴"及"依依似有恨,明珠轻委"句,"似有"两字是去上。吴文英作"冰肌瘦,窈窕风前纤缟"、"凌波路,古岸云沙遗恨",周密作"骚人恨,枉赋芳兰幽芷",句法虽有变化,但"瘦"、"窈"、"路"、"古"、"恨"、"枉"仍用去上。

须去上连用的例子很多,如《梦芙蓉》、《齐天乐》、《眉妩》等调里都有好几处,试检名家所作即知。关于"尾句尤为吃紧",除万树已举《永遇乐》、《瑞鹤仙》两调外,可再以《三姝媚》结句为例:

史达祖	归来暗写
吴文英	斜阳泪满(《过都城旧居有感》)
吴文英	花深未起
周　密	空江岁晚(《送圣与还越》)
王沂孙	蘋花弄晚(《次周公谨送别韵》)

王沂孙　　花阴梦好(《樱桃》)
张　炎　　园林未暑(《瓶中芙蓉香》)
张　炎　　却说巴山夜雨(《送舒亦山游越》)

上举最后一例,多"却说"两字,句法已与一般不同,但末二字仍作去上。

此外尚有以去上或上去隔用的:前者如吴文英《梦芙蓉》上、下片两结句作"霜枕正慵起"、"城影蘸流水",周邦彦《夜游宫》上、下片第三句作"桥上酸风射眸子"、"不恋单衾再三起";后者如周邦彦《蕙兰芳引》起句作"寒莹晚空,点青镜、断霞孤鹜",方千里、陈允平和作字声亦同。

(三)入声派平、上、去三声

明王骥德《曲律》论平仄云:

> 大抵词曲之有入声,正如药中甘草,一遇缺乏,或平、上、去三声字而不妥,无可奈何之际,得一入声,便可通融打诨过去。是故可作平,可作上,可作去;而其作平也,可作阴,又可作阳,不得以北音为拘。

他这几句话把过去词曲里运用入声字的情况讲得很明白。

所以搞得有些混乱,主要原因是由于北方无入声,故派作平、上、去三声,各有所属,原不得任意假借。但是南方有人不大清楚,以为入声改读平、上、去三声,无所不可,因而就通融打诨起来。

关于词里入声作三声的例子,戈载《词林正韵·发凡》曾就协韵及在句中者各举若干,兹摘取分列于下:

以入作平的:

    杜安世《惜春令》 闷无绪玉箫抛掷(掷,征移切)
    柳 永《望远行》 斗酒十千(十,绳知切)
    周邦彦《瑞鹤仙》 正值寒食(值,征移切)
    万俟雅言《三台》 饧香更酒冷踏青路(踏,当加切)
    姜 夔《暗香》 旧时月色(月,胡靴切)

以入作上的:

    晏几道《梁州令》 莫唱阳关曲(曲,邱雨切)
    晁补之《黄莺儿》 两两三三修竹(竹,张汝切)
    秦 观《望海潮》 金谷俊游(谷,公五切)
    方千里《瑞龙吟》 暮山翠接(接,兹野切)
    陈允平《应天长》 曾惯识、凄凉岑寂(识,伤以切)

以入作去的：

  柳 永《女冠子》 楼台悄似玉(玉,于句切)
  张 炎《徵招》 京洛染缁尘(洛,郎到切)
  万俟雅言《梅花引》家在日边(日,人智切)
  方千里《倒犯》 楼阁参差帘栊悄(阁,冈懊切)
  周 密《醉太平》 眉消额黄(额,移介切)

  上举柳永《女冠子》以入声"玉"字作去，但亦有以入作平者。如秦观《金明池》"才子倒、玉山休诉"，吴文英《无闷》"鸾驾弄玉"都协语居切。
  词调之全首协入声韵者，即无所谓派作平、上、去的事，但词句中也有必须用入之处，不得改用上、去的。杜文澜曾指出《忆旧游》后结第四字应用入声，为此调定格。并谓："万氏知词中去、上声有分别，不知入声亦间有定律也。"兹检《忆旧游》一调，名家所作，确多于此处用入声字：

  东风竟日吹露桃 周邦彦
  重寻当日千桃树 方千里
  胭脂淡薄羞嫩桃 陈允平
  残阳草色归思赊 吴文英

千山未必无杜鹃	张　炎
涓涓露湿花气生	张　炎
阳关西出无故人	张　炎
遥知路隔杨柳门	张　炎
萧萧汉柏愁茂陵	张　炎
清声漫忆何处箫	张　炎

又如周邦彦《瑞龙吟》的"愔愔坊陌人家"、"侵晨浅约宫黄"、"吟笺赋笔"，姜夔《凄凉犯》的"绿杨巷陌"等句，吴梅谓"陌"、"约"、"笔"、"绿"、"陌"诸字皆宜入。所以宜入的原因是："盖入声字重浊而断，词中与上、去间用，有止如槁木之致。今南曲中遇入声字皆重读而作断腔，最为美听。以词例曲，理本相同。"（《词学通论》）

(四)个别字声的改读

入派三声，这是源于北方语言，词里用得比较普遍。但平、上、去也偶有经作者自注应读某声者。

吴文英《过秦楼》的"能西风老尽"，《探芳信》的"藻池不通宫沟水"，"能"、"通"两字下都自注"去声"。

辛弃疾《水龙吟》的"长安却早"，《鹧鸪天》的"诗未成时雨早催"，这两个"早"字，都自注"去声"。

姜夔《莺声绕红楼》的"近前舞丝丝","近"字自注"平声"。

这样的改读,可能由于不欲损害辞语的浑成来求合音谱,又或方言原有此读音,恐通行的地区不广,所以注明应读某声。

三 拗句及其他

(一)拗句

什么叫拗句?先举一例说明它。如前录《恋绣衾》调的起句,陆游作"不惜貂裘换钓篷",蒋捷作"菁金小袖花下行",前者与一般诗句的平仄无异,后者读起来便觉得拗口。《词律》注云:"首句拗体乃此调定格。梦窗、稼轩、竹山皆同。陈允平'缃桃红浅柳褪黄,银鸳金凤画暗消'亦然。惟放翁作'不惜貂裘换钓篷','裘'字用平耳。"按此调起句不拗者尚有朱敦儒的"木落江南感未平"。其他如史达祖的"吴梅初试涧谷春",吴文英的"频摩书眼怯细文",陈允平的"多情无语敛黛眉",韩淲的"欢浓两点笑靥儿",都是同一类型的拗句,只要把一、二两字和三、四两字对调一下就不拗了。又如辛弃疾的"夜长偏冷添被儿",周密的

"粉黄日薄沾麝熏",张翥的"醉乡残梦莺唤醒",便是另一类型,要把"冷"、"添"、"沾"、"麝"、"莺"、"唤"等字对调平仄,才不拗口。

我们可否对调一下让它顺口呢?明张綖作《诗馀图谱》已经这样试过了,遇拗句即改为顺适,万树在《词律·发凡》里曾力斥其非,他说:

> 夫一调之中,岂无数字可以互用?然必无通篇皆随意通融之理。谱见略有拗处,即改顺适,五、七言句必成诗语。并于万万不可移动者,亦一例注改,如《摸鱼儿》、《贺新郎》、《绮罗香》尾三字,欲改作平平仄,《兰陵王》尾六字欲改入平声之类。无调不加妄注,有一首而改其半者,有一句而全改者,于其原词判然相反,尚得为本调乎?

又说:

> 或曰:"改拗为顺,取其谐耳顺口,君何必如此拘执?"余曰:"苟取顺便,则何必用谱,何必用旧名乎?故不作词则已,既欲作词,必无杜撰之理。如美成造腔,其拗处乃其顺处,所用平仄岂漫然为之耶?倘是漫

然为之者,何其第二首亦复如前,岂亦皆漫然为之至再至三耶?"

按古人所以写成这样拗句,并非他们的写作才能不够,而是出于密切配合音谱的要求,越是精通音乐的作家,词里的拗句也就越多。如:

  周邦彦 归骑晚,纤纤池塘飞雨。(《瑞龙吟》)
      今年对花太匆匆(《花犯》)
      东风竟日吹露桃(《忆旧游》)
  姜 夔 正一望千顷翠澜(《满江红》)
      今夕何夕恨未了(《秋宵吟》)
      怕匆匆不肯寄与误后约(《凄凉犯》)
  吴文英 一箭流光,又趁寒食去。(《西子妆慢》)
      病怀强宽……更移画船。(《霜花腴》)
      傍柳系马(《莺啼序》)

又如史达祖《寿楼春》一调,起结作"裁春衫寻芳","相思未忘蘋藻香",词中他句叠用平声至三四字者尚多,似皆有意为之。凡此拗句,后人多从名作,不轻易改变。即如《忆旧游》后段结句,上节所引诸例,固无一不同者。

就前人处理拗句态度如此谨慎推测，其拗涩不顺者，应是音律最妙处。创调制词，皆为歌唱，怎样才协于歌喉，我们不能依吟诵是否顺口去判断它。

（二）一句用四声

词中有一句而用了平、上、去、入四声的。如《扫花游》的起句、《渡江云》的第二句、《暗香》的结句都是这样。

《扫花游》：

  周邦彦　晓阴翳日，正雾霭烟横，远迷平楚。

  吴文英　冷空淡碧，带翳柳轻云，护花深雾。（《西湖寒食》）

  吴文英　水云共色，渐断岸飞花，雨声初峭。（《春雪》）

  吴文英　草生梦碧，正燕子帘帷，影迟春午。（《赠芸隐》）

  吴文英　水园沁碧，骤夜雨飘红，竟空林岛。（《送春古江村》）

  吴文英　暖波印日，倒秀影秦山，晓鬟梳洗。（《赋瑶圃万象皆春堂》）

《渡江云》：
>周邦彦　晴岚低楚甸,暖回雁翼,阵势起平沙。
>
>吴文英　羞红颦浅恨,晚风未落,片绣点重茵。(《西湖清明》)

《暗香》：
>姜　夔　又片片吹尽也,几时见得。
>
>赵以夫　听报道催去也,再调玉鼎。
>
>吴文英　便问讯湖上柳,两堤翠匝。
>
>陈允平　待办取蓑共笠,小舟泛得。
>
>张　炎　泛片叶烟浪里,卧横紫笛。
>
>张　炎　莫相忘堤上柳,此时共折。

此外如："想移根换叶,尽是旧时,手种红药"(周邦彦《解连环》)、"品高调侧人未识"(周邦彦《月下笛》)、"小唇秀靥今在否"(周邦彦《琐窗寒》)、"冷熏沁骨悲乡远"(吴文英《琐窗寒》)等句,亦皆连用平、上、去、入四声,想都为了谐和动听。

(三)双声和叠韵

王国维《人间词话》卷下说：

>双声、叠韵之论,盛于六朝,唐人犹多用之。至宋

> 以后，则渐不讲，并不知二者为何物。乾嘉间吾乡周松霭先生(春)著《杜诗双声叠韵谱括略》，正千馀年之误，可谓有功文苑者矣……自李淑《诗苑》伪造沈约之说，以双声、叠韵为诗中八病之二，后世诗家多废而不讲，亦不复用之于词。余谓苟于词之荡漾处多用叠韵，促节处多用双声，则其铿锵可诵，必有过于前人者。惜世之专讲音律者，尚未悟此也。

这是主张多用双声、叠韵的。刘熙载却认为不宜多用，他在《艺概》卷四里说：

> 词句中用双声、叠韵之字，自两字之外，不可多用。惟犯叠韵者少，犯双声者多。盖同一双声，而开口、齐齿、合口、撮口呼法不同，便易忘其为双声也。解人正须于不同而同者去其隐疾。且不惟双声也，凡喉、舌、齿、牙、唇五音，俱忌单从一音连下多字。

按双声叠韵有助于音节的谐美，词里用的还是很多。王国维谓"亦不复用之于词"并非事实。如：

> 空叹时序侵寻 （姜夔《一萼红》）

待得归鞍到时　　（同上）
・・
差池欲住　　　　（史达祖《双双燕》）
・・
又软语商量不定　（同上）
　　・・
芹泥雨润　　　　（同上）
　　・・
尽日冥迷　　　　（史达祖《绮罗香》）
　　・・
隐约遥峰　　　　（同上）
・・

以上"侵寻"、"差池"、"商量"都是叠韵；"待得"、"雨润"、"冥迷"、"隐约"都是双声。其中如"商量"、"隐约"等，至今口语还常用。

此外如李清照的《添字采桑子》"点滴凄清"句，系连用两个双声，姜夔《湘月》的"渐唤我、一叶夷犹乘兴"句则连用四个双声字，都"铿锵可诵"。至如吴文英的《探芳新》"叹年端连环转烂熳游人如绣"句，其前八字皆为叠韵，则未免造作过甚，转伤谐和。又陈锐谓"词中偶句，有双声字必用叠韵对者"（《裛碧斋词话》），事实上并不甚拘。

词中以多用叠字著称者，有李清照的《声声慢》。

叠字的美处，不仅因其类似叠韵，同时，像这首词里的"清清"、"凄凄"与"戚戚"，"点点"与"滴滴"，又各为双声。

有些叠字在句里的作用，可使语意更为深刻生动，如"过云时送雨些些"（贺铸《减字木兰花》）、"斜阳冉冉春无极"

(周邦彦《兰陵王》)、"淡云来往月疏疏"(李清照《浣溪沙》)等是,例不赘举。

总之:双声、叠韵和叠字在句子里的运用,应是作者有意安排的。周济说得好:

> 双声、叠韵字要着意布置,有宜双不宜叠、宜叠不宜双处。重字则既双且叠,尤宜斟酌。如李易安之"凄凄、惨惨、戚戚",三叠韵六双声,是锻炼出来,非偶然拈得也。(《宋四家词选·序论》)

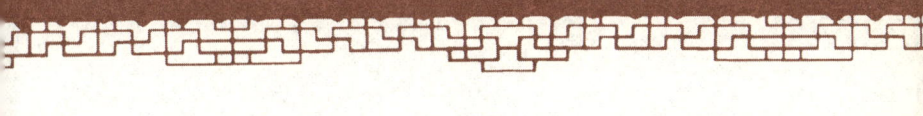

第八章

词的协韵

关于词韵的创始、发展以及分歧意见,后面将专章详述。这里拟先将唐、宋词用韵情况加以说明,然后再就词的协韵问题略事研讨。

一　旧词用韵的种种情况

词的押韵方式,粗略看来不外"通首一韵"及"一首多韵"两大类。

提到"通首一韵",似乎无烦举例,即可明了。事实上情况也不那样简单,虽用同部的字而平仄单协与通协不同,并有独木桥及长尾韵等例(见第二章第二节)。至于"一首多韵"的当然更为复杂。兹特就其韵脚分布情况及用韵平仄变化,各括为若干目,分别举例说明。

(一)韵脚分布的多种形式

依韵脚分布情况,约有六种不同的形式:(1)每句押韵;(2)多句无韵;(3)换韵频繁;(4)多韵交错;(5)句中暗协;(6)同字叠协。

(1)每句押韵

每句押韵的词如:《忆王孙》、《长相思》、《相见欢》、《醉太平》、《归国遥》、《谒金门》、《渔家傲》等调都是。就中以小令为多,韵脚或平或仄或平仄交错,没有一定。录一例于次:

桃源忆故人　　　　(宋)陆游

中原当日山川震,关辅回头煨烬。泪尽两河征镇,日望中兴运。　秋风霜满青青鬓,老却新丰英俊。云外华山千仞,依旧无人问。

(2)多句无韵

词中韵脚较疏者,如柳永的《破阵乐》:"别有盈盈游女,各委明珠,争收翠羽,相将归去。渐觉云海沉沉,洞天日晚。"《凤归云》:"更可惜、淑景亭台,暑天枕簟,霜月夜凉,

雪霰朝飞,一岁风光,尽堪随分,俊游清宴。"都隔六七句才用一韵。再录周邦彦词两例于次:

　　一抹残霞,几行新雁;天染断红,云迷阵影,隐约望中,点破晚空澄碧。助秋色,门掩西风,桥横斜照,青翼未来,浓尘自起,咫尺凤帏,合有人相识。——《双头莲》上片

　　道连三楚,天低四野,乔木依前,临路欹斜。重慕想、东陵晦迹,彭泽归来,左右琴书自乐,松菊相依,何况风流鬓未华。多谢故人,亲驰郑驿,时倒融尊,劝此淹留,共过芳时,翻令倦客思家。——《西平乐》下片

(3)换韵频繁

小令换韵较多者,如温庭筠的《荷叶杯》:"一点露珠凝冷,波影,满池塘。绿茎红艳两相乱,肠断,水风凉。"全首仅二十三字,六句,但已三换韵。全首仅八句的《醉公子》调亦四换韵,皆平均两句即一换韵。长调有二十余句而换韵至八次者,如:

小梅花　　　(宋)贺铸

　　缚虎手,悬河口,车如鸡栖马如狗。白纶巾,扑黄

尘,不知我辈可是蓬蒿人。衰兰送客咸阳道,天若有情天亦老。作雷颠,不论钱,谁问旗亭美酒斗十千。

酌大斗,更为寿,青鬓长青古无有。笑嫣然,舞翩然,当垆秦女十五语如弦。遗音能记秋风曲,事隔千年犹恨促。揽流光,系扶桑,争奈愁来一日却为长。

(4) 多韵交错

多韵交错没有一定的形式。有的以两部韵上、下片交错互协,如陆游的《钗头凤》(引见第二章第二节),上片的"手"、"酒"、"柳"是一韵,"恶"、"薄"、"索"、"错"是另一韵;下片则以"旧"、"瘦"、"透"与前者相协,又以"落"、"阁"、"托"、"莫"与后者相协。有的以一韵为主而间协他韵,如:

定风波　　　(宋)辛弃疾

三山送卢国华提刑,约上元重来。

少日犹堪话别离,老来怕作送行诗。极目南云无过雁,君看:梅花也解寄相思。　无限江山行未了,父老,不须和泪看旌旗。后会丁宁何日是?须记:春风十里放灯时。

此词以"离"、"诗"、"思"、"旗"、"时"平韵为主,又间入"雁"、"看"、"了"、"老"、"是"、"记"三组仄韵。其更错综复杂者,如:

离别难　　（五代）薛昭蕴

宝马晓鞴雕鞍,罗帏乍别情难,那堪春景媚。送君千万里。半妆珠翠落,露华寒。红蜡烛,青丝曲,偏能勾引泪阑干。　　良夜促,香尘绿。魂欲迷,檀眉半敛愁低。未别心先咽,欲语情难说。出芳草,路东西,摇袖立。春风急,樱花杨柳雨凄凄。

此词上、下片各以一平韵为主,上片间协两仄韵,下片间协三仄韵。而上片的"烛"、"曲"又与换头的"促"、"绿"相协。全首共用六个不同的韵部。

(5) 句中暗协

句中韵谓之"暗协",又称"短韵"。如上例"未别心先咽","别"、"咽"与下句韵脚"说"同部。但因为此两句系对偶,不宜在"别"字处断句,故可认为系句中韵。词句里暗藏短韵的很多,有些可能出于偶然,有些自是有意为之。如:

倾城尽寻胜去,骤雕鞍绀幰出郊坰。——柳永《木兰花慢》

歌声未尽处,先泪零。——周邦彦《绮寮怨》

秋阴时晴渐向暝,变一庭凄冷,伫听寒声,云深无雁影。——周邦彦《关河令》

东篱把酒黄昏后——李清照《醉花阴》

相思未忘蘋藻香——史达祖《寿楼春》

怕凤鞋挑菜归来——史达祖《东风第一枝》

路隔重云雁北——吴文英《秋思》

春梦人间须断,但怪得当年梦缘能短。——吴文英《三姝媚》

(6) 同字叠协

李清照《凤凰台上忆吹箫》上片有句说:"生怕离怀别苦,多少事,欲说还休。"过片又说:"休休。这回去也,千万遍阳关,也则难留。"两押"休"字,这也许是偶然的重韵。但如她的《武陵春》下片说:"闻说双溪春尚好,也拟泛轻舟。只恐双溪舴艋舟,载不动许多愁。"这里第二个"舟"字是承第一个"舟"字而来,当然不是无心的重韵。《一剪梅》的结句"才下眉头,却上心头",连押"头"字也与此同例。至若《如梦令》的"知否?知否?应是绿肥红瘦"、"争渡,争渡,惊起一滩鸥鹭",此两短句则系例用叠韵。

例用叠韵的调子,如《调笑令》戴叔伦词云:

> 边草,边草,边草尽来兵老。山南山北雪晴,千里万里月明。明月,明月,胡笳一声愁绝。

韦应物、王建作在"草"、"月"两韵处也都用叠韵。

词中亦有两句连韵而可叠、可不叠的,如:

江神子　赋梅,寄余叔良　　　　(宋)辛弃疾

> 暗香横路雪垂垂,晓风吹,晓风吹,花意争春,先出岁寒枝。毕竟一年春事了,缘太早,却成迟。　未应全是雪霜姿,欲开时,未开时,粉面朱唇,一半点胭脂。醉里谤花花莫恨,浑冷淡,有谁知!

辛氏同调他词,都未用叠韵。周密、张炎所作,有后段叠而前段不叠者。他如《长相思》调白居易词云:"汴水流,泗水流,流到瓜州古渡头。吴山点点愁。　思悠悠,恨悠悠,恨到归时方始休。月明人倚楼。"此词前后段起二句或叠韵或连协,宋词已无一定。

（二）押韵的平仄变化

依用韵平仄变化，又可分为四种不同的押韵方式：(1)同部通协；(2)四声通协；(3)平仄韵互改；(4)专用某声韵。

（1）同部通协

词韵所以括平、上、去三声为同部，正由于词中用韵平仄例可通协。入声韵所以单独分为数部者，则以平与上、去通协的极多，而与入通协的很少。《词律·发凡》说："凡调用平仄通协者颇多，如《西江月》、《换巢鸾凤》、《少年心》，俱显而易见。"此外，万树又举了很多例子，现按作者分别摘录于次：

柳　　永——《曲玉管》以"秋"、"洲"协"久"、"偶"；《戚氏》以"限"、"绊"协"天"、"轩"。

苏　　轼——《戚氏》以"汉"、"浅"协"山"、"仙"；《哨遍》以"扉"、"飞"协"累"、"是"。

黄庭坚——《鼓笛令》以"婆"、"罗"协"我"、"过"；《撼庭竹》以"你"协"梅"、"飞"。

周邦彦——《渡江云》以"下"协"沙"、"家"；《昼锦堂》以"厌"协"檐"、"尖"；《四园竹》以"里"、"纸"协"扉"、"知"。

杜安世——《渔家傲》以"远"、"怨"协"天"、"娟";《两同心》以"递"、"计"协"依"、"飞"。

洪　皓——《江城梅花引》以"蕊"、"里"协"谁"、"飞"。

蔡　伸——《丑奴儿慢》以"华"、"家"协"画"、"亚"。

康与之——《大圣乐》以"多"、"波"协"过"。

杨无咎——《二郎神》以"都"协"雨"、"堵"。

辛弃疾——《哨遍》以"之"、"知"协"水"、"里"。

石孝友——《蝶恋花》以"期"、"伊"协"计"、"意";《惜奴娇》以"家"协"霸"、"价"。

陈允平——《绛都春》以"懒"、"远"协"寒"、"闲"。

吴文英——《丑奴儿慢》以"清"、"明"协"影"。

张　炎——《渡江云》以"处"协"初"、"锄"。

蒋　捷——《昼锦堂》以"上"协"阳"、"伤";《大圣乐》以"歌"、"和"协"破"。

万氏谓"此等调向来谱家皆未究心,致多失注,使本调缺韵"。如多取同调旧词,细加按索,自可了然。

词中尚有仄声落句处本不协韵,而少数作者改与平韵

相协的。贺铸的《水调歌头》即其一例,词如下:

> 南国本潇洒,六代浸豪奢。台城游冶,擘笺能赋属宫娃。云观登临清夏,璧月留连长夜,吟醉送年华。回首飞鸳瓦,却羡井中蛙。 访乌衣,成白社,不容车。旧时王谢,堂前双燕过谁家?楼外河横斗挂,淮上潮平霜下,樯影落寒沙。商女篷窗罅,犹唱后庭花。

此词除换头"访乌衣"句外,其馀仄声落句处,都用与平声同部的仄声字押韵。贺铸的《六州歌头》"少年侠气"(全词已引,见第六章第二节),其押韵方式也与一般不同。它是以平仄互协,平用"东"、"冬",仄用"董"、"肿"、"宋"、"送",不杂他韵。后来汪元量的一首也采此押韵方式,但不同体。

(2)四声通协

王国维《人间词话》说:

> 稼轩《贺新郎》词:"柳暗凌波路。送春归,猛风暴雨,一番新绿。"又《定风波》词:"从此酒酣明月夜,耳热。""绿"、"热"二字皆作上、去用。与韩玉《东浦词·贺新郎》以"玉"、"曲"协"注"、"女",《卜算子》以"夜"、"谢"协"节"、"月",已开北曲四声通押之祖。

按词里四声通协的例子,唐五代早已有之。《云谣集杂曲子》里的《渔歌子》"洞房深"全首都用上、去韵,但第三句押了一个入声"寞"字;《喜秋天》"芳林玉露催"全首都用入声韵,但结句押了一个上声"土"字。欧阳炯《西江月》"水上鸳鸯比翼"以"力"、"色"两入声韵与"衣"、"眉"、"期"、"枝"相协(其上、下片起句末字"翼"、"髻"亦系协韵);同调柳永"凤额绣帘高卷"一首,也以"摇"、"梢"、"觉"、"醪"、"朝"、"了"六个字通协。黄庭坚《撼庭竹》"鸣咽南楼吹落梅"的韵脚是:"梅"、"飞"、"时"、"知"、"西"、"伊"、"随"、"你"、"欺"、"枝",这与柳永《西江月》同样以上协平韵。其他如:晏几道《梁州令》"莫唱阳关曲"在通首上、去韵中押了一个入声"曲"字;朱敦儒《柳梢青》"红分翠别"在通首入声韵中押了一个上声"也"字,例不赘举。

(3) 平仄韵互改

韵脚的平仄可以互改,唐五代词中早有此例。如《天仙子》一调在《云谣集杂曲子》里系用仄韵,在《花间集》里则平仄韵都有——皇甫松及和凝用仄而韦庄用平。

沈义父《乐府指迷》论句中字声,谓"平声却用得入声字替,上声字最不可用去声字替,不可上、去、入尽道是侧声便用得"。又杨缵《作词五要》说:"越调《水龙吟》、商调《二郎神》,皆合用平、入声韵,古词俱押去声,所以转折怪异。"依此二说,似乎只有平、入可以互易而上、去有问题。但通过上述《天仙子》实例,用仄韵者上、去、入皆有,可见并没有怎样严格的限制。

到了宋代,平仄韵都可押的词调更多。李清照曾说过:"近世所谓《声声慢》、《雨中花》、《喜迁莺》,既押平声韵,又押入声韵;《玉楼春》本押平声韵,又押上、去声,又押入声。"这也足以证明当时平仄韵四声都可互改,除平韵《玉楼春》今无传词外(可能就是《瑞鹧鸪》),其馀都有实例。

词家将某调改韵,有时自行注明。陈允平的《日湖渔唱》里就有数例,如:

《绛都春》　　旧上声韵,今改平声。
《永遇乐》　　旧上声韵,今移入平声。
《三犯渡江云》　旧平声,今改入声。为竹友谢少保寿。

更有说明改韵理由者,如姜夔《满江红》词序说:

《满江红》旧调用仄韵,多不协律。如末句云"无心扑"三字,歌者将"心"字融入去声,方谐音律。予欲以平韵为之,久不能成。因泛巢湖,闻远岸箫鼓声,问之舟师,云:"居人为此湖神姥寿也。"予因祝曰:"得一席风径至居巢,当以平韵《满江红》为迎送神曲。"言讫,风与笔俱驶,顷刻而成。末句云"闻珮环",则协律矣。……

按周邦彦《满江红》"昼日移阴"下片结句云:"最苦是、蝴蝶满园飞,无心扑。"其上片结句为"寻棋局",都是"平平仄"的句式,姜夔改用平韵后,其上、下片结句如下:

> 向夜深、风定悄无人,闻珮环。
> 又怎知、人在小红楼,帘影间。

这样便改为"平仄平"的句子了。后来填此调用平韵的,如吴文英集里有两首:一首结句为"猿鹤惊","秋一声";另一首结句为"无路通","移钓篷"。"路"、"钓"两字皆去声。

从这一平仄韵互改的例子,可以看出改韵的用意,有时是为着字声和乐曲更能吻合。改韵的办法,不仅仅是掉换韵脚,对于句中平仄,可能也要作相应的改动。

(4)专用某声韵

词调中虽有平仄韵互改之例,但亦有以专用某声韵为宜者。戈载《词林正韵·发凡》指出:

（甲）词调之可押平韵、又可押仄韵者，押仄韵时宜用入声，如：

（越调）　　《霜天晓角》　　《庆春宫》
（商调）　　《忆秦娥》
（双调）　　《庆佳节》
（高平调）　《江城子》
（中吕宫）　《柳梢青》
（仙吕宫）　《望梅花》　　　《声声慢》
（大石调）　《看花回》　　　《两同心》
（小石调）　《南歌子》
（仙吕调）　《满江红》

（乙）仄声调必须押入声者，如：

（越调）　　　《丹凤吟》　　　《大酺》
（越调犯正宫）《兰陵王》
（商调）　　　《凤凰阁》　　　《三部乐》
　　　　　　　《霓裳中序第一》《应天长慢》
　　　　　　　《西湖月》　　　《解连环》
（黄钟宫）　　《侍香金童》　　《曲江秋》
（黄钟商）　　《琵琶仙》
（双调）　　　《雨霖铃》
（仙吕宫）　　《好事近》　　　《蕙兰芳引》

　　　　　　　　　《六幺令》　　《暗香》
　　　　　　　　　《疏影》
　　（仙吕犯商调）　《凄凉犯》
　　（正平调）　　　《淡黄柳》
　　（无射宫）　　　《惜红衣》
　　（正宫、中吕宫）《尾犯》
　　（中吕商）　　　《白苎》
　　（夹钟羽）　　　《玉京秋》
　　（林钟商）　　　《一寸金》
　　（南吕商）　　　《浪淘沙慢》

（丙）宜单押上声者，如：
　　（黄钟商）　　　《秋宵吟》
　　（林钟商）　　　《清商怨》
　　（无射商）　　　《鱼游春水》

（丁）宜单押去声者，如：
　　（仙吕调）　　　《玉楼春》
　　（中吕调）　　　《菊花新》
　　（双调）　　　　《翠楼吟》

　　按戈氏所指各调，也只能认为一般如此。倘细检旧词，入声韵已不免间有例外；至所列上、去宜单押各调，更多与实际不符。如柳永《乐章集》里的中吕调《菊花新》词,以"绻"、"短"、"暖"、"线"、"限"、"面"互协;周邦彦《片玉集》里的林钟商《伤情怨》(即《清商怨》)词,以"小"、"了"、"照"、"渺"、"到"、"早"互协;仙吕调《玉楼春》词以"泪"、"意"、"味"、"里"、"已"、"地"互叶,都是上、去通押的。

二　有关词的协韵问题

根据上述种种情况看来,词的用韵虽非漫无限制,但也变化多端,至为灵活。而明、清以来,学人对于词韵所以有种种不同的主张,表面看仅是"宽"、"严"问题,实际上是对待古与今态度有所不同的关系。世异时移,语音多变;我们是泥古保守,还是适应时代发展呢?

找出这一问题的本质,便不难决定何去何从了。现略述三点意见于次:

(一)对于旧词用韵应有的认识

曲子词兴起于民间,我们可以肯定当时协韵是依口语任意取押,根本就不会想到要有个共同遵守的韵书。当诗人采用这一民间形式从事写作时,或多或少参照些诗韵的习惯,但并不排斥以方音通押,主要仍是根据活语言的。

如果不能否认这一事实,词韵就大可不作了。吴烺等的《学宋斋词韵》以"学宋"为名,虽应否学宋还值得商榷,但其书本身尚不抹杀宋词用韵的事实。戈载竟指斥其"所学者皆宋人误处"。他所作《词林正韵》是"取李唐以来韵书以校两宋词人所用"(杜文澜语),自称"尽去诸弊"。事实上就是拘泥于"李唐以来韵书"之"古"而否定宋人填词用韵之"今"。许昂霄的《词韵考略》大为戈氏所呵,谓为"痴人说梦",其原因也在对"古"与"今"的态度问题。因许氏以"词家沿用者谓之今,合于唐诗者谓之古",于是除所谓"古通古转"外,又有"今通今转"及"借协"说,在戈氏看来,这还是骑墙之见。

不过,戈氏对于宋人填词用韵的"今",也不得不部分承认。他说:

唯有借音之数字,宋人多习用之。如:柳永《鹊桥仙》"算密意幽欢尽成辜负","负"字协方布切;辛弃疾《永遇乐》"凭谁问、廉颇老矣,尚能饭否","否"字协方古切;赵长卿〔师侠〕《南乡子》"要底圆儿糖上浮","浮"字协房逋切;周邦彦《大酺》"况萧索青芜国","国"字协古六切;潘元质《倦寻芳》"待归来碎揉花打","打"字协当雅切;姜夔《疏影》"但暗忆江南江

北","北"字协逋沃切,韩玉《曲江秋》亦用"国"、"北"协"屋沃"韵;吴文英《端正好》"夜寒重长安紫陌","陌"字协末各切;《烛影摇红》"相间金茸翠亩","亩"字协忙补切;蒋捷《女冠子》"羞与蛾儿争耍","耍"字协霜马切之类。略举数家,已见一斑。相沿至今,既有音切,便可遵用。故一一补于各韵之末。

这些字的音切,应是宋代普遍读法,所以大家"习用"。戈氏也就无法指为"偶误"或是"不可为法"了。

我想,唐、宋词的用韵情况,已是一个无可改变的事实。现在研究它,无论是为了吸取前人用韵的优良经验,或是为着了解当日韵部分合的情况以至方音差别,都应该把这些资料看做同等重要,不能以意为取舍,是甲而非乙。我们首先要从思想上认识唐、宋人依照口语协韵的做法是正确的,才不至怀着复古成见而讥弹前人用韵失检。

(二)今后协韵的趋势

在语言不断发展的过程中,语音也有所变化,因而古代韵书势难作为今日押韵的标准。试检古来韵文用韵的演变,诗韵不同于词韵,词韵不同于曲韵,都应曾受语音变化的影响,并非完全出自人为。

现在我们写作歌词,总是依照口语来协韵。填词呢,虽然体制是旧的,内容却是新的,这与写作新歌词同一性质。为什么就不可以依照口语来协韵呢?

现存的旧韵书,其分部往往与当前语音不合。例如《词林正韵》的第三部,系五支、六脂、七之、八微、十二齐、十五灰通用。我们不要看该部所收的字,即如韵目"支"、"微"、"齐"三字也就不协调;实则《广韵》五支一部,便已包括与此近似的三韵,常用的"枝"、"池"、"垂"、"随"、"宜"、"离"等字,固都收在支部,这除非翻检过韵书的人才会知道。相反的,有些在现代汉语里认为是同韵母的字,而旧韵书并未把它们放在一部。假使我们认定必须依照韵书的分部使用才算合韵的话,其结果可能名有韵而实无韵,倒不如从口语任意取押。填词如果不想制造假古董,而是发抒自己的思想感情,借供今人阅读,那么,依活语言的语音来协韵,又有什么不好呢?

可能有人以为这样做是"败坏词学"(戈载斥毛奇龄语),其实这正是使词体新生。词兴于唐,盛于宋,元以后逐渐僵化,明、清以来作谱、作韵者提出更多的清规戒律而作者所受束缚愈甚。现在就用韵加以解放,一如唐宋人只依当日口语取押,正符合词体初兴起时的特点。毛主席写词就已经这样做了。例如他的《十六字令》三首,倘依《词林正

韵》，只第三首的"山"、"残"、"间"三韵同属第七部。第一首的"山"、"鞍"属第七部，而"三"字属第十四部；第二首的"山"、"澜"同属第七部，而"酣"字也属第十四部。此两部的分合，正是作词韵者宽、严两派争执点之一。但就今日语言来衡量，当以并部为是。毛主席在《清平乐·六盘山》一首词的上片里，以"淡"、"雁"、"汉"、"万"押韵，也是将第七部和第十四部的字合并起来用的。

再看《西江月·井冈山》这首词的用韵，其中"闻"、"重"、"动"、"城"、"隆"、"遁"六个韵脚，在《广韵》各属一部，词韵并部后，"闻（文）"、"遁（恩）"属第六部而"城（庚）"字属十一部。亦有将这两部合并为第六部的，但"隆（东）"、"重（冬）"、"动（董）"三韵，词韵列在第一部，今以一、六两部通押，似依方音为协。

按旧词以方音协韵者，名家如黄庭坚、姜夔、吴文英等集中皆有之。盖宋时风尚如此，正如王鹏运跋王炎《双溪诗馀》所云："双溪此集，以方音协者十居三四，其时取便歌喉，所谨严者在律而不在韵，故不甚以为嫌。"至于"庚"、"东"、"通"转，求之于古，则诗、曲中皆有此例。如焦循指出韩愈《赠张籍》诗以"庚"、"青"、"江"、"阳"、"东"通协；而曲韵又将原属庚韵一部分字如"横"、"棚"、"烹"、"荣"等移入东韵。证之以今，则在新民歌中更属常见，例不胜举。

(三)旧有词韵专书的一些用处

清词人纳兰性德说:"韵本休文小学之书,以为诗韵已误;今人又为词韵,谬之谬也。"(《双溪诗馀》王鹏运跋引)。但既然我们现在填词可以依口语任意取押(将来可能统一于普通话的标准语音。那时仄声只有上、去,所谓某些词调必须用入声之说,已自然消灭了),那明清以来所传词韵,今后是不是就完全无用呢?

我想,这类韵书也还有其一定用途。例如研究音韵学的可以用作分析比较的资料。有些词韵,主要是根据唐、宋词用韵实例而编订的,当然参考价值比较高。就是那些带有偏见的词韵,也各曾风行一时。尽管它所起的作用是不好的,但在研究词学史或韵学史时,仍未可一笔抹煞。

又如在读词或研究其体制时,旧词韵也可能略有帮助。由于古今语音的变迁,唐宋词所押韵脚,在当日原属同一韵部,可是现在已经看不出,因而不敢肯定是否押韵。初学遇有这种情况,便可翻检词韵核对,以明究竟。不过所用韵书,应该是较宽的。从严的词韵,往往与用韵实际情况不符,仍难搞清真相(关于各种词韵专著的评介,参阅后面《谈词韵》章)。

至于在写作中,有时也可聊供参考;只不宜为所拘束而已。

总之:关于词的协韵,我们要学习唐、宋词人大胆创造而不为"古"所迷惑的精神,才是正确的态度。

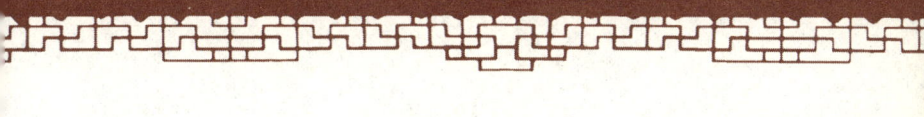

第九章

谈词谱

一　词谱的编订及其用途

(一) 明清以来所谓词谱的性质

当词乐盛行时,家喻户晓;作者依声填词,根本用不着所谓图谱。词谱之作,当在词乐失传之后,始于明代的张綖。綖,字世文,号南湖,高邮人。其《诗馀图谱》三卷,《四库全书》入存目,《提要》说:

> 是编取宋人歌词,择声调合节者一百十首,汇而谱之,各图其平仄于前而缀词于后。有当平当仄,可平可仄二例,而往往不据古词,意为填注。于古人故为拗句以取抗坠之节者,多改谐诗句之律。又校雠不精,所谓

黑圈为仄,白圈为平,半黑半白为平仄通者,亦多混淆,殊非善本。

今检明重刻本《诗馀图谱》,前有崇祯乙亥(八年,公元1635)济南王象晋序,略谓:"南湖张子创为《诗馀图谱》三卷,图列于前,词缀于后,韵脚句法,犁然井然。一披阅而调可守,音可循,字推句敲,无事望洋,诚修词家南车已。"又说初刻本是在万历甲午、乙未间(二十二至二十三年,公元1594—1595),其兄霁宇刻于上谷署中;重刻本是毛子晋见雠校此编,遂请归而付之剞人(卷一首页载有"姑苏子九毛凤苞订正")。

据目录,其卷一为小令,调六十四;卷二为中调,调四十九;卷三为长调,调三十六,但与书的内容不完全一致。如《一斛珠》调在一卷卷末,而目录次于《谒金门》、《清平乐》之间;既知《洛阳春》即《一络索》,而目录只列《洛阳春》,书内增《一络索》例词一首;《玉联环》调下注"与《玉树后庭花》相近",增例一首而无图;所录张先两首词明有差异;又其卷一首列《上西楼》调(注谓一名《相见欢》,一名《西楼子》),例词不取李煜"无言独上西楼"而用陆游的一首;《望江南》不收单调而将李煜"多少恨"及"多少泪"合为双叠的一首,致上、下片分协两韵。

按此书载调既略,漏误尤多,王序殊嫌溢美。不过是词谱的滥觞,椎轮为大辂之始,自难责备求全。其后钱塘谢天瑞从而广之,吴江徐师曾去图而著谱,也没有什么大的改进。

明清之间最通行的词谱,是新安程明善的《啸馀谱》及仁和赖以邠的《填词图谱》。万树对此两书很不满意,他说:

> 《啸馀谱》一书,通行天壤,靡不骇称博核,奉作章程矣。百年以来,蒸尝弗辍。近岁所见,剞劂载新,而未察其触目瑕瘢,通身罅漏也。近复有《填词图谱》者,图则葫芦张本,谱则瞙捧《啸馀》,持议或偏,参稽太略。盖历来造谱之意,原欲有便于人,但疑拗句难填,试易平辞易协。故于每篇作注,逐字为音,可平可仄,并正韵而皆移;五言七言,改诗句而后已。列调既谬,分句尤讹,云昭示于来兹,实大误夫后学。(《词律·自叙》)

万氏因自著《词律》,一矫两书之弊。《四库总目提要》称其"剪除榛楛之功不可没"。稍后又有康熙《钦定词谱》,为王奕清等所编,内容较《词律》更为赅备。清中叶以后续作的词谱,较著者有叶申芗的《天籁轩词谱》、舒梦兰的《白香词谱》、谢元淮的《碎金词谱》等。

词谱,顾名思义,应是歌唱的音谱,但实际并非如此。上举各书,只有《碎金词谱》注词的宫调工尺,但其依据是《雍熙乐府》及《南北九宫大成谱》。虽自谓得千古不传之秘,实则以昆腔来歌词,显然不是词的原来唱法。至于其他各谱,都是选取前人同调的词,就其片段、句读、四声及协韵等方面,比勘异同,酌定一个标准而已。因此,明清以来所谓词谱,实是文字之谱。万氏《词律》之名,亦"义取乎刑名法制"(吴兴祚序),并非指音律之律。这类书对于传词的校订、词学的研究以至练习填词等,能从多方面提供参考,所以至今存而不废。

(二)词谱通用的编次与标注

词谱的编次,约可分为四种:(1)分题类从者;(2)依字数相次者;(3)以宫调为序者;(4)依韵脚分类者。

(1)分题类从者

采用这种编次的有《啸馀谱》,其分类如下:

①歌行题　　②令字题
③慢字题　　④近字题

⑤犯字题　　　⑥遍字题

⑦儿字题　　　⑧子字题

⑨天文题(原注:以首字为主)

⑩地理题(注同前)

⑪时令题(注同前)

⑫人物题(注同前)

⑬人事题(原注:以末字为主)

⑭宫室题(注同前)

⑮器用题(注同前)

⑯花木题(注同前)

⑰珍宝题(注同前)

⑱声色题(原注:首末二字皆为主)

⑲数目题(原注:以首字为主)

⑳通用题(注同⑱)　　㉑二字题

㉒三字题　　　㉓四字题

㉔五字题　　　㉕七字题

以上各类录词多寡不等,最多者为三字题,又分为上、中、下;最少为七字题,仅列《凤凰台上忆吹箫》一调。词之有数体者,以第一体、第二体相次,如同一体而选词至一首以上者则别以"又"字。所谓第一、第二盖亦任意为之。至于每题之下,何调置前,何调置后,更无一定标准。

《词律·发凡》云:

> 《啸馀谱》分类为题,意欲别于《草堂》诸刻。然题字参差,有难取义者,强为分列,多至乖违。如《踏莎行》、《御街行》、《望远行》,此行步之"行",岂可入歌行之内?而《长相思》尤为不伦。《醉公子》、《七娘子》等是人物,岂可与他"子"字为类?通用题与三字题有何分别?《惜分飞》、《纱窗恨》又不入人事思忆之数。《天香》入声色,不入二字题;《白苎》入二字,不入声色题;《柳梢青》入三字,而《小桃红》又入声色;《玉连环》不入珍宝,若此甚多,分列俱不确当。

按程氏如此分类,殊为不伦,故其各调分隶漫无标准。除万氏所举数例外,其他如天文题仅列《鹤冲天》、《杏花天》及《鹧鸪天》,而不录《西江月》、《望汉月》等;地理题只列《浪淘沙》、《浣溪沙》两调,而不录《小重山》、《蓦山溪》等;时令题无《桂殿秋》及《撼庭秋》,仅列末字为春字者;人物题有《菩萨蛮》而无《八拍蛮》;宫室题不录《昼锦堂》,而以之入三字题;珍宝题仅《滴滴金》及《一箩金》两调,未见《一寸金》及《采明珠》等;又数目题以首字为主,既有《一剪梅》，则《一箩金》及《一寸金》亦可入此类；花木题以末字为主，是《一剪梅》又可入花木。尤可笑者，有所谓通用题及三字题，不知未列入通用题者是否皆非通用？其他调名为三字者，何以皆不能入三字题？《兰陵王》不入人物，《诉衷情》不入人事，《风入松》不入花木，《剔银灯》不入器用，《金明池》不入地理，而皆置三字题下，殊不可解。总之：《草堂》分类虽未尽善，尚略有标准可循，《啸馀》欲强别于《草堂》，以致画虎类狗，这是一种很不好的编次。

（2）依字数相次者

词之最短者如《竹枝》仅十四字，最长者如《莺啼序》计二百四十字。依字数编次者，以短调置前，长调列后。《填词图谱》、《词律》、《康熙词谱》、《天籁轩词谱》、《白香词谱》等皆从之。但也有两点不同：①依字数而更分为小令、中调、长调，如《填词图谱》是。自《词律》以下都不再分。②同调多体者编次互异。《填词图谱》称为第一体、第二体……悉依字数多寡排列，于是各体位置相去甚远。例如《河传》第一、二体次于《应天长》第三体后；隔十调始列《河传》的第三、四、五、六体；再隔八调列《河传》第七体；中间《月照梨花》又列《河传》第八、九两体；隔四调再列《河传》第十至十二诸体。句数、韵数分注于各体题下，调名下并未注明共有几体，翻检比较，殊为不便。至其有第二体而无第一体,或有一、三体而无第二体者,《词律·发凡》已斥为"遵《啸馀》而忘其为无理者"。故《词律》及《康熙词谱》只称"又一体",《天籁轩词谱》但以一"又"字别之,以字数少者居前,多者列后,置于同调名之下。惟万氏亦偶有自乱其例者。

又《词律》各调的排列,除依字数为序外,有所谓附列与类列者。其目录调名上或标"变调"两字,即前调的添声、摊破、偷声、减字之类(如《浣溪沙》后附《摊破浣溪沙》);或标"犯调"两字,即句法相犯的调,附于其前半所用调名之后(如《江城子》后附《江城梅花引》);或标"合调"两字,即同一调而名异体异者(如《河传》后列《怨王孙》及《月照梨花》,注谓两调必即《河传》,故收于此)。以上都是附列。其标"类列"两字者,如《诉衷情》后列《诉衷情近》,《雨中花》后列《雨中花慢》,系令、近、引、慢间的变化。按"合调"实即"又一体",其他不同调的即不应如此编次。

《天籁轩词谱》虽本《词律》而作,然于编排略有改进,书首《发凡》云:

> 编调仍以字数多寡为序,不分小令、中、长调名目,其同是一调而字数参差者,自应先列首制原词,再依序分列各体;或但同调名而字数悬殊,体格迥异者,亦附

列于后,以另格二字别之。如《风流子》、《女冠子》之类。《词律》于《甘州曲》之后,类列《甘州》、《八声甘州》等调,今改各依本调字数排列,以清眉目。

(3) 以宫调为序者

《碎金词谱》采用此法。初刻本以仙吕宫、仙吕调、中吕宫、中吕调、大石调、越调、正宫、高宫、小石调、小石角、高大石调、高大石角等相次,共录词一百八十首、曲十首。道光戊申重订本则改以南仙吕宫、北仙吕宫、南中吕宫、北中吕宫、南大石调、北大石角、南越调、北越角、南正宫、北高宫、南小石调、北小石角、南高大石调、北高大石角、南南吕宫、北南吕调、南商调、北商角、南双调、北双角、南黄钟宫、北黄钟调、南羽调、北平调为序,计六宫十八调,共四百四十九调,词五百五十八首。《碎金续谱》六卷,前五卷体例与正谱同。其第六卷附编则录唐大曲《清平调》及宋大曲《调笑令》等计六宫十八调,共一百八十调,词二百二十四首。又唐、宋大曲共八调,词七十七首。此谱初刻自序云:

> 尝读《九宫大成谱》,见唐、宋、元人词一百七十馀阕分隶于各调下,每思摘录一帙,自为科程。继睹云间许穆堂侍御《自怡轩词谱》则久已录出,可谓先获

我心。

重订本自序云:

　　尝读《南北九宫词谱》,见有唐、宋、元人诗馀一百七十馀阕,杂隶各宫调下,知词可入曲,其来已尚。于是复遵《钦定词谱》、《御选历代诗馀》详加参定,又得旧注宫调可按者如干首,补成一十四卷,仍各分宫调,每一字之旁,左列四声,右具工尺,俾览者一目了然。虽平时不娴音律,依谱填字,便可被之管弦。擿埴索途,未可与扪籥谓日者辨也。

据两序知谢氏此作,盖受许宝善《自怡轩词谱》影响而复参考其他各书以扩充成编者。

(4)依韵脚分类者

近人龙榆生编撰的《唐宋词格律》,即采此分类法相次。计分平韵、仄韵、平仄韵转换、平仄韵通协、平仄韵错协等五格,每类再依词调字数多少为序。如平韵格起《十六字令》,最后录《六州歌头》。凡例云:"本编所收诸格,以所采标准作品之字数多寡为排列先后。"什么是标准作品?据凡例(六)说:"每一词牌,以诸家所最习用者为定格,其或句、豆小有出入者,别为第一、第二等格,或加附注……"

此外习用平韵而改作仄韵,或习用仄而改平者,称为"变格"(包括句法改变、韵数增减,如《忆旧游》以吴文英"送人犹未苦"及刘将孙"正落花时节"两首词为变格一、变格二)。别格、变格皆次于定格后。词有从七言绝句或单调小令增演为引、近、慢者,间亦依《词律》旧例,依次排列。如《木兰花》调后,即附有《木兰花令》、《减字木兰花》、《偷声木兰花》、《木兰花慢》等。

各谱对于句读、平仄、协韵等的标注,约可分为五式:(1)另图平仄者;(2)以字注明者;(3)字旁作符号者;(4)兼注工尺者;(5)不注平仄者。

(1)另图平仄者

此法始于《诗馀图谱》,《填词图谱》及《碎金词谱》初刻本皆从之。《填词图谱》凡例说:

> 每调先列图,次列谱;按图谐音,按谱命意。图圈即是谱词字面。○为平,●为仄;谱平而可用仄者用◐,谱仄而可用平者用◑;大约上半为现谱之音,下半为通用之法。

按其图除用上述符号外,每句字数及起韵、协韵处亦于图中注明。其谱则录前人之词,以小圈断句。《碎金词谱》初刻本系以□代字,左注四声、右注工尺,大体与《填词图谱》同。

《唐宋词格律》亦每调作图,称为"定格"。所用符号系"以—表平,丨表仄,+表可平可仄"。另以文字注明豆、句、韵、叠。第三类以下,更将换平、换仄、协平、协仄,以至再换、三换、夹协、归平等等,一一注明。

(2)以字注明者

《词律》即用此法,万氏谓符号"何如明白书之为快"。故"以小字明注于旁,在右者为韵、为叶、为换、为叠、为句、为豆;在左者为可平、为可仄、为作平、为某声(有字音易误读者,故为注之,如'旋'字、'凝'字之类)……其又一体句法,与本体同者,概不复注可平仄,有句法长短者,则单注明此句,而他句不注"(《发凡》)。除"读"字借用"豆"外,余皆全字书之。其法虽不及符号简单,但不易混淆错乱,实其优点。

按今《词律》排印本与万氏堆絮园原刻款式稍异。据说系因小字旁注排比不易,故照旧谱应注之处,逐字分注于下。

(3)字旁作符号者

《填词图谱》凡例,曾讥诮此种办法为省刻资,实则较图谱分列便于阅读,亦其长处。《康熙词谱》、《白香词谱》等皆用此法,符号种类与《图谱》同。按既采前人之词为式,除可平可仄应注明外,其馀原词之字已足表明为某声,加注符号,实属无谓。且校对稍疏,即难免贻误,似不如只在可平可仄处以文字或符号注明。

(4)兼注工尺者

《碎金词谱》作者主张以昆腔歌词,其谱兼为歌者而作,故特重视工尺。初刻本图谱分列,前已述及;重印本则于一字之旁,左列四声,右具工尺。句读及韵,即就词分别注明。

(5)不注平仄者

《天籁轩词谱》所用符号,在诸谱中最为简略,仅以单圈断句,双圈示韵及协,平、仄或可平可仄处全未注出。调名下亦只指出全首"字"、"韵"数,偶及别名而已。

总之:工具书的编次与标注,关系使用者的检查便否甚大。各谱所采用方法,固互有短长。就编次言:许、谢两谱依南北曲宫调及引子、只曲、过曲等为先后,最无道理。《啸馀谱》采类编方法亦无可取,因就调名分类,与内容无关,不能兼有《类编草堂诗馀》的作用;又分类标准甚难合理,在使用中仍须辅以各种检索目录。比较合适的还是依字数多少为序,但亦有待改进之处。如重加编次,应将每调尽可能采用创始或初见的词，依唐、宋等时代分为数编，每编再依调的长短为序，另作统一各编的多种索引备查。这样做的理由，是因为此种工具书就当前需要说，应不仅示人以填词范例，要能兼供读词及研究词学、词史等的参考。为兼有各谱的使用方便，可增编各种检查目录，例如：①分韵检查表（杜文澜曾编《词律韵目》给翻该书以很大便利，原目只注卷次，新印本如增注某页更好）；②笔画检查表（初学韵目不熟，最需要此种检查表）；③全书总目（《康熙词谱》卷帙浩繁，有分目而无全目，检查颇不便。其中原有总目但列某卷若干词若干体，实不如改为某卷"起若干字至若干字"尚较有用）。

在标注方面，最理想的是：既依文理加以标点符号，又将平仄、协韵等分别注明。平仄只注可平可仄（应平应仄不注亦可），另以符号作图，似无必要（对初学或可供检校之用）。其标注所不能尽者，可于词后附加说明。

（三）词谱的用途

一般作谱的目的，系供填词者应用。《康熙词谱》序说："词之有图谱，犹诗之有体格也……夫词寄于调，字之多寡有定数，句之长短有定式，韵之平仄有定声……《词谱》一编，详次调体，剖析异同，中分句读，旁列平仄，一字一韵,务正传讹。按谱填词,泂泂乎可赴节族而谐管弦矣"。万树感于当时图谱实多舛错,而世人视《啸馀》为铁板,《图谱》为金科,慨叹词风愈盛而词学愈衰。他认为:"词谓之填,如坑穴在焉,以物实之而洽满,如字可以易,则枘凿背矣,即强纳之而不安。"所以发愤作《词律》(详《词律·自叙》)。叶申芗自谓"不谙音律而酷好填词",称其《天籁轩词谱》"虽未足为枕中之秘,亦便于取携",显然是为填词才从事订谱。因此我们可以了然词谱的主要用途是作填词的规范。

虽然我们现在不主张严格遵守这些已为陈迹的清规戒律,以致损害了作品的抒写内容;但这些规律是唐、宋人写词的条件,具备这类知识,才可看出古人在歌词与乐谱配合上的努力方向,也才可以继承他们累积的经验,并以之适当地运用于今后新歌词的创作。

作为一种写作锻炼来填词,这种工具书还是不可少的。

词谱除作为填词的规范外,还有一个更为广阔的用途,就是作为读词的工具。

词,原是配合音乐歌唱的抒情诗。由于它和音乐有密切的关系,因而就具备形式上的种种特点。为了更好地欣赏一首词,我们不能不先把有关的调名、片段、句读、协韵以至字声的运用都搞清楚。

调名原可以不管,但有时为着了解一下它的创始、流变、旧属宫调以至名解、别名等,就不得不翻检词谱了。《康熙词谱》在这些方面,每调下都有详略不同的说明。如:

忆江南——宋王灼《碧鸡漫志》:此曲自唐至今,皆南吕宫,字句皆同。止是今曲两段,盖近世曲子,无单遍者。按唐段安节《乐府杂录》,此词乃李德裕为谢秋娘作,故名《谢秋娘》;因白居易词更今名,又名《江南好》;又因刘禹锡词有"春去也,多谢洛城人"句,名《春去也》;温庭筠词有"梳洗罢,独倚望江楼"句,名《望江南》;皇甫松词有"闲梦江南梅熟日"句,名《梦江南》;又名《梦江口》;李煜词名《望江梅》,此皆唐词单调。至宋词始为双调,王安中词有"安阳好,曲水似山阴"句,名《安阳好》……《太平乐府》名《归塞北》,注大石调。

南乡子——唐教坊曲名。此词有单调、双调,单调者始自欧阳炯词,冯延巳、李珣俱本此添字。双调者始自冯延巳词,《太和正音谱》注越调,欧阳修本此减字,王之道、黄机、赵长卿俱本此添字也。

片段关系到词的章句结构,正如万树所云:"不能知其调之段落,又安能知其语之义趣、字之和协乎?"(见《三台》注)旧刻词集,时有错误,遇有怀疑,亦须检阅词谱。《词律·发凡》曾指出如毛氏刻诸家词未及精订,《片玉词》有方千里可证而不取一校对,间有附识,亦皆弗确。又说:

> 各家惟柳集最为舛错,而分段处往往以换头句赘属前尾。兹俱考证辨晰,总以断归于理为主。如《笛家》以后起二字句连合前段,致前尾失去一协韵字。且连上作八字读,而作者遂分为两四字句矣,岂不误哉!《长亭怨慢》亦然,今俱裁正。

《词律》中如指出柳永《塞孤》应在"襟袖凄裂"处分段,万俟雅言《三台》应改为三叠,都很正确。

句读在读词时问题很多。不仅旧刻词集未曾断句,须参考词谱,即已断句的,亦时有错误。其所以如此,万树指出的原因很对:

> 分句之误,更仆难宣。既未审本文之理路语气,又不校本调之前后短长,又不取他家对证,随读随分,任意断句。更或因字讹而不觉,或因脱落而不疑,不惟律

调全乖,兼之文理大谬(《词律·发凡》)。

不过紧接着举个例子却是错的。他说:

> 坡公《水龙吟》"细看来不是杨花点点是离人泪",原于"是"字、"点"字住句,昧昧者读一七两三,因疑两体,且有照此填之者,极为可笑。

按如照万氏断句,真所谓"文理大谬"。

叶申芗在其《天籁轩词谱·发凡》里已指出万氏分句的毛病,他说:

> 分句自以文理为凭,不必拘定字数。况词原称为长短句,其同是一调,或一人连填数阕,或数人共填此调,在当时字数已有参差,如《河传》、《酒泉子》等调甚多。《词律》每有过拘之处,如:张子野《于飞乐》词,其后段"正阴晴天气更暝色相兼",自应以两五字分句,方成文理。《词律》以前段系两三字一四字分句,后段如之,似于文理未安,是诚胶柱鼓瑟也。

叶氏主张依文理分句,是很对的。正确分句的词谱,在读词发生断句疑问时便有助于解决。

　　词的协韵方式很多,有时错综复杂,尤以短韵及平仄互协容易忽略。词句协韵处应是与乐句停顿处互相配合的,找不着韵脚所在,简直就读不下去。不仅较生疏的长调宜检谱对照,搞清协韵,即较短的小令,初学遇有疑问,惟有查谱才可了然。以《荷叶杯》一调为例,温庭筠有词三首,《词律》、《康熙词谱》及《天籁轩词谱》各取其一首为式。《康熙词谱》及《词律》各就其一、二两首逐句注明平、仄、韵、协,并附简注。《康熙词谱》卷一:

荷叶杯　单调二十三字,六句。四仄韵,两平韵。

　　一点露珠凝冷仄韵波影韵满池塘平韵绿茎红艳两相乱换仄韵肠断韵水风凉平韵

　　此调三换韵,以平韵为主,两仄韵即间于平韵之内。温词三首,平仄悉同。

《词律》卷一:

荷叶杯　二十三字

　　镜可平水夜可平来秋月韵如雪叶採莲时换平小娘红

粉对寒浪三换仄惆怅叶三仄正思维叶平

凡三易韵,"浪"、"怅"二仄,间用于"时"、"维"二平内,"对"字必用仄声。

《天籁轩词谱》卷一录其第三首,无附注:

  荷叶杯 二十三字。三换韵,仄四、平二。

  楚女欲归南浦⊙朝雨⊙湿愁红⊙小船摇荡入花里⊙波起⊙隔西风⊙

按此词虽字数无多,而句子参差不齐,协韵又系交错,初读是有困难的。但查阅任一词谱,就可解决问题。《康熙词谱》注得最好,指出这首词协韵的主次;《词律》也区别得很清楚。《天籁轩词谱》的做法比较差,以同样的符号表明哪里是韵脚,很容易教人误解同在一个韵部,不过对照调名下的注,也可搞明白。

关于字声的运用,依赖检查词谱之处就更多了。如上引温词的例子,《词律》就曾注"'对'字必用仄声",这是供填词参考的。又如在万俟雅言《三台》后注云:

> 内用"不"、"阙"、"陌"、"百"、"踏"、"识"、"入"等字,乃以入作平;"九"、"子"、"水"、"草"、"晚"、"宝"、"惹"、"已"等字,乃以上作平,皆须细心体认。此言尤为读词关键,不可不知。

这一说明就可供读词者参考。

《南歌子》一调,无论单调或双叠,一般多协平韵;但石孝友"春浅梅红小"一首,字句虽与平韵词同,而用入声字为协。《康熙词谱》注云:

> 按宋沈伯时《乐府指迷》论平声字可以入声替,如此词本平声韵,今更入声韵是也。曾慥《乐府雅词》录无名氏词,亦入声韵。

《词律》在此词后说明更详,除指出"本是平韵而以入代协者……虽全用入声,而实以入作平,必不可谓是仄声而用上、去为韵脚"外,并畅论入可作平,词先于曲之理。又谓:"周(邦彦)、柳(永)诸公制调,皆用中州正韵。今观词中如'不'音'逋'、'一'音'伊'之类多至万千……且用韵句亦可以入为叶,如惜香(赵长卿)《醉蓬莱》以'吉'字叶'髻'、'戏',坦庵(赵师侠)以'极'字叶'气'、'瑞'等甚多,若云入不可叶,则此等词落一韵矣。"关于"通篇入叶之词,有可兼用上、去"及"以上作平"等,亦曾举例论及,这些对于读词辨识四声,是有很大启发的。

总之:词谱的用途很广,只看我们是否善于利用它,例不赘举。各谱互有短长,必要时参阅几种更好。

二 几部常见的词谱

(一)较早的几部词谱

《啸馀谱》及《填词图谱》是《词律》问世以前最流行的两种词谱。

(1)《啸馀谱》

明程明善撰。明善,字若水,歙县人,天启中监生。其书通行的有清康熙间张汉重校刻本,首列张氏重订《啸馀谱序》,次载明万历己未仲夏程明善自序,略谓:

> 人有啸而后有声,有声而后有律有乐。流而为乐府,为词曲,皆其声之绪馀也……故卷十一首啸旨,次声音,次律吕,次乐府,次诗馀,致语、南北曲,而终之以切韵,名曰《啸馀谱》。

其中《诗馀谱》凡三卷。谱中除注韵、协外,每句下必注明为几字句。字之平仄不拘者皆于字下注"可平"或"可仄"。又于平声字之左侧加"1"以明之,仄声字无符号。下片间有未注平仄者,如《长相思》、《唐多令》、《三字令》等,盖以其与上片同。第二体以下往往不注平仄韵句,仅于第几体下略加说明。同体而选录数词者一切不加注。调名下注有双调、长调及别名等。

按此谱疵瑕罅漏,触目皆是。分类分题,了无义例;编次先后,又无标准,已具论于前。他如《念奴娇》之与《无俗念》,《贺新郎》之与《金缕曲》,皆本一调而分列数体;《燕台春》之即《燕春台》,《棘影》之即《疏影》,则本无异名而误沿讹舛。既误《大江东》为《大江乘》,复与《百字谣》分列,可谓歧之又歧。又如《六州歌头》、《阳关引》等句数率皆淆乱。其增减字数,妄分韵脚,不胜枚举。至若以春情、秋怨、春景、初夏为词题之无谓,词中偶加注释之乱例(如辛弃疾《摸鱼儿》"玉环"下注"唐杨贵妃小字",飞燕下注"汉赵婕妤名"),只是无关宏旨的小疵了。

(2)《填词图谱》

清仁和赖以邠损庵撰,参订者有毛先舒等。书凡六卷,又《续集》一卷。首列凡例,自称有种种优点,如:

①每调之词,宋不可得方取唐,唐不可得方取元、明

（按先宋后唐，不取较早的词，殊不合理）。

②词中有衬字，因此句限于字数，不能达意，偶增一字，后人竟不可用。如《系裙腰》末句"问"字之类，概为标出。

③有一调而具二体，用仄韵亦可用平韵之类，概为标出。

④依古图谱之法，既广搜罗，复精考订。鲁鱼悉正，沧海无遗。

但按其内容，则颠倒错乱，罅漏百出。例如：正集里的《天净沙》，续集里的《凭阑人》、《干荷叶》都是曲调；《莺啼序》以杨慎词为谱而别列所谓《添字莺啼序》于续谱，录吴文英词；《疏影》以邓元琰词"瑶尊燕翠"一首为谱，一若没有找着姜夔原词，所谓"广博搜罗，精严考订"，真是欺人之谈。

(二)词谱中较好的两部

上述两谱皆非善本，到万树作《词律》，康熙时王奕清等合编《钦定词谱》，内容才大为完善。虽其书尚待增订，但在现有词谱中要算这两部是较好的了。

(1)《词律》

清宜兴万树红友撰。收调六百六十，体一千一百八十馀，分为二十卷。有堆絮园原刻本及光绪间恩竹樵重刻本。

现在通行的多据后者石印或排印,时有误字。

重订本杜文澜曾参与校勘工作,其增加部分如下:

①《词律韵目》(杜文澜编)

②《词人姓氏录》(同上)

③光绪二年丙子德清俞樾序

④《词律续说》(杜文澜纂)

⑤徐本立《词律拾遗》八卷(后二卷为补注)

⑥杜文澜《词律补遗》一卷

其内容增订之处,具详《词律续说》,主要有以下几点:

①将杜文澜《词律校勘记》散附各词之后,徐本立补注别出新意者亦经采入。

②《词律》原收黄庭坚《望远行》、《少年心》各一阕、《鼓笛令》二阕,又石孝友《惜奴娇》二阕,杜氏以其为"俳体之粗鄙者",且明有阙讹,不足以备格律,因一并删除。仍以删词字数附注本调之后,俾存其体。

③《词律》原书分调分体舛误处,未改列重列,但将应附何卷何调,于本词下注出,并于应附列处注明。

④校出字句与《康熙词谱》及《历代诗馀》参差错误者,在本词原注后注明"应遵照增补改正";其异于他书者则注明"应增"、"应改",有疑似之间,或宜从,或可从,亦分别注明。

⑤字体偶误以及旁注换协平仄,明系原刻错误,决无可疑者,即更正之,不加注。

⑥对去、上声之辨,有所增补,"如《花犯》调应用去、上处,《法曲献仙音》调应用入声处并为附注"。

⑦原书字体,或古写,或俗写,前后参差不齐者,改为一律。

万氏原书成于康熙二十六年(公元1687),这时一般仍奉《啸馀》和《图谱》为准绳。万氏独力攻两谱之谬误,取唐宋以来词人名作,排比而求其规律,不仅订正前人的讹舛,亦且发明新旨。其所论列,如:分小令、中调、长调之无据;定第一、第二等体的不合理;句法五言有上二下三与上一下四,七言有上三下四与上四下三的区别;四声上、入有时可以代平;转折跌宕处要多用去声,都是很正确的意见,给后来官修《钦定词谱》开了先路。所以《四库提要》一再称许其"精确不刊"、"最为细密"、"考证尤一一有据"。《提要》最后说:"千虑而一失者,虽间亦有之,要之唐、宋以来倚声度曲之法久已失传,如树者,固已十得八九矣。"

按万氏考订偶疏,诚所不免。尤以见闻未广,亦难免错误。清嘉庆、道光间,高邮王敬之(宽甫)、吴县戈载(顺卿)曾拟汇集增订,都未成书。咸丰间,杜文澜作《词律校勘记》刊刻单行。同治中,德清徐本立(诚庵)作《词律拾遗》

八卷，前六卷补《词律》之未备，以未收之词为补调，计增一百六十五调（体一百七十九）；已收而未尽其体为补体，又增体三百十六，合计四百九十五体，后二卷则订正原书为补注。俞樾序此书称万氏为词家功臣，而"徐君拾遗补阙，绳愆纠谬，又为万氏功臣。从此两书并行，用示词林正轨"。据《拾遗·凡例》自述作此书时"如《钦定词谱》等书俱未得一见"。故杜文澜续作《词律补遗》，于"徐氏《拾遗》所补各调、各体之外又得五十调"。惟其中已收有《庆宣和》、《凭阑人》、《寿阳曲》、《天净沙》、《干荷叶》、《喜春来》、《金字经》等曲调了。

光绪中，番禺徐荣（戟门）著《词律笺榷》而未成（曾载《词学季刊》）。其书主要指摘万氏错误，谓"红友务攻驳而或疏于考据，开卷已见一斑"（见《竹枝》条）。间亦涉及徐氏《拾遗》及杜氏《校勘记》，即如本章前举之《荷叶杯》，徐氏对《词律》所注韵、协，并不同意，他说：

> 《词律》又于所收单调温飞卿词"镜水夜来秋月"注"韵"，"如雪"注"叶"，"采莲时"注"换平"，"小娘红粉对寒浪"注"三换仄"，"惆怅"注"叶三仄"，"正思惟"注"叶平"。按"月"、"雪"、"怅"只是句中自叶，非词调之本韵。注至三换，使人心目皆眩。虽循旧谱，而

有不可不辨者。

《三台》笺云:"予于万氏武断处,每不敢服。独万俟《三台》向作两段,万氏订作三段,实具精心。"但对万氏所注"作平"诸字,则有不同意见。

此外,如清凌廷堪、冯登府、郑文焯等的词集,吴衡照、丁绍仪、谢章铤、蒋敦复、江顺诒等的词话,都有校订《词律》处,倘能酌采众说,参稽各谱,削其繁芜,补其缺漏,正其一失,则此书将更为词谱中的善本。

(2)《康熙词谱》

此书原名《钦定词谱》,清康熙五十四年(公元1715)王奕清等纂修校刊。全书四十卷,收调八百二十六,体二千三百零六,在诸谱中最为完备。

书前凡例,曾分条说明体例,摘述其要点于下:

①以长短分先后,其添字、减字、摊破、偷声、促拍、近拍以及慢词皆按字数分编(按此较《词律》的附列、类列为合适)。至唐人大曲如《凉州》、《水调歌》,宋人大曲如《九张机》、《薄媚》等,字数不齐,各以类附辑为末卷。

②唐人五、六、七言绝句亦各采一、二首备体,元人小令则取其尤雅者(按此为体例不纯处)。

③每调选用唐、宋、元词一首,必以创始之人所作本词

为正体。

④词名原委及一调异名之故,散见群书者,悉为采注(按此点为《词律》所不及)。

⑤拗句(如温庭筠《遐方怨》"断肠潇湘春雁飞";《蕃女怨》"万枝香雪开已遍")及其他平仄一定不可易之句(如史达祖《寿楼春》"夭桃花清晨"五字皆平,周邦彦《浣溪沙慢》"水竹旧院落"五字皆仄),各为注出。

⑥韵有三声协者,有间入仄韵于平韵中者,有换韵者,有叠韵者,有短韵藏于句中者,逐一注明。

⑦除在字旁用虚实朱圈表示平仄外,一定平仄,别词有异同者,必引证其句,注明本词之下,凡用去声字不可易者,悉为标出。

⑧宋人词集中间存宫调,悉照原注备载。

《四库总目提要》说:"凡唐至元之遗篇,靡弗采录……分刌节度,穷极窈眇,倚声家可永守法程。"总的说来,其书晚出,搜罗之富,当较以前各谱为胜。即如词后附注,亦较《词律》为简明扼要。为什么可平可仄,都指出根据。有时告诉读者《啸馀》等旧谱不可信从,也不似万氏的辞费。不过后来发现的词集及近人所辑唐、宋、金、元人词,其中尚有调体为《词谱》所未收者,其他错误也不是没有,所以仍待增补修订,并不能如《提要》所说的"永守法程"。

(三)兼注工尺的《碎金词谱》

清谢元淮撰。元淮,字默卿,松滋人。是书成于仕真州时,有初刻及重刻两朱墨本,皆刻于道光间。初刻本凡六卷,首有道光癸卯自序及甲辰鄱阳陈方海后序。其编排以宫调为次第,图谱分列,以□代字,左注四声,右注工尺,已见前述。其谱词亦录曲,如《谒金门》南引首录曲"春梦断……",次录韦庄词"空相忆……"。于调下注云:"此调《九宫大成谱》仅录《琵琶记》中曲,许穆堂《自怡轩词谱》以韦庄词补之,因其字句相同也,今两存之。"谱后附谢氏自作《碎金词》。

重订本十四卷,戊申春月刊,前有吴清鹏、许乔林、陈方海序及谢氏自撰新序。凡例由二十条增为三十条,内容亦较为繁富。陈方海序说:

> 谱有前订之本,先生犹未惬意,因更定之。读其凡例,较前倍详,遍搜载籍,务穷利弊。于钦定词曲两谱尤有发明,畅厥旨归。

其卷一起南仙吕宫,引子、正曲分列。引子录冯延巳(?)《捣练子》"深院静"等,正曲录顾敻《醉公子》"河汉秋云淡"等。四声工尺谱改注于词字左右两侧。入声之作其他三声者亦经注出。如欧阳修《临江仙》"柳外轻雷池上雨"词中"滴"、"角"、"不"三字皆注"入作平","月"、"玉"两字皆注"入作去",词末偶亦增附词话。又《碎金续谱》六卷,《碎金词韵》四卷,末附谢氏自著《养默山房诗馀》,内分《海天秋角词》、《碎金词》及《填词浅说》,共一卷。

此谱的特色,是以昆腔来歌词。赵函谓"古今词家不传之秘,而一旦发之默翁"(初刻本《碎金词》序)。按词的歌法异于北曲,北曲的唱法异于昆腔。谢元淮的办法,正如选旧诗词而配以今乐谱,究非歌词古法。此点谢氏似亦知之,自序说:

> 按宋入歌词,一音协一字。故姜夔、张炎辈所传词谱,四声阴阳,不容稍紊。今之歌曲,则一字不可协数音,曼衍抑扬,萦纡赴节。即使分刌节度,不能如宋词之谨严,亦足以谐协竹肉矣。

我想,谢氏此举,只能认为以古词合新乐,善于利用而已。所以吴梅说:"许宝善、谢元淮辈取古今名词,一一被诸管弦,以南北曲之音拍,强诬古人;更不可为典要,学者慎勿惑之。"

(四) 几种简略词谱

《天籁轩词谱》无说明,《白香词谱》收调很少,都是比较简略的。晚出又有林大椿的《词式》及《唐宋词格律》等。

(1)《天籁轩词谱》

福建叶申芗小庚撰。叶氏于清道光初年以翰林出仕云南,草创此书于署中。自谓不谙音律,故以天籁名轩。初仅取万树《词律》"去其俳俚缺讹诸调",录词才七百首,意在"便于取携"。道光十年(公元1830)回闽后,复以《康熙词谱》、《历代诗馀》、《乐府雅词》、《阳春白雪》、《花庵词选》、《绝妙好词》、《花草粹编》及各名家词集重加参校,补其缺落,订其错讹。仍依《词律》原列调名备增诸体。前四卷共六百一十七调,录词一千二十八首。第五卷为补遗,凡百五十四调,共词百六十六首。所列各调皆《词律》所遗,从各书辑补。仍依《词律》以元为断,如明人的《水漫声》诸调不录,而元人小令《天净沙》等篇亦经删去。

全书成于道光十一年辛卯(公元1831),有单行本及《天籁轩六种》本。两本全同,都于谱后附《词人姓名爵里》。其卷六为《天籁轩词韵》。所谓六种是除词谱、词韵外,增《词选》、《闽词钞》、《本事词》及《小庚词存》。

是谱前有孙尔准、顾纯、梁章钜、张岳崧的序。顾序曾谓：" 悉本万红友《词律》而编调、选词、辨韵、分句，则有《词律》之精核而无其拘，有《词律》之博综而删其冗。诚艺苑之圭臬而词坛之矩矱。" 按虽本《词律》而能纠其所短，自是叶谱胜处。其发凡中自述体例与《词律》不同之点，约略如次：

①编调仍以字数多寡为序，但不采《词律》类列办法，并择"音调和雅且无错落者方收"。

②选词"悉择原词及名作"。并指出《词律》之失，如：《暗香》不收姜白石，《雨霖铃》不收柳耆卿而收黄勉仲，又注云"多情自古伤离别"如七言诗句，应从柳词。

③辨韵虽从《词律》，"但各调有增韵者亦必补入"；"其每调平几韵、仄几韵及平仄通协者，均于题下注明"。

④分句以文理为凭，不拘定字数。指摘万氏"胶柱鼓瑟"。

按叶氏论选词应从原制或名作为谱，分句应从文理为断，都是很正确的。

王易《词曲史》曾给此谱以很高的评价，谓其"兼取万氏《词律》、《钦定词谱》录定一词为式，甚为详备适用；不用图亦不注平仄，尤为大方"。今按此谱失之过简，仅以单圈断句，重圈示韵及协，应用逗号处或缺或径用句号。对于平仄活用处既未于句中注出，亦未引前人之词加以说明。调名下仅注字、韵数,偶及别名,亦简略难供参考。如兼备数谱,当然可供参校;倘只赖此谱翻检,未免"大方"有馀而"适用"不足。

(2)《白香词谱》

清嘉庆间舒梦兰撰。梦兰,字白香,江西靖安人。其书仅一卷,选常见之调一百,每调录词一首。自唐迄清,所录作者凡五十九人。谱依字数编次,起《忆江南》而止于《多丽》。首有《凡例》三条,除第三条说明以黑、白圈表仄、平,以"、"".""/"表读、句及押韵外,其一二两条曾说明选词订谱所依据的原则:

> 是选百调皆世所习用。一调数名,亦择其雅切赠答者分注目下,以备即事寓声。
> 自来图谱见名作小有不同,辄分数体,罔所适从。《词律》又过于略文崇法。要知前哲既各揣当时好尚,独创新声,似亦可以就诸家异同折衷为谱,元音妙合,天籁斯通。

又每词调名下都注有简略的题目,如怀旧、有感、寒食、西湖、本意等。

此谱通行的本子甚多:或作笺释,或加改编,或变更符号,多已失却原来面目。一般喜其简便,既可用为词谱,亦可聊代词选。但作为一部词谱来看,当然有不少缺点,如:收调太少,选择亦不精,《浣溪沙》、《玉楼春》等习见之调不录,而录仅有一词见于《冷斋夜话》的僻调《荆州亭》;选词不取初制名词而采后人所作,如《暗香》、《疏影》、《翠楼吟》不录姜夔原作而录张炎的《疏影》、清朱彝尊的《暗香》及黄之隽的《翠楼吟》。

(3)《词式》

闽侯林大椿编,1933年上海商务印书馆出版。全书十卷,分上、下两册。书首有导言及凡例,略谓:"词之体格,既不类诗,亦不似曲,另是一种之文体。""爱好之者,颇不乏人,特多视按谱为畏途。""如近代所传之万氏《词律》及《钦定词谱》二书,稍涉繁重,兼有微讹。爰是乃不度绵力,从事本书之草创。"

又说本书:"专供学生应用,故义取简明及实用,力避高深及繁芜,所以每调仅采习见之正体一首以为式。"采调凡八百四十首,共九百二十四体。其中如《天净沙》、《干荷叶》、《喜春来》等虽收入,但已注明为元人小令。

按此谱唯一特点在其力求简明,解说无多,符号亦少。且排印醒目,作为一般参考,无论从选调数目及举词备体比较,皆远胜于《白香词谱》。《凡例》云:"关于调之研究:如

①源流、②宫调、③名解、④种类、⑤别名,各依所据,并注明引用原书,……馀若词之作法及古人成规诸点,亦简注于每词之后。"在这些方面,以成书在《词律》、《康熙词谱》之后,可斟酌损益,条理亦较清晰。

关于分段名称,此书"因旧谱以及各家著录,均沿用单调、双调(双调之名与宫调之夹钟商俗名双调者同称)之名,嫌其致涉疑混,或有改双调为双叠者,惟每词之后段,未必果系照叠前段,故双叠之义亦为未协"。特改用"单段"、"两段",俾与慢词原有三段、四段之称划一。

又编者自称尚有"纠正《词律》、《词谱》之处,均未加注",看来改正也不多,基本上是以两书为主要依据。例如关于双拽头应分几段,本书即未敢自作主张,一依《词律》等旧例。《瑞龙吟》分为三段;其他如《秋宵吟》一面引《词谱》语"如《瑞龙吟》调之所谓双拽头也"作附注,一面在调名下仍注为"两段";《曲玉管》在附注里说:"案清叶申芗《天籁轩词谱》所录是词(指柳永'陇首云飞')以'杳杳神京'作第二段,即双拽头。《钦定词谱》云:'此词前段截然两对,……所谓双拽头也。'"似乎他已经懂得要照天籁轩的分段,但仍沿万氏之误,不仅仍作两段,并将"立望关河,萧索千里清秋"误在"索"字下断句,这样就改变了双头字句一致的形式;《安公子》叶谱照三段处理,万氏也注明此调宜作三叠,所谓双拽头也。《康熙词谱》未分亦未注,《词式》全从《词谱》,其他应纠正而沿袭错误者不赘举。

(4)《唐宋词格律》

这是一本 1978 年 10 月印刷,次年五一节发行的新书。据出版说明,是龙榆生曩在大学讲授唐宋词的讲义,原名《唐宋词定格》,现经张珍怀、龙厦材整理,改今名由上海古籍出版社出版。

"本书共收词牌一百五十馀调,其中大多数是唐、宋词中常见的。每一词牌都说明它的产生来历和演变情况,间或指出适宜表达何种情感及其中某些特定的句法和字声(如某些领句字应用去声)。"(《出版说明》)这几句话已扼要说明本书的特点,亦即其胜处。

选调多于《白香词谱》而少于《词式》,但有些常用调此谱收入,《词式》反而没有;此外如认定词可以有衬字(《卜算子》说"两结亦可酌增衬字";《御街行》说"下片亦有略加衬字者";《洞仙歌》说"并于全阕增一、二衬字";《满江红》说"亦可酌增衬字");指出某些例词用"暗韵"(如陆游《沁园春》"孤鹤归飞"附注过片"亲"字是暗韵);说明词有协方音者(如《法曲献仙音》附注"姜〔夔〕词第三、四部韵往往同用,殆是江西方音"),这都给读者提供了很好的参考。

但此书也不无可议之处。首先是书名改掉"定"字而书内仍存"定格"字样,尚可进一步商榷。再举一个例子:作者早年选编的《唐宋名家词选》所录苏轼《水龙吟·次韵章质夫杨花词》,结尾断句有误,此书依然如故。看来作者对词句分合的灵活性似未措意,而拘执于所谓"定格"。

至于双拽头之应分为三叠,此书不但没有照办而且在有关各词调的附注中只字也未提及(如所录《剑器近》袁去华"夜来雨"、《绕佛阁》周邦彦"暗尘四敛"、《曲玉管》柳永"陇首云飞"等词都是)。又编次依韵脚分类,对于尚未熟悉某调韵脚如何的人们,翻检有一定困难,如再增一《词调通检表》(《词式》附有此表,依调名第一字笔画为序,惜仅注卷数,仍须再查卷首目录,始得页数),似更便于初学。

尽管本书尚有美中不足处,但瑕不掩瑜,在简明词谱中,已属后来居上。附录据《词林正韵》而分部改用佩文韵标目的《词韵简编》,亦便于参考。

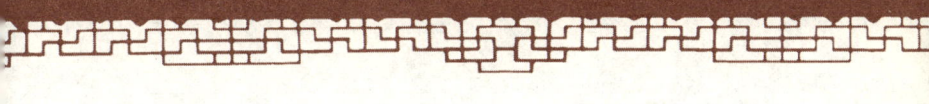

第十章

谈词韵

一　词韵的创始及其发展

词盛于唐、宋,而词韵专书则盛于清代。其所以如此,是不难理解的:因词在初期与音乐密切配合,用韵但求谐耳,完全摆脱了所谓韵书的束缚。正如《四库总目提要》所云:"又安能以《礼部韵略》颁行诸酒垆茶肆哉!"(词曲类存目《词韵》二卷)到后来歌辞与音谱逐渐脱节,大家都在文字上做功夫,于是词韵就应需要而产生。现将其发展情况略述于次:

(一)早期的词韵

北宋以前,未闻有制作词韵的事。据今日所知材料,最早只有北宋末年朱敦儒曾经拟过应制词韵十六条,外列入声韵四部,其后张辑作释,冯取洽又为增补。元陶宗仪批评它失之混淆,欲为改定。可惜原书久佚,连韵目也无从考见了。

清厉鹗论词绝句有云:"欲呼南渡诸公起,韵本重雕菉斐轩。"注谓曾见绍兴二年刊《菉斐轩词林要韵》一册。嘉庆间江都秦恩复取阮元家藏《词林韵释》(一名《词林要韵》)刻入《词学全书》中,而跋谓:"疑此书出于元明之际,谬托南宋初年刊本,樊榭偶未深考,遂以为宋人之词韵。不然,南渡以后诸贤何以均未之见?即沈义父、周德清亦绝不引证而遽与之暗合耶?又疑此书专为北曲而设,或即大晟乐府之遗意。"其书共分十九部,以平统上、去,所有入声字都派入三声,显然是曲韵而非词韵。

现存早期词韵之较著者,要算明末清初钱塘沈谦(字去矜)所著之《词韵》,其书系取诗韵删并,平、上、去三声凡分十四部,如:"东、董韵"平声列一东、二冬通用,仄声列一董、二肿及一送、二宋通用。入声则别立"屋、沃"、"觉、药"等五部。毛先舒曾为之"括略并注",末加按语谓"沈氏著此谱,取证古词,考据甚博"。又盛称其:"旁罗曲证,尤极精确……使古近胪列,作者知趋。"甚至谓:"去矜此书,不徒开绝学于将来,且上订数百年之谬。"如此推重,极肯定其始创轮廓之功。但他对沈谦所述韵部通转方面,却也并不完全同意。

　　按沈氏作韵,态度还比较客观,欲就旧词已有的韵例来定通转,而毛氏则谓"当时(指两宋)便已纵逸,徒以世无通韵之人,故传讹迄今,莫能弹射"。因而沈、毛两家的意见是有距离的。如:沈氏取范仲淹《苏幕遮》"地"、"外"二字相协、蒋捷《探春令》"处"、"翅"、"住"、"指"四字相协的例子,因疑"支纸"、"鱼语"、"佳蟹"三部韵可以互通。毛氏则认为:"如辛弃疾《南歌子·新开河(池)》词,本'佳蟹'韵而起韵用'时'字;欧阳修《踏莎行》离别词,本'支纸'韵而末韵用'外'字;姜夔《疏影》咏梅词,本'屋沃'韵,而中用'北'字;柳耆卿《送征衣》词本'江讲'韵而末用'遥'字,(按末句《彊村丛书》本作"齐天地遥长",实协"长"字。《六十家词》本作"天地齐遥",误)当是古人误处,未宜遽用为例。"又沈氏按云:"古诗韵'五歌'可以通'六麻','十一尤'可以通'六鱼'、'七虞',于填词则未尝见,岂敢泥古而误今耶? 若夫'十二侵'之通'真'、'文'、'庚'、'青'、'蒸',则诗词并见合并,故从之。"毛氏对此同意"歌"、"麻"互通,但以为"鱼"、"虞"、"尤"互通,只可施于古诗,而不可施于填词;至于"侵"与"真"、"文"、"庚"、"青"、"蒸"诸韵不但古当慎之,填词亦未宜遽通。谓沈氏"但举一隅,未为通训"。从这些例子来看,沈氏侧重实事求是,毛氏竟欲作韵以范围古人,而"上订数百年之谬",未免迂阔可笑。

当词韵创制之初,因已有曲韵在前,故不仅参考诗韵,也受曲韵的影响。除王士禛曾论及《中州全韵》当为词韵,又填词当援据《洪武正韵》(见邹祇谟《远志斋词衷》)外,如胡文焕的《文会堂词韵》,主三声用曲韵而入声用诗韵,沈谦是不同意这样做的。毛先舒说:"去矜……谓近古无词韵,周德清所编,曲韵也。……胡文焕所录韵,虽稍取《正韵》附益之,而终乖古奏。"沈天羽一面肯定曲韵不可为词韵,指摘胡文焕"居然大盲,将词韵不亡于无而亡于有",并谓"今有去矜词韵,考据该洽,部分秩如,可为填词之指南";但他一面又说:"周韵平、上、去声十九部,而沈韵平、上、去声止十四部,故通用处较宽。然'四支'竟全通'十灰'半,'元'、'寒'、'删'、'先'全通用,虽宋词苏、柳间然,毕竟稍滥。不如周韵之有别。"胡文焕的偷懒办法,正如戈载指出为"骑墙之见,亦无根据",沈天羽抹煞宋词用韵的事实,以曲韵来要求词韵,也是不正确的。

(二)毛奇龄和李渔对词韵的见解

宋朱敦儒所拟词韵,元陶宗仪曾讥其"侵寻"、"盐咸"、"廉纤"闭口三韵混入,欲重为改定。再证以朱氏《樵歌》用韵的通转,相信他拟的词韵一定较宽。自其书失传后,很久没有人续作,可见词韵这种东西是不怎样急切需要的。

到沈谦作词韵时,毛奇龄仍以为无此必要。他说:

> 词本无韵,故宋人不制韵,任意取押。虽与诗韵相通不远,然要是无限度者。予友沈子去矜创为词韵,而家稚黄取刻之,虽有功于词甚明,然反失其古意。

为了证明词韵可以"任意取押",曾列举很多旧词用韵实例。其中包括不少较著的作者,如孙光宪、晏几道、苏轼、朱敦儒、张孝祥等。具详《西河词话》卷一。他的结论是词韵了无依据,不足推求,肯定地说:

> 况词盛于宋,盛时不作,则毋论今不必作;万一作之而与古未同,则揣度之胸,多所兀臬。从之者不安,而刺之者有间,亦何必然?

毛氏此说,纪昀以为"精核"(江顺诒《词学集成》卷四引)。焦循的《雕菰楼词话》也说:"毛大可称词本无韵,是也。"他更列举韦庄、柳永、苏轼、秦观、晁补之、方千里、毛滂、杜安世、王安中、陆游、辛弃疾、刘过、姜夔、吴文英、蒋捷等用韵的例子为证。并谓:"唐人应试用官韵,其非应试如韩昌黎《赠张籍》诗以'城'、'堂'、'江'、'庭'、'童'、'穷'一韵,则'庚'、'青'、'江'、'阳'、'东'通协,不拘拘如律诗也。至于词更宽可知矣。"

不过,也有人反对毛氏之说,如吴衡照《莲子居词话》谓:"西河初不知宋词韵也,故为是言。"江顺诒《词学集成》谓:"毛氏历引旧词之失韵者为无韵之证……贻误后来不浅。"按仅以"不知韵"或"旧词失韵"等不顾事实的说法来反驳毛氏,是不能令人信服的。

词以方音协韵,例不胜举。作词韵而析以乡音者,则有李渔的《笠翁词韵》。

李渔在其《窥词管见》里曾经提出"曲宜耐唱,词宜耐读"的看法。他认为"词全为吟诵而设,止求便读而已。便读之法,首忌韵杂"。因而他主张"用韵贵纯"。怎样才能使得韵纯呢?如"鱼"中有"诸","虞"中有"夫",可将二韵中各分一半使互相配合。与"鱼"、"虞"二字同音者为一韵,与"诸"、"夫"二字同音者为一韵。如是则纯之又纯,无众音嘈杂之患。

他所作词韵四卷,即按上述主张,分二十七部。以"支微"部分为三:曰"支纸寘";曰"围委未";曰"奇起气"。"鱼、虞"部分为二:曰"鱼雨御";曰"夫甫父"。"家麻"部分为二:曰"家假驾";曰"嗟姐借"。"覃盐"部分为二:曰"甘感绀";曰"兼检剑"。入声则以"屑叶"为一部,"厥月褐缺"为一部,"物北"为一部,"挞伐"为一部。戈载说他"以乡音妄自分析,尤为不经"。其实这部词韵的好处正在"不经"。他不为旧韵书所束缚,大胆照自己的语音加以分合,至少适用于一定的地区。这与宋人以方音协韵的精神是符合的。

毛奇龄"词本无韵"、"今不必作"的主张自然最彻底,如必欲作词韵来供同时代人们的参考,李渔应算是能打破成规的。

二 对于词韵的不同主张

(一) 从宽与尚严的分歧

词韵自沈谦初创轮廓,毛先舒括略并注后,继起作者甚多。韵部分合,各有不同。大致可分为两种主张:其一分为十九部,即平、上、去三声十四部,入声五部;其一分为十五部,即平、上、去三声十一部,入声四部。二者所以不同的最大关键,即在穿鼻(收音于ng)、抵腭(收音于n)及敛唇(收音于m)三类韵的分合问题。根据宋词用韵的情况来看,当

时的语音应已开始打破这三者界限,所以沈谦谓"庚"、"青"、"真"、"文"、"侵"可以合并。因知三类分列者尚拘于韵书,比较保守;而三类合并的基本符合于旧词协韵的实际。

现按此两种不同的主张,简介各种词韵于次:

清初,莱阳赵钥、宜兴曹亮武也各作《词韵》,与沈著大同小异。许昂霄批评此三韵"择焉不精,语焉不详,分合之间,殊多可议"(《词韵考略》)。

稍后有仲恒的《词韵》。恒,字道久,号雪亭,钱塘人。其书仍沿沈韵重订,亦分三声为十四部,入声五部,所不同者据《广韵》分部而已。清《四库全书》不收词韵,仅以此书入存目。《提要》云:

> (沈谦)强作解事,恒又沿讹踵谬,纠葛弥增。即以所分者言之:平上去分十四韵,割"魂"入"真轸",割"咍"入"佳蟹",此谐俗矣;而"麻遮"仍为一部,则又从古。三声既"真轸"一部、"侵寝"一部、"庚梗"一部、"元阮"一部、"覃咸"一部矣,入声则"质"、"陌"、"锡"、"职"、"缉"为一部,是"真"、"庚"、"青"、"蒸"、"侵"又合为一也;"物"、"月"、"曷"、"黠"、"屑"、"叶"合一部,是"文"、"元"、"寒"、"删"、"先"、"覃"、

"盐"又合为一也。不俗不雅,不古不今,欲以范围天下之作者,不亦难耶!大抵作词之韵,愈考愈歧,……必欲强立章程,不至于非马非驴不止。

清中叶之作词韵者,如:海盐吴应和有《榕园词韵》,亦据《广韵》分三声为十四部,入声为五部。吴衡照《莲子居词话》谓其"平声从沈氏,上、去以平为准,入以平、上、去为准,最确。其中有增益删汰而无割裂,亦属至是"。《白香词谱》附录的《晚翠轩词韵》,分部略同吴氏,惟所据为《佩文诗韵》。谢元淮的《碎金词韵》四卷,刊于道光二十八年,《论例》称沈谦"《词韵》三卷,每部俱总统三声。其中又明分平仄,凡十四部,入声五部,共为十九部。最为精切,今宗之"。又谓"平声'十灰'、'十三元',上声'十贿'、'十三阮',去声'九泰'、'十卦'、'十一队'、'十四愿',沈氏皆割分其半,以声相属,源本《洪武正韵》,于填词尤为允当,今从之"。其不同处仅在沈韵收字较简,谢氏依《佩文韵府》增至一万二百六十字,又补四十一个习用的字。

较谢氏稍早成书于道光元年者,则有戈载的《词林正韵》。其书亦列平、上、去为十四部而入声为五部,共十九部,标目及字次、字音,皆从《集韵》。

戈氏于《发凡》中首述作此书之旨,"非敢正古人之讹,

实欲正今人之谬"。他指摘沈谦词韵"用阴氏韵目,删并既失其当,则分合之界模糊不清;字复乱次以济,不归一类;其音更不明晰。舛错之讥,实所难免"。沈氏而外,如赵钥、曹亮武、李渔、胡文焕、许昂霄、吴烺、程名世、郑春波等,讥弹殆遍。尤其不满意毛奇龄,他说:

> 异哉毛奇龄之言曰:词韵可任意取押,"支"可通"鱼","鱼"可通"尤","真"、"文"、"元"、"庚"、"青"、"蒸"、"侵"无不可通;其他"歌"之与"麻","寒"之与"盐",无不可转;入声则一十七韵展转杂通,无有定纪。毛氏论韵,穿凿附会,本多自我作古,不料丧心病狂,败坏词学,至于此极!

戈氏认为词中任意取押现象,是古人"偶误"。他也知道"宋人词有以方音为协者",并举黄庭坚、曾觌、刘过、吴文英、陈允平诸家作品为例。但他的意思是:"此皆以土音协韵,究属不可为法。"又自称其书系"取古人之名词,参酌而审定之,尽去诸弊"。

杜文澜《憩园词话》给此书以很高的评价,他说:"《词林正韵》三卷,取李唐以来韵书以校两宋词人所用,博考互证,辨析入微。足补菉斐轩之遗,永为词家取法。"又说:

"现行词韵如晚翠轩、学宋斋皆非善本,即秦氏所刻之菉斐轩虽非伪造,实为曲韵,亦难引用。惟戈顺卿手定《词林正韵》,考订精详,洵可传世。"杜文澜认为"宋词用韵有三病:一则通转太宽,二则杂用方音,三则率意借协。故今之作词者,不可以宋词用韵为据"。他以这种错误的见解看宋词用韵,当然认为《词林正韵》是合乎理想的。据他说:"戈顺卿论词吴中,众皆詟服,惟长洲孙月波茂才麟趾与龃龉。"按孙氏《词径》有一条论及词韵云:

> 词韵向无定本,惟沈去矜韵最妥,然失之太拘。且于通用兼收之处,未经宣说明白。余有《词韵指南》,传宋人不传之秘,将梓行以公同好。

对于沈韵尚嫌太拘,当然不会同意戈氏的《词林正韵》。惜其《词韵指南》内容未详。

又海宁许昂霄蒿庐曾于嘉庆间作《词韵考略》。许氏以为:"尚严者谓诗变为词,诗用唐韵,词亦宜遵唐韵,其弊也使人临文牵率而性情不畅;好宽者谓词本无韵,方言里响,皆可任意取押,其弊也使人滉漾泛澜而靡有畔岸。"他主张"词韵通转当仿古韵之例",偶阅楼敬思《洗砚斋集》,言与己合,因而浏览旧词,考索同异。其书依诗韵标目,平、上、去分十七部,而于平声中复另出"元"、"蒸"二部("元"韵下上、去声附列"阮"、"愿","蒸"韵下缺),实十九部;入声分九部,据说因"入声之韵最易混淆,故分部宁繁无简,宁严无宽"。戈载特鄙夷此书,谓为"痴人说梦,更不足道"。而吴衡照《莲子居词话》则谓其"言古今通转及借叶法……可取以补榕园所未备"。按许氏主观上认为词韵宜严,所以分部较多;但又不得不承认旧词用韵的事实,只好附以所谓"古通古转"、"今通今转"和"借协"。据他说明"词家沿用者谓之今,合于唐诗者谓之古",则所谓"古通古转"是诗韵而非词韵了。

　　以上都是一些分部较繁的词韵。其分部较简而又曾风行一时,"填词家奉为圭臬,信之不疑者"(戈载语)则有吴烺、程名世合著的《学宋斋词韵》。其书以平、上、去三声分十一部,入声分四部。吴衡照《莲子居词话》谓:"学宋斋本分入声作四,与(朱)希真合;而平、上、去仅止十一,希真则十六也,似仍非有所据而为之。"又说:"全椒吴烺学宋斋本小变其面目,终亦沿沈氏误处。"按《学宋斋词韵》所据者旧词用韵实例;沈谦谓"'十二侵'之通'真'、'文'、'庚'、'青'、'蒸',则诗词并见合并,故从之",亦由归纳而得,未可遽指为误。

　　继此而作者又有郑春波的《绿漪亭词韵》,同样被分部尚严者所诟病。陆蓥《问花楼词话》说:"吴烺之《学宋斋词韵》,郑春波之《绿漪轩(亭)词韵》,皆其最著者,然讹谬百端,去取寡当。"胡薇元《岁寒居词话》亦谓"程名世、吴烺、郑春波之学宋斋、绿漪亭尤骄驳不可从"。戈载讥弹更力,他在《词林正韵·发凡》里说:

> 其书以学宋为名,宜其是矣。乃所学者皆宋人误处。"真"、"谆"、"臻"、"文"、"欣"、"魂"、"痕"、"庚"、"耕"、"清"、"青"、"蒸"、"登"、"侵"皆同用,"元"、"寒"、"桓"、"删"、"山"、"先"、"仙"、"覃"、"谈"、"盐"、"沾"、"严"、"咸"、"衔"、"凡"又皆并部。入声则"物"、"迄"入"质陌"韵,"合"、"盍"、"业"、"洽"、"狎"、"乏"入"月屑"韵。滥通取便,骄驳不堪,试取宋人名作读之,果尽若是之宽者乎?且字数太略,音切又无分合,半通之韵,则臆断之;去、上两见之字,则偏收之,种种疏谬,其病百出。不知而作,贻误来兹,莫此为甚。而复有郑春波者,继作《绿漪亭词韵》以附会之,羽翼之,而词韵遂因之大紊矣。是古人之词具在,无韵而有韵;今人之韵成书,有韵而无韵,岂不大可笑哉!

尽管戈载这样反对,但比《词林正韵》晚出十年的叶申芗《天籁轩词韵》，仍然是依照绿漪亭分部的。他说：

> 词韵旧无善本，钦定《四库总目提要》存其目而未录其书，概可见矣……是书分部依近行《绿漪亭词韵》，四声分为十五部；编字依《广韵》分纽次列，以便检阅。惟原书收字较简，兹就《广韵》择其可用之字略加增补，复取宋、元人词中常用诸字系《广韵》所未收者，亦为附入。如"他"字附入"麻"部，"否"字附入"虞"部之类。

总之，词韵"尚严"、"从宽"这两种不同主张，争辩已久。清中叶以后，词坛的风气是宁严毋滥，因而论词韵者多以戈氏之书为依据。正如吴梅说的："虽其中牴牾之处或未能免，而近世词家，皆奉为令典，信而不疑也。"

(二) 几种不同韵目的比较

从宽的词韵，以天籁轩为晚出；尚严的词韵，以吴梅"参酌戈载《正韵》、沈谦《韵略》二书"重订的韵目为最密。吴氏说："右韵二十二部不守高安旧例，大抵仍用戈氏分部，而入声则分八部。盖'术'、'物'二韵，与平、上、去之'鱼'、'模'、'语'、'麌'等，未便与'质'、'栉'等同列；'陌麦'又隶属于'皆来','没'、'曷'、'末'亦属于'歌罗',故'陌'、'麦'不能与'昔'、'栎'同协,'没'、'曷'、'末'不能与'黠'、'屑'同协。戈氏合之,未免过宽,故余重为订核焉。"由于入声增三部,故合起来共二十二部。

戈氏《正韵》标目用《集韵》,吴氏改从《广韵》,更便于与天籁轩分部比较。惟叶氏原书每部下仅列简目,如第一部举"东"、"冬"而省"钟",兹重为括略,按十五部列表,而将吴氏细分的韵目另行注明,俾其出入处可一目了然。

部 别		叶氏韵目	与吴氏目异同
第一部	平	东、冬、钟	
	上	董、肿	
	去	送、宋、用	
第二部	平	江、阳、唐	
	上	讲、养、荡	
	去	绛、漾、宕	
第三部	平	支、脂、之、微、齐、灰	海半仅收"倍"、"焙"两字。吴氏未列此目。
	上	纸、旨、止、尾、荠、贿、海半	
	去	寘、至、志、未、霁、祭、泰半、队、废	
第四部	平	鱼、虞、模	
	上	语、麌、姥	
	去	御、遇、暮	
第五部	平	佳半、皆、咍	队半仅收一"块"字。吴氏未列此目。
	上	蟹、骇、海	
	去	泰半、卦半、怪、夬、队半、代	

第六部	平①	真、谆、臻、文、欣、魂、痕	吴目将②类列作第十一部；③类列作第十三部。又"敬"依《广韵》标目应作"映"，吴目从《广韵》。
	平②	庚、耕、清、蒸、登	
	平③	侵	
	上①	轸、准、吻、隐、混、很	
	上②	梗、耿、静、迥、拯、等	
	上③	寝	
	去①	震、稕、问、焮、慁、恨	
	去②	敬、净、劲、径、证、嶝	
	去③	沁	
第七部	平①	元、寒、桓、删、山、先、仙	吴目将②类列作第十四部。又"俭"依《广韵》标目应作"琰"，吴目从《广韵》。
	平②	覃、谈、盐、添、咸、衔、严、凡	
	上①	阮、旱、缓、潸、产、铣、狝	
	上②	感、敢、俭、忝、俨、豏、槛、范	
	去①	愿、翰、换、谏、裥、霰、线	
	去②	勘、阚、艳、㮇、酽、陷、鉴、梵	
第八部	平	萧、宵、肴、豪	
	上	篠、小、巧、皓	
	去	啸、笑、效、号	
第九部	平	歌、戈	
	上	哿、果	
	去	箇、过	
第十部	平	佳半、麻	
	上	马	
	去	卦半、祃	
第十一部	平	尤、侯、幽	吴目列作第十二部。
	上	有、厚、黝	
	去	宥、候、幼	
第十二部	入	屋、沃、烛	吴目列作第十五部。

第十三部	入	觉、药、铎	吴目列作第十六部。
第十四部	入①	质、栉、迄、昔、锡、职、德、缉	吴目①类列作第十七部;②类列作第十八部;③类列作第十九部。
	入②	术、物	
	入③	陌、麦	
第十五部	入①	月、黠、锗、屑、薛、叶、帖	吴目②类列作第二十部;①类列作第二十一部;③类列作第二十二部。
	入②	没、曷、末	
	入③	合、盍、洽、狎、业、乏	

《广韵》和《集韵》都成书于宋代。《集韵》纂辑时间较后,收字较多。戈载《词林正韵》的韵目即以《集韵》为本。按《词林正韵》旧刻无多,求书不易,远不及《佩文诗韵》流传之广。现依戈氏分部将两书韵目对照列表于下,借供比较、参考。

部 别		《词林正韵》韵目	《佩文诗韵》相应韵目
第一部	平	东、冬、钟	冬、东
	上	董、肿	董、肿
	去	送、宋、用	送、宋
第二部	平	江、阳、唐	江、阳
	上	讲、养、荡	讲、养
	去	绛、漾、宕	绛、漾
第三部	平	支、脂、之、微、齐、灰	支、微、齐、灰半
	上	纸、旨、止、尾、荠、贿	纸、尾、荠、贿半
	去	寘、至、志、未、霁、祭、太半、队、废	寘、未、霁、泰半、队半

第十章 谈词韵

279

第四部	平	鱼、虞、模	鱼、虞
	上	语、麌、姥	语、麌
	去	御、遇、暮	御、遇
第五部	平	佳半、皆、咍	佳半、灰半
	上	蟹、骇、海	蟹、贿半
	去	太半、卦半、怪、夬、代	泰半、卦半、队半
第六部	平	真、谆、臻、文、欣、魂、痕	真、文、元半
	上	轸、准、吻、隐、混、狠	轸、吻、阮半
	去	震、稕、问、焮、慁、恨	震、问、愿半
第七部	平	元、寒、桓、删、山、先、仙	元半、寒、删、先
	上	阮、旱、缓、潸、产、铣、狝	阮半、旱、潸、铣
	去	愿、翰、换、谏、裥、霰、线	愿半、翰、谏、霰
第八部	平	萧、宵、爻、豪	萧、肴、豪
	上	篠、小、巧、皓	篠、巧、皓
	去	啸、笑、效、号	啸、效、号
第九部	平	歌、戈	歌
	上	哿、果	哿
	去	箇、过	箇
第十部	平	佳半、麻	佳半、麻
	上	马	马
	去	卦半、祃	卦、马、祃
第十一部	平	庚、耕、清、青、蒸、登	庚、青、蒸
	上	梗、耿、静、迥、拯、等	梗、迥
	去	映、诤、劲、径、证、嶝	敬、径
第十二部	平	尤、侯、幽	尤
	上	有、厚、黝	有
	去	宥、候、幼	宥
第十三部	平	侵	侵
	上	寝	寝
	去	沁	沁

第十四部	平	覃、谈、盐、沾、严、咸、衔、凡	覃、盐、咸
	上	感、敢、跌、忝、俨、豏、槛、范	感、俭、豏
	去	勘、阚、艳、桥、验、陷、鉴、梵	勘、艳、陷
第十五部	入	屋、沃、烛	屋、沃
第十六部	入	觉、药、铎	觉、药
第十七部	入	质、术、栉、陌、麦、昔、锡、 职、德、缉	质、陌、锡、职、缉
第十八部	入	勿、迄、月、没、曷、末、黠、 鎋、屑、薛、叶、贴	物、月、曷、黠、屑、叶
第十九部	入	合、盍、业、洽、狎、乏	合、洽

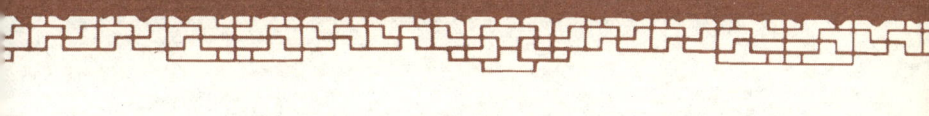

第十一章

谈词话

一　词话的产生和内容

词话,常为词选的笺注本所采用,以其有助于理解和欣赏,受到读者的重视并引起阅览词话原书的兴趣。词话涉及的内容,原不以本事和评论为限;因而它的用途更远远超过词选笺注之所撷取,可以说,它是词学资料的渊薮。在本节里,打算先谈如下两点:(一)词话的兴起及其大盛;(二)一般词话的主要内容。

（一）词话的兴起及其大盛

词话之起晚于诗话,此无可置疑;因为诗的历史比词长得多。诗话,据说始于欧阳修的《六一诗话》,认为:"欧氏以前非无论诗之著,即其亦用笔记体者,如潘若同《郡阁雅言》(《宋史·艺文志》作潘若仲《郡阁雅谈》)之属,此后纂辑之诗话,每多称引其语,此类书虽在欧氏以前,然晁公武《郡斋读书志》称其'多及野逸贤哲异事佳言',知非纯粹论诗之作,故《宋史·艺文志》以入小说类而不入文史类。是则诗话之称,固始于欧阳修,即诗话之体亦可谓创自欧阳氏(又称欧氏)矣。"(郭绍虞《宋诗话考·六一诗话》)按此指"用笔记体者"而言。《四库总目提要》亦称"北宋诗话,惟欧阳修、司马光及(刘)攽三家号为最古"(《中山诗话》),并指出"刘攽《中山诗话》、欧阳修《六一诗话》又体兼说部",为诗文评五例之一而次于刘勰《文心雕龙》、钟嵘《诗品》等之后(《诗文评类一》)。对于词则"词曲部"立"词话之属"一目,首列王灼的《碧鸡漫志》。

从上述情况看,名为诗话或词话者,未必就是同性质最早的著述。书目所列也只就"其勒为一书传于今者"(《提要·诗文评类一》序语),在其前当然已有单篇的文章或片断的议论。

最早的词话既不是《碧鸡漫志》,那么,究竟可以上溯到何时呢?如不以勒成一书者为限,则自有词以来,可能同时即有所谓词话存在。吴梅说:"倚声之学,源于隋之燕乐,三唐导其流,五季扬其波,至宋大盛。山含海负,制作如林。然北宋诸贤多精律吕,依声下字,井然有法;而词论之书,寂寞无闻。知者不言,盖有由焉。"(《词话丛编》序)吴氏认为北宋无词论,这是不符合事实的。晁补之、李清照就各有论词篇章传世,同见于《苕溪渔隐丛话》及《诗人玉屑》(通行本止二十卷,惟宽永本卷二十一亦载李论,全文已引,见本书第一章《宋元以来的词学》节)。《玉屑》引晁评注明据《复斋漫录》。按《能改斋漫录》卷十六《乐府上》也首载此条,可见当日已广泛流传。他们对于北宋词家的评论,曾及以下诸人:

晏殊、欧阳修、苏轼、王安石等

晁:欧阳永叔《浣溪沙》云:"堤上游人逐画船,拍堤春水四垂天,绿杨楼外出秋千。"要皆绝妙。然只一"出"字,自是后人道不到处。苏东坡词人谓多不谐音律,然居士词横放杰出,自是曲子中缚不住者。

李:晏元献、欧阳永叔、苏子瞻学际天人,作为小歌词,直如酌蠡水于大海,然皆句读不葺之诗尔,又往往不协音律者,何耶?

王介甫、曾子固文章似西汉,若作一小歌词,则人必绝倒,不可读也!

柳永

晁:世言柳耆卿曲俗,非也。如《八声甘州》云:

"渐霜风凄紧,关河冷落,残照当楼。"此真唐人语,不减高处矣。

李:出《乐章集》,大得声称于世,虽协音律,而辞语尘下。

张先、宋祁等

晁:张子野与柳耆卿齐名,而时以子野不及耆卿;然子野韵高,是耆卿所乏处。

李:又有张子野、宋子京兄弟、沈唐、元绛、晁次膺辈继出,虽时时有妙语,而破碎何足名家!

晏几道、贺铸、秦观、黄庭坚

晁:黄鲁直间作小词固高妙,然不是当行家语,自是著腔子唱好诗。晏元献(据引词句应作晏叔原)不蹈袭人语而风调闲雅,如"舞低杨柳楼心月,歌尽桃花扇底风",知此人不住三家村也。……秦少游如"斜阳外,寒鸦万点,流水绕孤村",虽不识字人亦知天生好言语。

李:(词)别是一家,知之者少。后晏叔原、贺方回、秦少游、黄鲁直出,始能知之;又晏苦无铺叙,贺苦少典重,秦即专主情致而少故实,譬如贫家美女,虽极妍丽丰逸,而终乏富贵态;黄即尚故实而多疵病,譬如良玉有瑕,价自减半矣!

除上述批评外,易安词论并涉及词的发展以至格律要求,摘录要点于次:

①乐府、声诗并著,最盛于唐开元、天宝间。有李八郎者,能歌擅天下。……自后郑卫之声日炽,流靡之变日繁……五代干戈,四海瓜分豆剖,斯文道熄。独江南李氏君臣尚文雅……逮至本朝,礼乐文武大备。又涵养百馀年,始有柳屯田永者,变旧声作新声……

②盖诗文分平仄,而歌词分五音,又分五声,又分六律,又分清浊轻重。且如近世所谓《声声慢》、《雨中花》、《喜迁莺》,既押平声韵,又押入声韵;《玉楼春》本押平声韵,又押上、去声,又押入声。本押仄声韵,如押上声则协;如押入声,则不可歌矣。……

由于有如上内容,故清徐釚撰《词苑丛谈》将晁评录入《品藻二》而将李论录入《体制》。

我们试从晁补之时代再上推两百馀年,据说当时的统治者唐宣宗爱唱《菩萨蛮》词,丞相令狐绹假温飞卿新撰密进,戒以勿泄而遽言于人,由是疏之。这一轶事,当时显已众口传说,孙光宪《北梦琐言》、计有功《唐诗纪事》、王灼《碧鸡漫志》均有记载,仅文字详略稍有不同而已。至于北宋有关晁、李所评论诸家的词话,如:晏殊有"无可奈何花落去"之句,欧阳修有"柳外轻雷池上雨"之词,"红杏枝头春意闹"尚书访晤"云破月来花弄影"郎中,关西大汉唱"大江东去"及十七八女郎唱"杨柳岸晓风残月",王安石以《桂枝香》一词获"野狐精"之叹,晏几道两作《鹧鸪天》,无一语及蔡京,"销魂、当此际"秦少游"却学柳七作词","梅子黄时雨"贺方回"解道江南断肠句"等等,流传至今,一般都很熟悉。其产生当伴随原词创作而来,最初以口头互传;继为文人所采录,散见于笔记、诗话等著述,累积既多,遂成专卷;最后乃勒为专书而与诗话并驾齐驱。吴梅在《词话丛编·序》里又说:

  南渡以还,音律之学日渐陵夷。作者既无准绳,歌者益乖矩矱。知音之士,乃详考声律,细究文辞。玉田《词源》、晦叔《漫志》、伯时《指迷》,一时并作。三者之外,犹罕专篇。元明以降,精言蔚起。

南宋以来词话的发展大致如此。简言之,即专书起于晚宋,元、明踵事增华,至清始作者辈出,极一时之盛。唐圭璋《词话丛编》六十种中,宋七,元明六,而清代以后占四十馀种,其未及收入有待续刊者尚多,即此可见一斑。

(二)一般词话的主要内容

哪些书属于词话类？是否以书名词话者为限？这一问题很容易回答：在词的总集或别集里，有《花间集》、《草堂诗馀》、《珠玉词》、《乐章集》、《东坡乐府》、《山谷琴趣外篇》、《淮海居士长短句》、《樵歌》、《日湖渔唱》、《白石道人歌曲》、《蘋洲渔笛谱》、《金谷遗音》、《竹屋痴语》、《东泽绮语债》等种种不同的名称；词话也是如此，但看其书内容是否为词话性质，而不计其是否以词话为书名。唐辑《词话丛编》将摘自某书的专卷与专书并列，其不称词话者达半数以上，就中如《碧鸡漫志》、《能改斋漫录》、《浩然斋雅谈》、《乐府指迷》、《艺苑卮言》、《花草蒙拾》、《乐府馀论》、《菌阁琐谈》等，竟连"词"字也未见。

词话，顾名思义，应是一种以谈词为内容的笔记，涉及范围广泛，是综合性的。倘专就某一方面问题集中探讨或系统地提出研究成果，则有别于一般词话而成为另一专门性的著述。据《四库总目提要》：《碧鸡漫志》、《乐府指迷》、《渚山堂词话》、《词话》（即《西河词话》，毛奇龄撰）、《词苑丛谈》五部为"词话之属"，而《钦定词谱》、《词律》两部为"词谱、词韵之属"，其存目亦如此区分。《词话丛编·例言》云：

　　所收范围,大抵以言本事、评艺文为主;若词律、词谱、词韵诸书以及研讨词乐之书,概不列入。

按如清方成培《香研居词麈》五卷所以未被收入,当即以其为研讨词乐之书。

至其他收入者是否皆合于所订标准?编者固已明言只是"大抵"和"为主"而已。因词谱、词韵及有关词乐等书自应另列专类;若词话中部分研讨谱、韵、词乐而未占主要比重者,便不能将其排除在范围之外。因为词话原是综合性的笔记,只要与词学有关的问题都可记载或评论,事实上是漫无限制的。试就几种分量较多的词话看看它的内容涉及哪些方面。

清吴江徐釚著的《词苑丛谈》是一部常见的词话,他在《凡例》里说:

　　一曰体制。填词原本乐府……前人言之详矣。予故荟萃其说,以考其离合正变焉。至气体互殊,代有升降,亦略为申论。

　　一曰音韵……词韵向无定准,故其出入宽严,即宋人犹未免疵纇。今一以沈东江氏《词韵略》为则,而间采诸家之说,以备参考……

一曰品藻……予为搜讨名人绪论,以己见参之。所谓蛾眉不同貌而俱动于魄,芳草宁共气而皆悦于魂,善乎江淹之见,良有以夫。

一曰纪事。金荃、兰畹,虽异文纂组,都属子虚乌有,予惟搜采逸事可传佳话者,庶足供麈尾闲谈。

一曰辨证……词虽小道,偶有寄托。然说分彼此,亦足贻误后人。予细加详考,归于画一……

一曰谐谑……里巷小词,未必无关风化。予间采打油、蒜酪诸体,使览者警省,非止冠缨欲绝也。

一曰外编。凡齐谐志怪之书,虽事属荒唐,亦小说家所不废。予因取仙鬼神怪,以及奇缘异耦,载在野史传奇者,遍为据摭。

其书共十二卷:三至五为品藻,六至九为纪事,其馀各一卷。即此可见其内容是以本事和评论为主的。书刊于康熙二十七年戊辰(公元1688),至嘉庆十年乙丑(公元1805),南汇冯金伯在此书基础上改写成为《词苑萃编》,内容又有所增改,自序云:

……甲子入秋……先将原书细为整理,复就案头所有再为补缀,因陋就简,仍复不免。然比原书删者十之一,增者已十之三四矣。原书分体制、音韵、品藻、纪事、辨证、谐谑、外编七部,予于体制下增旨趣一部,一以溯其渊源,一以穷其闉奥也。于品藻外增指摘一部,一以见欣赏之情,一以寓别裁之意也。至音韵则移于纪事后。外编原载神仙鬼怪之事,但大半已散见于纪事门中。兹惟就各部难于附丽及可附丽而偶尔失载者改为馀编二卷。手自缮写,逾年而脱稿。……

《词苑萃编》计分二十四卷,其中:品藻六卷,纪事九卷,馀七部共九卷,仍以本事和评论为主要内容。其书胜于《词苑丛谈》处,最突出的是注明资料来源。故冯氏在序里曾自诩说:"引书必注,隶事有序,厘然秩然,俾观者快然有当于心,亦庶几为徐氏功臣云尔。"

吴江沈雄编纂、休宁江尚质增辑的《古今词话》,实系词话、词品、词辨、词评四种的汇编,每种各分为上、下二卷。其词话部分是按时代分类的,如《唐词话》、《宋词话》等。词辨部分系"分调列之",上卷有《十六字令》等69调;下卷有《一剪梅》等50调。词评则按人排列,上卷为唐、宋作者,计有李白等158人;下卷为金、元、明、清作者,计有完颜璹等137人。词品则以"向无分类而略为分类"(《凡例》)如下:

词品上卷:原起、疏名、按律、详韵、本意、虚声、小令、中调、长调、换头、起句、结句、辨句、叠句、对句、复字、衬字、转韵、藏韵、排调、衍词、集句、回文、隐字、檃括体、福唐体、和韵、节序、咏物、曲调。

　　词品下卷:品词、用语、用事、用字、句法、割裂、禁忌、语病、改词、戏作、感遇、词谶、读词、传词、选词。

每类少仅一、二条,多至数十条,但十条以上者究属少数,故事实上已是细目,便于读者了解其所包括内容。此书袭用宋杨湜《古今词话》旧名,杨书失传,仅存若干条,已无从得知全貌。沈氏此作则仍与《丛谈》、《萃编》近似,特编次不同,详略稍异而已。

内容重点与上述几种词话显有较大出入者,例如《词学集成》。是书由旌德江顺诒纂辑,铁岭宗山参订。《凡例》曾述其成书经过云:

　　此书积之数十年,有见必录,迄未成书,亦不过词话之流耳,未敢出以示人。铁岭宗小梧司马山文字之交,莫逆最久。偶论作词,以是稿就正,遂蒙激赏,谓为卞和之璞,有功于词不小。即为之条分缕析,撮其纲:曰源、曰体、曰音、曰韵;衍其流:曰派、曰法、曰境、曰

品。分为八卷,以各则丽之,易其名曰《词学集成》。

宗山除撰序目指出什么"集词源第一"以至"集词品第八"外,并说明江顺诒纂辑此书之用意,略谓:"词之为道……有江河日下之慨。先生(指江)忧之,为之寻源竟委,审律考音,取诸说之异同得失,旁通曲证,折衷一是。所以存前人之正轨,示后进之准则。心苦矣,功亦伟矣。"书中也有引用《词苑丛谈》处,但对《丛谈》的总评是不高的,如在卷一里说:"《词苑丛谈》,吴江徐电发钠所辑……前人词话本少,此编比诗话而略变其例,然搜采多而论断少。其体制一卷,泛而不当;音韵一卷,粗而不精;品藻以下十卷,则仍诗话之例矣。"其所指摘《丛谈》之短,亦即表明己书胜处。书中论断确较多,"皆加诒案以别之"。《凡例》云:"或谓此书诋讥万氏太甚……"又说:"是书论又一体之非,仅证之一、二词之增字,殊不足为确据。拟博考群书,凡一调而有数体者,悉为之删繁去复,以正体列于前,以异同各体低一格列于后,俟书成后再为续刻。"这些都说明作者的意图是着重论述哪些问题。再就其"则仍诗话之例"、"亦不过诗话之流"等语看,似认为此书高于《丛谈》等一般词话,其实仅侧重之点不同,资料编次稍异,论其体例,仍然是词话的性质。

综览上举数书目次,一般词话的主要内容,已可概见。

至其他词话或略此而详彼,或是甲而非乙;少者一卷,多至数十卷;无不各有特色,例不赘举。

二 宋、元以来较著名的词话

(一)四库著录及见于《词话丛编》的

据《四库全书总目提要》记载,文渊阁著录词话之属,凡五部十九卷:①《碧鸡漫志》一卷,宋王灼撰;②《乐府指迷》一卷,宋沈义父撰;③《渚山堂词话》三卷,明陈霆撰;④《词话》二卷(今称《西河词话》),清毛奇龄撰;⑤《词苑丛谈》十二卷,清徐釚撰。

又附存目者尚有五部十三卷:①《乐府指迷》一卷,旧本题宋张炎撰(按此实系张炎《词源》的下卷);②《词旨》一卷,元陆辅之撰;③《古今词话》六卷,清沈雄撰;④《古今词论》一卷,清王又华撰;⑤《填词名解》四卷,清毛先舒撰。

以上各书所以只附存目理由:《词旨》以"其言皆无甚高论";《古今词话》"征引颇为寒俭,又多不著出典所引,近人之说,尤多标榜,不为定论";《古今词论》"杂录论词之语,虽以古今词论为名,而古人仅十之一,近人乃十之九";《填词名解》由于"掇拾古语以牵合词调名义,始于杨慎《丹铅录》,先舒又从而衍之,附会支离,多不足据。末附先舒自度十五曲,尤为杜撰"。

唐圭璋编校的《词话丛编》)印行于1935年,当时曾附小启,说明因多次复校延迟了出书时间;"又所印诸种,以已超过预定页数,致校注《词苑丛谈》及《蕙风词话》正续编均未能附入。惟新从叶遐庵先生处假得番禺张德瀛《词征》六卷,是书深博明通而流传不广,爰亟以附入。"《例言》云:"是编所收词话,有精校本,有增补本,有注释本,有罕见之珍本。精校本如杨慎《词品》及陈霆《渚山堂词话》并以明嘉靖刊本精校;增补本如从《倚声集》、《昭代丛书》诸书增补赖古堂刊本《词筌》;注释本如陆辅之《词旨》用胡元仪原释;罕见之珍本如沈雄《古今词话》、冯金伯《词苑萃编》。又如杜文澜之《憩园词话》向无刊本,原钞本曾经潘钟瑞、费念慈两家校订。"此书前有吴梅及王易序,都盛称其"广罗群籍","汇说词之巨观"。惜当日供书数量有限,至今亦未重印。为便利检索词话者参考,特依其总目将所收词话名称及采取原本,按时代顺序摘列于次:

宋词话七种:①《碧鸡漫志》五卷,王灼撰,知不足斋丛书;②《能改斋词话》二卷,吴曾撰,守山阁丛书;③《苕溪渔隐词话》二卷,胡仔撰,海山仙馆丛书;④

《魏庆之词话》一卷,魏庆之撰,明刊本《诗人玉屑》;⑤《浩然斋词话》一卷,周密撰,聚珍板丛书;⑥《词源》二卷,张炎撰,蔡松筠校本;⑦《乐府指迷》一卷,沈义父撰,《花草粹编》校本。

元词话二种:①《吴礼部词话》一卷,吴师道撰,知不足斋丛书;②《词旨》一卷,陆辅之撰,胡元仪原释,百尺楼丛书。

明词话四种:①《渚山堂词话》三卷,陈霆撰,赵叔雍校明嘉靖刊本;②《艺苑卮言》一卷,王世贞撰,弇州山人四部稿;③《爱园词话》一卷,俞彦撰,蕙风簃藏本;④《词品》六卷,拾遗一卷,杨慎撰,陈秋帆校,明嘉靖刊本。

清词话四十一种:①《窥词管见》一卷,李渔撰,笠翁全集;②《西河词话》二卷,毛奇龄撰,西河全集;③《古今词论》一卷,王又华撰,词学全书;④《七颂堂词绎》一卷,刘体仁撰,别下斋丛书;⑤《填词杂说》一卷,沈谦撰,东江集抄;⑥《远志斋词衷》一卷,邹祗谟撰,赐砚堂丛书;⑦《花草蒙拾》一卷,王士禛撰,昭代丛书;⑧《皱水轩词筌》一卷,贺裳撰,增补赖古堂刊本;⑨《金粟词话》一卷,彭孙遹撰,别下斋丛书;⑩《古今词话》八卷,沈雄撰,澄晖堂刊本;⑪《历代诗馀话》十卷,王奕清等撰,历代诗馀;⑫《雨村词话》四卷,李调元撰,函海;⑬《西圃词说》一卷,田同之撰,古懽堂家刻本;⑭《铜鼓书堂词话》一卷,查礼撰,铜鼓书堂遗稿;⑮《雕菰楼词话》一卷,焦循撰,易馀籥录;⑯《灵芬馆词话》二卷,郭麐撰,灵芬馆全集;⑰《词综偶评》一卷,许昂霄撰,附查初白诗评后;⑱《介存斋论词杂著》一卷,周济撰,词辨,附四家词目录序论;⑲《词苑萃编》二十四卷,冯金伯撰,嘉庆刊本;⑳《本事词》二卷,叶申芗撰,天籁轩刊本;㉑《莲子居词话》四卷,吴衡照撰,退补斋刊本;㉒《乐府馀论》一卷,宋翔凤撰,附词集内;㉓《填词浅说》一卷,谢元淮撰,碎金词选;㉔《双砚斋词话》一卷,邓廷桢撰,双砚斋随笔;㉕《问花楼词话》一卷,陆鎣撰,笠泽词征;㉖《词径》一卷,孙麟趾撰,陈凝远校本;㉗《听秋声馆词话》二十卷,丁绍仪撰,同治刊本;㉘《憩园词话》六卷,杜文澜撰,潘钟瑞、费念慈校抄本;㉙《词学集成》八卷,江顺诒撰,光绪刊本;㉚《赌棋山庄词话》十二卷,续五卷,谢章铤撰,光绪刊本;㉛《蒿庵词话》一卷,冯煦撰,六十一家词选;㉜《菌阁琐谈》一卷,沈曾植撰,旧钞本;㉝《芬陀利室词话》三卷,蒋敦复撰,光绪刊本;㉞《词概》一卷,刘熙载撰,艺概;㉟《白雨斋词话》八卷,陈廷焯撰,光绪刊本;㊱《复堂词话》一卷,谭献撰,心园丛刊;㊲《岁寒居词话》一卷,胡薇元撰,玉津阁丛书;㊳《论词随笔》一卷,沈祥龙撰,乐志簃集;㊴《词征》六卷,张德瀛撰,民国十一年刊本;㊵《裛碧斋词话》二卷,陈锐撰,裛碧斋集;㊶《词论》一卷,张祥龄撰,半箧秋词。

民国以来词话六种:①《近词丛话》一卷,徐珂撰,清稗类钞;②《人间词话》二卷,王国维撰,王忠悫公遗书;③《词说》一卷,蒋兆兰撰,近刊本;④《小三吾亭词话》五卷,冒广生撰,国学萃编;⑤《海绡翁说词稿》一卷,陈洵撰,汇钞本;⑥《粤词雅》一卷,潘兰史撰,词学季刊。

以上共计收入词话六十种,如《词源》所附杨守斋《作词五要》、《论词杂著》附《四家词目录序论》、《词学集成》附郭麐《词品》、杨夔生《词品》,均不另计。四库著录及存目各五部,除《词苑丛谈》因限于预计印刷页数、《填词名解》不符合采录范围未收外,其馀八种完全见于《丛编》,而且版本都较全、较胜,尤其能将《词源》、《乐府指迷》、《词旨》等互相错乱问题各还其本来面目。

《丛编》例言说:"新辑稿本为数尚多,将来当谋续刊。至如张星耀《词论》、许田《屏山词话》、王初桐《小琅环词话》、秦耀曾《雪园词话》、孙麟趾《一鱼庵词话》、雷葆廉《通波水榭词话》、汪玢《国朝词话》、陈君銮《本事词》、蔗耕居士《怀兰拜石轩词话》,今并未得寓目,亦俟访得续刊。"知唐氏当日尚有续刊计划而未得实现。今后倘能将《丛编》初辑点校重印,再续出二辑、三辑,必将予读者以更大便利。

(二)早期的两部词话专书

词话专书起于晚宋,吴梅说:"玉田《词源》,晦叔《漫志》,伯时《指迷》,一时并作。三者之外,犹罕专篇。"(《词话丛编·序》)本书第一章述及宋、元以来的词学时,已对三者作过简介。就中沈义父的《乐府指迷》全文无多,而《碧鸡漫志》及《词源》则系内容丰富、各具特色的专著。这里,特再进一步作些说明。

①《碧鸡漫志》

宋王灼撰。书首有己巳三月既望自序,述其成书经过:写稿于高宗绍兴十五年(1145)夏秋间;十九年(1149)开箧偶得之,始增广编次为五卷。序末署"三月"而称编成于"今秋",时间先后抵触,疑有一误。以当日寓居成都之碧鸡坊,故名曰《碧鸡漫志》(原序已摘引,见本书第一章,不再重复)。其内容不仅得之杯酒间闻见,还有自己的考证和见解。

《四库提要》特称"是编详述曲调源流"。前为总论,"述古初至唐、宋声歌递变之由,次列《凉州》、《伊州》、《霓裳羽衣曲》……凡二十八调,一一溯得名之缘起与其渐变宋词之沿革……就其传授分明可以考见者,核其名义正在宫调,以著倚声之所自始……"。又称,自歌词之法亡,填词"变为文章之事……并是编所论宫调,亦莫解其说矣。然其间正变之由,犹赖以略得其梗概,亦考古者所必资也"。又称其:"辨《霓裳羽衣曲》为河西节度使杨敬述所献……一扫月宫妖妄之说。又据谱谓是曲第一至第六叠皆无拍……持论极为精核。他如《虞美人》曲,诸说各别,《河满子》曲,一事异词者,皆阙其所疑,亦颇详慎。"至若以《念奴娇》、《盐角儿》列于古曲,则"不免千虑之一失"。

按此书第二卷全系评论作家或纪事。其对北宋名家的评价如:"王荆公长短句不多,合绳墨处自雍容奇特。晏元献公、欧阳文忠公风流蕴藉,一时莫及,而温润秀洁,亦无其比。东坡先生以文章馀事作诗,溢而作词曲,高处出神入天,平处尚临镜笑春,不顾侪辈……贺方回、周美成、晏叔原、僧仲殊各尽其才力,自成一家。贺、周语意精新,用心甚苦……叔原如金陵王谢子弟,秀气胜韵,得之天然,将不可学。仲殊次之,殊之赡,晏反不逮也。张子野、秦少游俊逸

精妙。"其论及晁补之、黄庭坚、陈师道、叶梦得、朱敦儒等亦肯定多于微辞,惟对柳永及李清照特加指摘,他说:

> 柳耆卿《乐章集》,世多爱赏该洽,序事闲暇,有首有尾,亦间出佳语,又能择声律谐美者用之,惟是浅近卑俗,自成一体,不知书者尤好之。予尝以比都下富儿,虽脱村野而声态可憎。

当提到有人贬低苏轼或周邦彦时,他都归咎于柳永,如:"今少年妄谓东坡移诗律作长短句,十有八九不学柳耆卿则学曹元宠。"又说:"或曰,长短句中诗也,为此论者,乃是遭柳永野狐涎之毒。""周(邦彦)《大酺》、《兰陵王》诸曲最奇崛。或谓深劲乏韵,此遭柳氏野狐涎吐不出者也。"

至于李清照,他不得不承认其"才力华赡,逼近前辈,在士大夫中已不多得,若本朝妇人当推词采第一"。最不满意的是:"赵死再嫁某氏,讼而离之,晚节流荡无归。作长短句能曲折尽人意,轻巧尖新,姿态百出,闾巷荒淫之语,肆意落笔,自古搢绅之家能文妇女,未见如此无顾藉也。"这样评论就离开事实,有失公允了。

② 《词源》

宋张炎撰。分上、下两卷:上卷专论乐律,下卷则泛论词的鉴赏和作法。吴梅为《词话丛编》作序,谓在所收诸书中"推求牌调,则有《漫志》之精核;考订律吕,则有《词源》之详赡",皆就其最突出之点而言。若《词源》论作法部分即为《漫志》所无。

当清修《四库全书》时,尚未见到《词源》足本,甚至失去原来书名,故仅入存目。今传本上卷自《五音相生》至《讴曲指要》计十四目;下卷自《音谱》至《杂论》凡十五篇,附录杨守斋《作词五要》末有当时交游钱良祐、陆文圭及清代江藩、秦恩复、伍崇曜诸氏跋序(陆文圭《墙东类稿》题作《玉田词源稿序》)。

张炎自称:"昔在先人侍侧,闻杨守斋……诸公商榷音律,尝知绪馀,故生平好为词章,用功逾四十年。"又说:"先人晓畅音律,有《寄闲集》,旁缀音谱,刊行于世。每作一词,必使歌者按之,稍有不协,随即改正。"按炎父名枢,字斗南,号寄闲,词集已佚。又其先世张镃(功甫)与姜夔为好友,著有《南湖诗馀》。枢词旁缀音谱,谅与《白石道人歌曲》自注工尺者相似。炎承家学,亦颇受夔影响。他的朋友郑思肖、仇远、舒岳祥和邓牧等曾为《山中白云词》作序。郑、仇都谓其与白石"相鼓吹";舒以为"诗有姜尧章深婉之风,词有周清真雅丽之思";邓则认为更胜于周、姜。他说:"美成、白石,逮今脍炙人口,知者谓丽莫若周,赋情或近

俚;骚莫若姜,放意或近率。今玉田张君无二家所短而兼所长。"(邓序见江昱注引)

《词源》为张炎晚年所撰,据称由于"今老矣,嗟古音之寥寥,虑雅词之落落",故"僭述管见","与同志者商略之"。这里将"古音"和"雅词"并举,也就是此书上、下卷分别阐述的主要内容。

他在下卷里说:"词以协音为先,音者何?谱是也。"(《音谱》)又说:"词以意趣为主,要不蹈袭前人语意。"(《意趣》)"为先"、"为主"的含意虽稍有不同,但二者显然不可偏废。在《杂论》里说得更明白:"音律所当参究,词章先宜精思。俟语句妥溜,然后正之音谱。二者得兼,则可造极元之域。"

张炎评词标准最突出的一点是"清空"。词人能够做到的,在他的心目中只有姜白石。他说:

> 词要清空,不要质实。清空则古雅峭拔,质实则凝涩晦昧。姜白石词如野云孤飞,去留无迹;吴梦窗词如七宝楼台,眩人眼目,碎拆下来不成片段。

又说:"白石词如《疏影》、《暗香》、《扬州慢》、《一萼红》、《琵琶仙》、《探春慢》、《八归》、《淡黄柳》等曲,不惟清空,又且骚雅,读之使人神观飞越。"在《意趣》篇里,除苏轼《水调歌头》、《洞仙歌》、王安石《桂枝香》外,又举姜词《暗香》、《疏影》,谓:"此数词皆清空中有意趣,无笔力者未易到。"看来"骚雅"和"有意趣"都应在"清空"的基础上进一步求工。

总之,"雅词协音,虽一字亦不放过",这是张炎从父亲学来的心得体会。《词源》一书,始终贯穿着"律"、"雅"并重的论点。以这一标准去衡量词家,辛弃疾、刘过、柳永、康与之等"不必论"了,就是周邦彦也还有不足之处:"美成负一代词名,所作……于音谱且间有未谐……作词者多效其体制,失之软媚。"他认为"美成词只当看他浑成处于软媚中有气魄,采唐诗融化如自己者,乃其所长,惜乎意趣却不高远"。他的理想要"以白石骚雅句法润色之",才能成为"天机云锦"。

《词源》是宋、元之际一部较好的词话,对清代浙西词派明显有很大影响。其上卷论音律部分,尤为词乐研究的重要资料。

词话历元、明至清而大盛,近人仍多续作。高者自成一家之言,其次者亦可聊备究心词学的参考,互有短长,势难遍述。就中晚出之较著者,如《人间词话》、《蕙风词话》等,初学尤宜优先一读原书。

三 词学资料的渊薮

(一)怎样充分利用这一资料

词话,是历代词人和词学研究者共同创造的财富,踵事增华,至今犹继续未已。在这一珍贵遗产里,有作家甘苦之言,亦有评论家精辟之见。举凡有关词学各方面问题,无不具备丰富的资料。清尤侗为《词苑丛谈》作序,略谓:"尝纂《明史·艺文志》,其以诗话著者……数十家。而词话自升庵之外无闻焉……徐子虹亭……辑成《词苑丛谈》一书,盖撮前人之标而搜新剔异,更有闻所未闻者,洵倚声之董狐矣。"末云:"诗之有话,犹史之有传也;诗既有史,词独无史乎哉。愿以传之海内,且为他日《艺文志》中增一则佳题也。"尤氏将诗话比之于史传,以为词话亦复如此。当然,词话并不等于词史,此特就词话中载有较多的史料而言,其实词话涉及的范围远过于此。不但词史可资取材,其他关于词学史、词乐史、词谱、词韵以至诗歌创作、文学批评、辑佚、校勘等等,无不汇集保存部分资料,但看我们是否善于利用而已。

前人利用词话资料从事撰述者,如张宗橚的《词林纪事》、叶申芗的《本事词》都是。《本事词》分为上、下二卷：上卷为唐、五代、北宋，下卷为南宋、辽、金、元，仍采取词话形式分条相次。叶氏自序云："仅就耳目之所经，复惭见闻之未广；纵竭搜罗之力，终虞挂漏之讥。惟是篇因采撷而成，似应列原书之目；然其文或剪裁以出，又难仍旧帙之题。况敷藻偶繁，自必删而就简；亦传闻互异，尤宜酌以从同。缀玉编珠，细撷金茎之丽；吹花嚼蕊，闲资玉麈之谈。"读此可略见其编撰旨趣及自我评价，竟将不列出处与删改原文视为当然之事，其实是此书的最大缺点。《词林纪事》以词为主，依作者时代先后排比分卷。其纪事则附于作者简介及某词后，虽注出处，但亦不尽依原文。唐圭璋在其《宋词纪事》自序里尝论张书之失有三："任意增删原文，致失本来面目，一也。征引本事，不直取宋人载籍，而据明、清人词书入录，二也。书名纪事，而书中辄漫录前人评语，或掇拾词题，以充篇幅，三也。"（以下列举错误及失收实例略）唐书晚出，以宋证宋，体例严谨，评语及无关本事者概置不录，宜其后来居上。试任取其中一部分互相比较，如《词林纪事》卷十六录张炎《南浦·春水》等二十首，附有纪事者仅五首；录王沂孙《天香·龙涎香》等九首，全无本事。而《宋词纪事》则未收王沂孙，即张炎亦仅录《南浦》、《解连环》、《清平乐》三首之有本事者而已。所以吴瞿安序特称其"凡词无本事者,咸摈弗采,故卷帙虽简,而事实独丰"。

从上例可以看出,资料虽同而成书质量有别,问题就在作者是否善于利用。

再以词史或词学史为例,词学盛于清,浙西派和常州派的影响都很大,究心词学者不得不着重研究。但词史或词学史尚缺较详的专著,一般叙述尤为简略。如吴梅《词学通论》以四分之三的篇幅论述唐、宋以来词的发展,而涉及这方面的仍着墨无多。他在《概论四·清人词略》里首述:"其始沿明季馀习,以花草为宗。继则竹垞独取南宋而分虎、符〔武〕曾佐之,风气为之一变。至樊榭而浙中诸子咸称彬彬焉。皋文、朗甫独工寄托,去取之间,号为严密。于是毘陵遂树帜骚坛矣……"在说明两派迭代之后,他又"总而论之",分清词之发展为四期,其二、三期为浙、常两派相继兴起:

> 竹垞以出类之才,平生宗尚独在乐笑。江湖载酒,尽扫陈言,而一时裙屐,亦知趋武姜、张,叫嚣奔放之风,变为敦厚温柔之致。二李继轨,更畅宗风。又得太鸿羽翼,如万花丛中杂以芳杜。扬州二马,太仓诸王,具臻妙品。而东坡词诗,稼轩词论,肮脏激扬之调,遂为世所诟病,此一时也……武进张氏别具论古之怀,大

汰言情之作。词非寄托不入,皋文已揭橥于前;言非宛转不工,子远又联骖于后。而黄仲则、左仲甫、恽子居、张翰风辈,操翰铸辞,绝无馂饤之习。又有介存周子,接武毘陵,标赵宋为四家,合诸宗于一轨。其壮气毅力,有非同时哲匠可并者,此一时也。

以上仍是扼要叙述。由于从文言行文习惯,地用古名(如毘陵即常州),人称其字(如朗甫为金式玉),就中"二李"(嘉兴李符字分虎、秀水李良年字武曾)、"二马"(祁门马曰琯、马曰璐等结邗江吟社于扬州)、"诸王"(王策、王时翔、王愫、王辂、王嵩等皆太仓人),对初学似有待于进一步解释,更重要的是两派主张异同及其流变叙述得不够,倘检阅有关词话,便可获得更多的第一手资料。

有目标的检索,当然不同于一般阅览。首先宜重视本派词人自撰的词话,其次是他家词话对此派作者的述评,再次又从晚出词话中试寻更详允的叙论。朱彝尊、张惠言皆无词话专著,但其同派者不少人有之。如浙派郭麐的《灵芬馆词话》卷一首论词有四体,即特称:"姜、张诸子,一洗华靡,独标清绮。如瘦石孤花,清笙幽馨。入其境者,疑有仙灵;闻其声者,人人自远。"接着推崇朱彝尊说:

本朝(清)词人以竹垞为至,一废草堂之陋,首阐白石之风。《词综》一书,鉴别精审,殆无遗憾。其所自为,则才力既富,采择又精;佐以积学,运以灵思,直欲平视《花间》,奴隶周、柳。姜、张诸子,神韵相同,至下字之典雅,出语之浑成,非其比也。

其他称誉的话尚多,不必赘举。至对其论词意见也表示佩服:"词之为体,盖有诗所难言者,委曲倚之于声。竹垞之论如此,真能道词人之能事者也。又言世之言词者,动曰南唐、北宋,词实至南宋而始极其能,此亦不易之论也。"又云:"《草堂诗馀》玉石杂糅,芜陋特甚,近皆知厌弃之矣。然竹垞之论未出以前,诸家颇沿其习。故其《词综》刻成,喜而作词曰:'从今不按旧日草堂句。'"从这条可略见浙派当日的影响。厉鹗在浙派中的地位,一般多与朱彝尊并称,所谓:"浙派词竹垞开其端,樊榭振其绪,频伽(即郭麐)畅其风。"(常州蒋敦复《芬陀利室词话》卷一)郭麐却不以为然。他说:"近见凌仲子论词云:词以南宋为极,能继之者竹垞,至厉樊榭则更极其工,后来居上……谓樊榭胜竹垞,鄙意大不谓然……大抵樊榭之词专学姜、张,竹垞则兼收众体也。"

　　我们再看看常州派周济的《介存斋论词杂著》。他对于姜、张的评价,恰恰与浙派相反。如说:"近人颇知北宋之妙,然终不免有姜、张二字横亘胸中。岂知姜、张在南宋亦非巨擘乎!"其他专评白石的,如:"吾十年来服膺白石,而以稼轩为外道,由今思之,可谓瞽人扪籥也。""白石词如明七子诗,看是高格响调,不耐人细思。""白石以诗法入词,门径浅狭。""白石好为小序,序即是词,词仍是序,反覆再观,如同嚼蜡。"其评玉田亦指摘多于称许:"玉田近人所最尊奉……终觉积谷作米,把缆放船,无开阔手段。""玉田词佳者匹敌圣与,往往有似是而非处,不可不知。""叔夏所以不及前人处,只在字句上着功夫,不肯换意……近人喜学玉田,亦为修饰字句易,换意难。"周氏所谓"近人",当即暗指浙派。他自己是发扬常州派之说而更扩大其影响者,重要主张见于《宋四家词选·序论》,有如下两点:

> 清真集大成者也。稼轩敛雄心,抗高调,变温婉成悲凉。碧山餍心切理,言近指远,声容调度,一一可循。梦窗奇思壮采,腾天潜渊,返南宋之清泚,为北宋之秾挚。是为四家,领袖一代。馀子荦荦,以方附庸……问途碧山,历梦窗、稼轩以还清真之浑化,予所望于世之为词人者盖如此。
>
> 夫词非寄托不入,专寄托不出。一物一事,引而伸之,触类多通……意感偶生,假类毕达……斯入矣。赋

情独深,逐境必寤……万感横集,五中无主,读其篇者……赤子随母笑啼,乡人缘剧喜怒,抑可谓能出矣。

他在《论词杂著》里又指出"空"与"实"和有无寄托是学词过程中先后不同的要求:"初学词求空,空则灵气往来;既成格调求实,实则精力弥满。初学词求有寄托,有寄托则表里相宣,斐然成章;既成格调,求无寄托,无寄托则指事类情,仁者见仁,知者见知……"他在《序论》里又说:"皋文不取梦窗,是为碧山门径所限耳。梦窗立意高,取径远,皆非馀子所及。惟过嗜饾饤,以此被议。若其虚实并到之作,虽清真不过也。"这说明他并不讳言与本派倡始者有不同见解。不过他所谓"以无厚入有间",自述幼识周济并称其"启古人不传之秘"的蒋敦复却持不同意见。王韬谓蒋作词"欲上追南唐、北宋,而举'有厚入无间'一语,以为独得不传之秘"。(《芬陀利室词话》王序)《词话》卷一云:"词之合于意内言外,与鄙人'有厚入无间'之旨相符者,近来诸名家指不多屈,周保绪先生外,有周稚圭者名之琦……"是蒋氏以为周济所作转合于他的"有厚入无间"之说了。诸如此类差异,必须细读其本人词话,始能有所了解。

周氏词论,对于嘉庆、道光以后的词坛影响甚大。至同治、光绪间,庄棫、谭献并称,而献尤善于论词。其《复堂词话》说:"倚声之学,由二张而始尊。"周氏"推明张氏之旨而广大之"(《箧中词》),"《四家词选》……陈义甚高,胜于《宛邻词选》……以有寄托入,以无寄托出,千古辞章之能事尽,岂独填词为然!"(《复堂日记》甲戌)他更进一步把如何理解寄托说得很活,即:"作者之用心未必然,而读者之用心何必不然。"(《复堂词录叙》)所评苏轼《卜算子》"缺月挂疏桐"云:"皋文《词选》以考槃为比,其言非河汉也。此亦鄙人所谓作者未必然,读者何必不然。"便以此论为张惠言辩护。

光绪间,陈廷焯著《白雨斋词话》,其所论述涉及清代各派词人尤多,稍晚的徐珂有《近词丛话》,其中如《词学名家之类聚》、《谭复堂为词学大家》等条,皆以较长的篇幅叙论清词各流派发展的情况。这里,我们略述浙西、常州两词派的发展,目的只在说明词话中存在着有关词学史的丰富资料,可资利用,至于可查哪些词话,无烦赘举了。

(二)词话的整理、鉴别和选择

所谓整理,主要指后面几种情况:(1)作家本无词话专著而出于别人所辑录者;(2)就某一专题采撷各家词话汇录成编者;(3)其他。

大多数词话是词人自己写作编次的,但如《复堂词话》便为谭献的弟子徐珂所集录。徐氏跋云:

同光间吾师仲修谭先生以词名于世……师之论词诸说,散见文集、日记及所撰《箧中词》,所评周止庵《词辨》。光绪庚子,珂里居思辑为专书。请于师曰:"集录绪论,弟子职也。侍教有年,请从事。"师诺。其年冬书成,呈师。师曰可名之曰《复堂词话》。

据徐氏注明资料来源,包括叙跋(如《复堂词录叙》、《箧中词叙》、《周氏止庵词辨跋》、《复堂词自叙》)、日记、《箧中词》及《词辨》评语。后一种系徐珂录书索评以示榘范者。

如上所述,则词家未作词话而其言论散见于本人各种著作的,皆可辑为某人词话。如清词浙、常两派的倡导人物朱彝尊、张惠言等都可用这一办法。倘更附录他家的评论及有关纪事,尤便研究参考。以朱彝尊为例,他在《静志居诗话》里,指出浙西词风之转变,实始于曹溶。他说:

予壮日从先生南游岭表,西北至云中,酒阑灯灺,往往以小令、慢词,更迭唱和……往者明三百祀,词学失传;先生搜集遗集,予曾表而出之。数十年来浙西填词者,家白石而户玉田,春容大雅;风气之变,实由于此。

至于他自己是"不师秦七,不师黄九,倚新声玉田差近"(《解佩令·自题词集》)。我们倘从《词综·发凡》和收入文集的词序等广事搜罗，便不难编成词话专卷。附录评论资料，则晚出的词话可供采撷者尤为丰富。冒广生《小三吾亭词话》卷三略云："世传竹垞《风怀二百韵》为其妻妹作。其实《静志居琴趣》一卷，皆《风怀》注脚也。竹垞年十七娶于冯……冯夫人之妹名寿常，字静志……曩闻……太仓某家藏一簪，簪刻'寿常'二字，因悟《洞仙歌》词云：'金簪二寸短，留结殷勤，铸就偏名有谁认。'盖真有本事也。"此条便涉及纪事了。

汇集各家词话关于某些方面的论述，间附己意而分类编次成书者，在前人词话里并不少见。如本章前面提及的江顺诒《词学集成》，自称"积之数十年，有见必录……亦不过词话之流耳"。后得宗山"为之条分缕析"，他知道经过这番整理，书的质量已经提高，所以说："蕡桴土鼓，俨若金声而玉振矣。"其实此书类目尚粗，倘就其中某些问题，踵事增华，必更有助于进一步研究。《凡例》又说："或谓此书诋讥万氏太甚，余曰不然，古今事变，各有其时……使予生万氏之时，亦只为万氏之《词律》，以辟《啸馀》之谬。使万氏生今之时，亦能因韵以求音，因音以求体，亦能知繁声增字之所以然，余此书可以不作。"并提及"家藏书绝少，仅就目之所见，搜集成书"。这些都说明时代条件的局限性。

我们今天假阅书籍的便利，远非江氏当日所能相比；指出《词律》不足之处，又何止江氏此书？倘能广集各家意见，不仅有利于读词、填词的参考，尤为究心词律、有意修改万氏《词律》者提供具体资料。至于其他专题，如关于词韵、词的鉴赏、写作种种方面，都可就已有词话集为专卷。当然，其中见解有正确的，也有错误的，这无碍于并存。

整理词话的方法多端，除上述定人、定题辑录编次外，近人也运用辑佚、增补、校注等方法去进行整理。如宋杨湜的《古今词话》失传已久，赵万里曾为之辑存。唐圭璋将贺裳的《皱水轩词筌》收入《词话丛编》时，就曾增补了十三条。自识云："赖古堂集本《词筌》共五十四则，非足本也。予复据《倚声集》、《词苑丛谈》、《昭代丛书》三书，补得十有三则，合之共得六十七则，虽不敢谓为已足，然以较原刊似差胜矣……"徐釚作《词苑丛谈》，据其自序，历时凡六年，"抄撮群书不下数百馀种"。朱彝尊谓"捃摭书目，必须旁注于下，方不似世儒剽取前人之说以为己出者……惜已脱稿，无从一一追溯。间取偶及记忆者分注十之二三"。至唐圭璋校注本才弥补了这一遗憾。跋云："予于览观唐、宋以来古籍之时，见有与是书各条大体相同之处，辄旁注于下方……至原刊文字间有讹脱，即据他书补正，若异文则不涉及。"经过这样校注，自然更有益于读者。

词话的整理,主要在汇集和编次,以利读者阅读,对于每条的内容仍须保持其本来面目。当然,整理者偶加一点按语也是可以的。所谓鉴别,则是人们在阅读或引用词话时,对于某条从文字到内容是否正确,要作出自己的判断或评价。词话的常见病有如后多种:①随意抄录,来源不清;②辗转互抄,字句大同小异;③说明出处,但粗心抄错;④引用错误,以讹传讹。现各举一例于次:

王士禛《花草蒙拾》:"或问诗词、词曲分界,予曰'无可奈何花落去,似曾相识燕归来',定非香奁诗;'良辰美景奈何天,赏心乐事谁家院',定非草堂词也。"田同之《西圃词说》抄了这一条,仅首句改为:"或问诗、词、曲分界,曰……"。此书体例甚乱,其前二条为"张玉田谓词不宜和韵……"更前尚有"沈东江曰"、"邹程村曰"、"彭羡门云"、"渔洋云"、"渔洋王司寇云"等等,而此条则未提渔洋,但将"予曰"句"予"字抹去。很容易使人误解是田氏自己说的。

邹祗谟《词衷》云:"咏物固不可不似,尤忌刻意太似。取形不如取神,用事不若用意。(下略)"《词苑丛谈》照抄原文此四句,《花草蒙拾》则改为:"咏物不取形而取神,不用事而用意,二语可谓简尽。"皆指明为邹祗谟语。至《西圃词说》又改为:"咏物贵似,然不可刻意太似。取形不如取神,用事不若用意。"且未注出处。按各本大意虽同而字句有出入(《丛谈》亦删去后半),如欲阅读或引用这条词话的第一手材料,仍须翻检《词衷》原书。

有些词话的撰者殊粗心大意,如查礼的《铜鼓书堂词话》(《词话丛编》本)有:"《能改斋漫录》载陈济翁寄张于湖《蓦山溪》词云……",但检《漫录》卷十七,原作"……此陈济翁《蓦山溪》词也,舍人张孝祥知潭州,因宴客,妓有歌此……"并无"寄词"之说。又在此条前称"汤衡序紫微词云:于湖平昔为词,未尝著笔,豪酣兴健,挥洒满幅,顷刻即成,无一字无来处"。经核对景宋乾道本《于湖先生长短句》汤衡《张紫微雅词序》,则此段原作:"衡尝获从公游,见公平昔为词,未尝著藁,笔酣兴健,倾刻即成。初若不经意,反复究观,未有一字无来处。"字句颇有出入。

宋翔凤《乐府馀论》有一条引用《能改斋漫录》所载仁宗不给柳永进士及第事,接着说:"按词自南唐以后但有小令,其慢词起宋仁宗朝……其后东坡、少游、山谷辈相继有作,慢词遂盛。"二十年代中华出版的《宋词研究》在上篇通论里引及此段竟称为"《能改斋漫录》云",遂使读者误认为吴曾之言,难免辗转互引,可谓自误误人。

至若某一词话的内容是否人云亦云,抑或自有见解,这更有待于读者去作进一步鉴别。要通过广泛阅读词话以提高自己的识别能力。

由于我们对词话的看法并非"集以资闲谈"（语见《六一诗话》自题），而是作为文学遗产的一部分来继承、研究、使用。这样就必须在泛览的基础上有所选择，进而深入去研究它。怎样选择，这主要视需要而定。

前面提过研究清代浙、常两词派时，首先要阅读属于该派词人自己写的词话，然后再翻检其他词话对于这两派的意见。只有这样有选择地查阅资料才能于较短时间内了解全面情况。对于其他问题也是一样。例如词以婉约抑或豪放为正宗的问题，虽经长期争辩，迄无定论。是否持论各有所偏？婉约与豪放能否概括所有不同风格？历来有无兼备两种词风的作家？为了搞清这类问题，在阅读词话时，最好选择色彩鲜明的先读，同时取作家、作品印证，庶几有助于形成正确的见解而不至囿于所闻。

一般词话的主要部分是关于作品的评论，其中包括对名作的欣赏和恶词的指摘，而以前者为多。较早的词话如张炎《词源》卷下论《意趣》、《咏物》等只先简要地提出自己的见解，接着便列举名篇为例。《意趣》云："词以意趣为主，要不蹈袭前人语意。"以下便举苏轼《水调歌头·中秋》、《洞仙歌》"冰肌玉骨"、王安石《桂枝香·金陵》、姜夔赋梅《暗香》、《疏影》全词为例证。最后说："此数词皆清空中有意趣，无笔力者未易到。"也有只举断句的，如《用事》

云:"词用事最难,要体认著题融化不涩,如东坡《永遇乐》云:'燕子楼空,佳人何在,空锁楼中燕。'用张建封事;白石《疏影》云:'犹记深宫旧事,那人正睡里,飞近蛾绿。'用寿阳事;又云:'昭君不惯胡沙远,但暗忆江南江北。想佩环月下归来,化作此花幽独。'用少陵诗,此皆用事不为事所使。"又元陆辅之自称从乐笑翁(张炎)游,应命作《词旨》,其书以很大篇幅罗列"属对"及"警句"。清胡元仪序云:"采时流中偶句工炼者名曰《属对》,凡三十八则,而《乐笑翁奇对》二十三则次之;名词之意远辞隽者,名曰《警句》,凡九十二则,而《乐笑翁警句》十三则次之。"到了晚出的陈洵词话——《海绡说词》,除书前《通论》十馀则外,其馀全为吴文英及周邦彦词的赏析,计梦窗词六十六首,清真词十六首。分析大都较详,现择其稍简短者各录一则于次:

吴文英　浣溪沙　门隔花深梦旧游

　　海绡翁曰:"梦"字点出所见,惟夕阳归燕,玉纤香动,则可闻而不可见矣。是真是幻,传神阿堵,门隔花深故也。"春堕泪"为怀人,"月含羞"因隔面,义兼比兴。东风临夜,回睇夕阳,俯仰之间,已为陈迹,即一梦亦有变迁矣。"秋"字不是虚拟,有事实在,即起句之

"旧游"也。秋去春来,又换一番世界,一"冷"字可思。此篇全从张子澄"别梦依依到谢家"一诗化出,须看其游思缥缈缠绵往复处。

周邦彦　满庭芳　风老莺雏

海绡翁曰:方喜嘉树,旋苦地卑;人正羡乌鸢,又怀芦竹;人生苦乐万变,年年为客,何时了乎?"且莫思身外",则一齐放下。急管繁弦,徒增烦恼,固不如醉眠之自在耳。词境静穆,想见襟度,柳七所不能为也。

上举几种词话为例,说明其繁简不同,我们自可就类似词话中视需要斟酌选读。如嫌《词旨》之但举原句太简,亦可取读许昂霄《词综偶评》(张载华辑)或词辨谭评(见《复堂词话》)等。又赏析与论作法,常互相联系。《词源》下卷及沈义父《乐府指迷》是"讲论作词之法"专书的较早者,其他涉及填词宜忌的词话不胜枚举。我们在需要这方面参考时,自可择要研读。所应注意者,任何词话都有其论词主张,读时务须比较异同,辨其精粗得失,庶能达到学以致用的预期目的。

词话中有些纪事失实,不宜轻信,引用尤须谨慎。例如周邦彦究竟曾否"匿于床下"偷听徽宗与李师师"谑语",因而作了《少年游》;其《兰陵王》是否在押出都门时为师师送行而作？我们就宜相信王国维《清真先生遗事》的话，认为《贵耳集》、《浩然斋雅谈》等所载失实。又如李清照晚年改嫁张汝舟之说，至今还有人感兴趣，其实俞正燮《易安居士事辑》已足说明问题。像这类资料在引用时定要慎重选择，做到去伪存真。

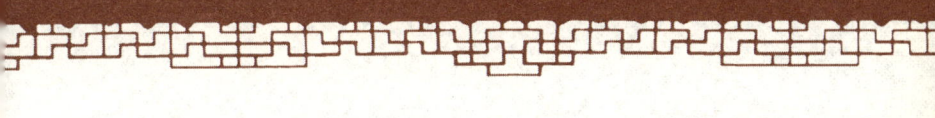

第十二章

馀论

关于唐、宋以来词的发展史以及词籍提要,如依本书体例简述,很容易成为鬼录和书目;稍详又非有限篇幅所能容。二者自有专著,可不涉及。本章只就词的赏析和写作问题,提供一些参考意见。

一　词作赏析举隅

赏析一词,可能来源于陶潜"奇文共欣赏,疑义相与析"的诗句。由于理解能力和好恶的差异,鉴赏的意见很难强同。贾岛特别自爱其"独行潭底影,数息树边身"一联,据说自注一绝于其下云:"二句三年得,一吟双泪流。知音如不赏,归卧故山秋。"《隐居诗话》问:"不知此二句有何难道,至于三年始成,而一吟下泪?"词话里也不乏类似的事例。有人很欣赏张先《行香子》词里的"心中事,眼中泪,意中人",称他为张三中。张先却说:"何不目之为张三影?……'云破月来花弄影','娇柔懒起、帘压卷花影','柳径无人、堕飞絮无影',此予生平所得意也。"(各词话所举三影不一致,《苕溪渔隐丛话》并列诸说,谓以此为胜。)《渔隐丛话》又引《遁斋闲览》谓:宋祁去访张先,遣随从说明"尚书欲见'云破月来花弄影'郎中",张先从屏后呼曰:"得非'红杏枝头春意闹'尚书耶?"从这些记载,我们不难了解作家与读者间,对于某篇作品的评价可以相同也可以大有出入。所以赏析的众说纷纭是寻常应有的现象。但也不无强作解人,自矜创见;侈谈寄托,转失真意的。这里,特举出几点应注意事项,藉供赏析时参考。

(一)搞清本事或写作背景

从《词林纪事》、《本事词》、《宋词纪事》和词话、笔记等书,可以查得有关某首词的本事。这对于理解和赏析大有帮助。例如:《漱玉词》的《一剪梅》"红藕香残玉簟秋"和《醉花阴·九日》,据《琅嬛记》说都是李清照写给赵明诚的。前者是结褵未久,明诚远游,易安觅锦帕书以送别。后者系别后函寄,明诚叹赏,自作五十阕杂以示陆德夫。德夫玩之再三,谓只"莫道不消魂"三句极佳。有此记载,好事者就不至于异想天开、凭空分析了。记事偶亦兼及评论,对读者也有所启发。如贺铸《青玉案》词,据《中吴纪闻》说他有小筑在横塘,往来其间,尝作此词。山谷诗云:"解道江南肠断句,只今唯有贺方回。"其为前辈推重如此。"贺梅子"之说,则见于《竹坡诗话》,略谓:"'梅子黄时雨'之句,人皆服其工,士大夫谓之'贺梅子'……晚俸姑孰,与功父(郭祥正)游甚欢。方回寡发,功父指其髻谓曰:'此真贺梅子也。'方回乃捋其须曰:"君可谓郭训狐。"功父髯而胡,尝有"庙前古木藏训狐"诗句。看来"贺梅子"之称,是因一词句与形貌联系起来而益彰。我们赏析要看全词,至少是结尾数句。罗大经《鹤林玉露》在历举诗家以山、水喻愁之后,特称贺铸以"一川烟草"三句比愁之多,"尤为新奇;兼兴中有比,意味更长"。刘熙载《艺概》说得更清楚:

　　贺方回《青玉案》词收四句云:"试问闲愁都几许。一川烟草,满城风絮。梅子黄时雨。"其末句好处,全在"试问"句呼起,及与上"一川"二句并用耳。或以方回有"贺梅子"之称,专赏此句误矣。且此句原本寇莱公"梅子黄时雨如雾"诗句,然则何不目莱公为"寇梅子"耶?

　　词的本事,也有不见前人记载而是从赏析中逐渐形成的。现简述作者为张孝祥一首《念奴娇》所拟本事的经过，原词如下：

> 风帆更起，望一天秋色，离愁无数。明日重阳尊酒里，谁与黄花为主。别岸风烟，孤舟灯火，今夕知何处。不如江月，照伊清夜同去。　　船过采石江边，望夫山下，酹水应怀古。德耀归来虽富贵，忍弃平生荆布。默想音容，遥怜儿女，独立衡皋暮。桐乡君子，念予憔悴如许。

此词景宋本《于湖文集》失载，见陶湘景宋本《于湖先生长短句·拾遗》。从词的字面求解，说的是在重阳的前一天，给一位女性送行。船要经过采石（今属马鞍山市），但上水还是下水不清楚，也就是说送别地点和去向不明。据"望夫山"和"遥怜儿女"等语，似乎送与被送者有夫妻关系。最令人不解的，说什么"虽富贵、忍弃平生荆布"，这就不是一般离别了。为何有此一别？是孝祥自己抒情还是代朋友写的？无法搞清楚，这是存疑阶段。

1971年，张同之夫妇墓在南京市属江浦县发现（详1973年第4期《文物》）。张同之墓志说："父孝祥……妣时氏硕人。公以显学致仕，恩授承务郎……迁朝奉郎，复迁一官。言于朝,愿回授本生母李氏……庆元元年七月,除直秘阁,移江南西路转运判官。明年,遇疾卒于官舍。享年五十。"妻章氏是同之的继配,她的墓志说:"直阁卒官舍,后五年……夫人以疾终于于湖里第。"原来同之和孝祥关系是子是侄,疑莫能明,因墓志出土而得确定。更重要的是知其生母为李氏,并由同之的生卒推知孝祥与李氏何时发生夫妇关系。但李氏后来下落如何?同之卒于官舍,为什么有些志书记载他弃官学道于桐城浮山,辟谷仙去?联想到《念奴娇》结句透露出一个地名——桐乡(今浙江桐乡置于明代。此指汉桐乡,宋在桐城县境),当即李氏的去向。于是将已经掌握的资料,结合词的内容,进入综合研究的阶段,终于得出一个完整的本事如下:

　　宋高宗绍兴十一年(1141)正月,金兀术越过淮河南侵。江北很多人都渡江避难,张孝祥随父祁居芜湖,时亦往返于建康间。桐城李氏想亦随家暂到江南,这就给他们以相识、相爱的机会。绍兴十七年(1147),孝祥十六岁领乡书。这年同之已生,是两人的同居应在去年,至迟在本年春季。孝祥在建康从师为学,小家庭也就安排在那里。绍兴二十四年(1154)廷试,高宗擢孝祥第一而抑秦桧的孙子埙第三;曹泳揖孝祥于殿廷请婚,又不答。于是桧党诬张祁有反谋,下狱,会桧死得释。遭此横祸,婚事更应慎重处理。绍兴二十六年(1156)决定娶仲舅之女时氏为正室。孝祥先期从临安到建康,于重九前一日送李氏和同之前往桐城浮山(今属枞阳县),托辞学道以掩人耳目。浮山的壁立岩(北宋时又名张公岩)供有真武像,谅同之母子时往拜谒,后人遂附会同之弃官学道于此。少年情侣,被迫永离,孝祥是以无比沉痛心情写下这首《念奴娇》的。

本事既明,赏析自更能深透。两首《木兰花慢》"送归云去雁"及"紫箫吹散后",也是别后感怀之作。对照本事细读,才能真正体味其胜处。贺裳曾讥杨慎极称孝祥词而佳者不载,并另举数句推为压卷,其实都仅从此词字面评价而已。

词不能尽有本事,搞清楚其写作背景很重要。本事过简的也应这样做。例如张孝祥的《六州歌头》"长淮望断",《说郛》本《朝野遗记》载:"近世张安国在建康留守席上赋一篇云……歌阕,魏公为罢席而入。""在建康留守席上"一语,分明是说"建康留守请客"而"张孝祥赴宴"。明陈霆记此事写作:"张安国在沿江帅幕,一日预宴"(《渚山堂词话》);近人《唐宋词选》也说明当时张浚担任建康留守,都是正确的。可惜有些选本"不求甚解",如《宋词选》、《唐五代两宋词简析》等却肯定为孝宗隆兴元年(11617)孝祥任建康留守时在宴席上作。按隆兴元年孝祥尚在知平江府任内,二年二月才赴召。三月,参赞军事知建康府。四月,张浚便已罢判福州离开。二人同在建康时间很短。春夏之交,怎么会写出"霜风劲"的词句呢?尤其是"隔水毡乡"不符事实。符离之溃,远在淮河流域交战,如何能从建康"看名王宵猎,骑火一川明"呢?

此词应是高宗绍兴三十二年(1162)初春作。这年正月高宗到建康府,张浚兼行宫留守。孝祥是从芜湖或宣城前往浚幕作客的。去年采石大捷,他写了一首《水调歌头·和庞佑父》,结句说:"我欲乘风去,击楫誓中流。"这和《六州歌头》里"念腰间箭"以下诸句,同样表明不甘长此闲散,亟欲用世报国的愿望。史载完颜亮被杀后,金提出"务各戢兵,以全旧好";宋也就"命诸道迤逦进兵"。接着金主雍遣使来聘,宋亦遣洪迈使金。在此前后,南宋小朝廷自是一片议和气氛,都与"干羽方怀远"以下诸句符合。当然,隆兴和议也曾有过类似的事,据说:"元年十一月,投降派首领王之望使金求和;次年七月,尽撤两淮边备以示求和诚意。此词'静烽燧,且休兵',即指此而言。"其奈似是而非何!采石战后,金兵沿江东下至镇江,企图再渡,"笳鼓悲鸣,遣人惊"是当日战场实况,倘远在淮北,将如何解释呢?

从上例不难看出本事和写作背景的相互关系。可以说本事是背景的缩写,详尽的背景亦即本事的扩充。《朝野遗记》指出当时写作的时间和地点,但大量历史事实,还待读者自己去选择引用。多数存词没有本事或小序,而且部分有所寄托,都要尽可能搞清作为赏析的基本依据。至于本事有疑问者,如《贵耳集》所载周邦彦《少年游》"并刀如水"、《兰陵王》"柳烟直"两词本事,王国维《清真先生遗事》谓其失实,似可聊供谈助。各书同时记载而稍有歧异者,则宜斟酌比较,择善而从。

(二)应用词的基础知识

每种文体各有其特殊的形式,词也不例外。我们要善于应用有关词的基础知识,让赏析更为深透正确。唐圭璋说:

> 近人选词,既先陈作者之经历,复考证词中用典之出处,并注明词中字句之音义,诚有益于读者。至对一词之组织结构,尚多未涉及。各家词之风格不同,一词之起结、过片、层次、转折,脉络井井,足资借鉴。词中描绘自然景色之细切,体会人物形象之生动,表达内心情谊之深厚,以及语言凝炼,声韵响亮,气魄雄伟,一经

释明,亦可见词之高度艺术技巧。(《唐宋词简释》后记)

从组织结构去寻绎一首词,是在搞清写作背景后进一步赏析的必由之路。试看《简释》是怎样做的。这本书最后选了王沂孙的四首词,其中有《眉妩·新月》,《简释》说:

> 此首,上片刻画新月,下片就月抒感。起三句,写新月极细,"新痕"、"淡彩"、"初暝",皆不能分毫移动。一"渐"字传神亦佳。"便有"三句,用李端诗意,言人拜新月。"画眉"两句,体会新月似离恨。"最堪爱"两句,更特写新月之美。换头句,纵笔另开,词旨悲愤。新月难圆,即寓金瓯难整之意。"太液池"两句,吊月怀古,不尽凄恻。"故山"两句转笔,望明月之圆。末句,拍合上句,伤心月照山河,馀恨无穷。
>
> (附录原词,以便对照研读:渐新痕悬柳,淡彩穿花,依约破初暝。便有团圆意,深深拜,相逢谁在香径。画眉未稳。料素娥、犹带离恨。最堪爱、一曲银钩小,宝帘挂秋冷。　　千古盈亏休问。叹慢磨玉斧,难补金镜。太液池犹在,凄凉处、何人重赋清景。故山夜永。试待他、窥户端正。看云外山河,还老桂花旧影。)

王沂孙的咏物词多有寄托。他做过元朝的庆元路学正,但在词里仍时常流露故国之思。这首词就是借见新月而盼望月圆的心情,抒发其对宋王朝的怀念。《简释》分层疏解,涉及上片、下片、换头、起句、末句、转笔等等,都是应用词的章法、句法、字法来谈的。

分片是词的特点之一,通常多分为两片,这是由于配合音乐形成的。在曲谱上原是一个整体,歌唱时却又各自成遍,填词自应力求吻合。虽词的唱法失传已久,但这一习惯要求一直沿袭下来。周济说:"古人名换头为过变,或藕断丝连,或异军突起,皆须令读者耳目振动,方成佳制。"(《宋四家词选目录序论》)《简释》指出"此首上片刻画新月,下片就月抒感","换头句纵笔另开,词旨悲愤"。正是根据词的章法来说明这是一首"佳制"。

近人为旧词配现代乐谱,其不明词的章法者竟将分片处融为一体,必然大失词意。前人评论,亦有忽视此点而随意附会者。如清宋翔凤评张孝祥《念奴娇·过洞庭》"悠然心会,妙处难与君说",谓"亦惜朝廷难与畅陈此理(按指'恢复之本计')也"(《乐府馀论》)。细玩此词,上片乃极写月夜洞庭壮阔的景色,下片抒发其胸怀磊落的豪情。"悠然"两句,只是收束上片,作过变的准备。所谓"妙处"明明是指好景所给予身心的感受。尤其两片间"表里俱澄澈"和

"肝肺皆冰雪"诸句互相衬托,自觉意脉相贯,藕断丝连。倘把这两句理解为"惜朝廷难与畅陈此理",则前后俱无联系,成何章法? 在这首词里,作者也曾流露对时政的不满,如"孤光自照"、"扣舷独啸"等语,既表明心迹,也诉说被排挤的不平,但都集中在下片,层次分明。

　　句法方面,最应注意的是长句的分合。这个问题,历来作谱者没有处理好,可以说贻误至今(本书《词的句法》章里,虽有专节论及句子的分合,亦语焉未详)。

　　词的句子,长的达十馀字,它是由于与乐句相配合形成的。在常用词调里也数见不鲜。例如《水调歌头》下片一般称为四、五两句的原是一韵,应视作一个长句。填词全句一气连贯的,像"旧时王谢堂前双燕过谁家"(贺铸)、"于中应有一个半个耻臣戎"(陈亮)、"凭谁斫却里面桂影数千枝"(汪莘)都是。但多数是由两个以上短句集合而成,或作上六下五,"归来三径重扫,松竹本吾家"(叶梦得)、"可怜报国无路,空白一分头"(杨炎正);也可作上四下七,"不应有恨,何事长向别时圆"(苏轼)、"岳王祠畔,杨柳烟锁古今愁"(戴复古)。这三种不同的句式,作家随意采用,看来都是许可的。更长的句子,其分合变化当然就更多。

　　前人注意这个问题较早者,如杨慎《词品》卷一有《填词句参差不同》条,他说:

填词平仄及断句皆定数，而词人语意所到，时有参差。如秦少游《水龙吟》前段歇拍句云："红成阵、飞鸳鸯。"换头落句云："念多情但有当时皓月照人依旧。"以词意言，"当时皓月"作一句，"照人依旧"作一句；以词调拍眼，"但有当时"作一拍，"皓月照"作一拍，"人依旧"作一拍为是也。

这是杨慎的"语意参差"说，承认以词意宜如何断句，但仍以从词调拍眼为是。在这条后面又引张綖的话，谓《水龙吟》本是首句六字，次句七字，但亦有首七而次六者，"句法虽不同而字数不少，妙在歌者上下纵横取协尔"。清人沿杨氏之说者，如沈雄《古今词话·词辨下》卷一再提及"语意参差"。《水调歌头》条云："东坡中秋词前段第三句作六字句，后段'不应有恨，何事长向别时圆'，又似四字七字句，《词品》所谓'语意参差'也。"《念奴娇》条云："调中语意参差，尽人各倚以为法。"其《水龙吟》条，还就杨慎、张綖意见进一步论证此调断句问题，主张虽有出入，但仍袭"语意参差"之说。更晚的如谢章铤《赌棋山庄词话》卷四指出："东坡《念奴娇》、《水龙吟》，稼轩《摸鱼儿》、《永遇乐》等篇，其句法连属处，按之律谱，率多参差。即谨严雅饬如白石，亦时有出入，若《齐天乐·咏蟋蟀》末句……盖词人笔兴所至,不能不变化。"此语实即杨慎"语意所到,时有参差"之意。

早在他们之前,万树作《词律》就已批驳杨慎的说法。《发凡》云:

> 分句之误,更仆难宣……升庵谓淮海"念多情但有当时皓月照人依旧"以词调拍眼言,当以"但有当时"作一拍,"皓月照"作一拍,"人依旧"作一拍,盖欲强同于前尾之三字二句也。其说乖谬,若竟未读他篇者,正《词综》所云:升庵强作解事,与乐章未谙者也。沈天羽谓太拘拘,此是误处,岂得谓之拘拘而已。乃今时词流,尚有守杨说者,吾不知词调拍眼今已无传,升庵何从考定乎?时流又谓断句皆有定数,词人语意所到,时有参差。

万氏不同意所谓"语意参差",而另立"语气相贯"一说以解释此种现象。《词律》卷十六《念奴娇》调首录辛弃疾"野棠花落"一首,注云:"此为《念奴娇》正格。"次"又一体"录苏轼"大江东去"一首,注云:"此为《念奴娇》别格。"其下注云:

按《念奴娇》用仄韵者惟此二格止矣。盖因"小乔"至"英发"九字，用上五下四，遂分二格，其实与前格亦非甚悬殊也。奈后人不知曲理，妄意剖裂，因疑字句错综。《馀》、《谱》诸书梦梦，竟列至九体，甚属无谓。予为醒之曰：首句四字不必论，次句九字"语气相贯"，或于三字下、或于五字下略断，乃豆也，非句也。……

无论"语意参差"或是"语气相贯"，都没有真正理解问题的实质。所以前者又强作解人，高谈拍眼；后者反对多列体而又自列多体，甚至说什么"勿误"，"此一定铁板也"。

至近人对于这一问题，多避免作断语。如姜夔《扬州慢》"渐黄昏清角吹寒，都在空城"，有人在"角"字断句，自注云："本调前后结有作上五下六者，有作三字一逗，四字为句者，当各以文义定之，殆可不拘。郑文焯校本有《角、药两字考音》……说或稍迂；若就本篇文义而论，两片结末同用上五下六句法，郑读自不误。"有人又说："此句依文义当断于'寒'字。……或谓下片结当依此句，以'边'、'年'为断，然白石自谓自度曲前后阕不同，似不必上下一致。"曰"殆"、曰"似"，皆非肯定语。其他明白作两可之辞者，如有的书在谈词的格律时，先举一个平仄格式，然后再举两三首词为例。《念奴娇》一调将例词录苏轼、陈亮、萨都剌的各一首。在苏词后注云:"依语法结构,应该标点为:'故垒西边,人道是三国周郎赤壁。'这里是按词谱断句。"又注:"依语法结构,应该标点为:'多情应笑我,早生华发。'这里是按词谱断句。"对于陈亮词也采取同一方法处理。看来他是为词谱所误了。谱对于那些恃为工具以校点词籍者,贻害更大,例不赘举。

按词乐约以两拍为一均,词句与乐句相配合,在一均处住韵。故约有两拍(或约如诗句一联)的范围,词句可以自由分合。强依其中一种形式,去给所有句法不同的词句断句,以致发生不成文理的现象,这一做法是错误的。知此则所有"语意参差"、"语气一贯"等似是而非的解说都是多馀的。作谱遇调中长句,只要注明其分合变化而不必考虑什么正体、别体、定格、变格。所谓"语法结构"与"词谱"格律不同的问题也就不存在了。

自词乐失传,一些有关问题不得不从歌词去间接探索。张綖已经指出:"句法虽不同而字数不少,妙在歌者上下纵横取协尔。"也就是说这种分合变化对于歌唱并无妨碍。杨慎等所谓拍眼,不过是借曲乐来说词。在今日更不妨借现代音乐的曲谱和歌词关系去作比较。尤其我们赏析的是词的文字部分,遇有长句在住韵前字句偶有参差,应即大胆依文理断句。《天籁轩词谱》的作者叶申芗曾明确主张:"分句自以文理为凭,不必拘定字数。"这是很正确的,不过他也没有把可依文理断句的道理说出来。

断句尚无把握,谈什么赏析! 故在此论述长句的分合问题稍详。至于造语之工,属对之巧,就不多说了。以下略谈关于体味用字(词语)。这里所谓用字,既非吹求"未有一字无来处",也不是指"雅词协音,虽一字亦不放过",而是玩索所用词语能否写景状物,更好地表达思想感情。

古来名句用字,前人评论已多,见智见仁,皆可供参考。王国维云:"'红杏枝头春意闹',著一'闹'字而境界全出。'云破月来花弄影',著一'弄'字而境界全出矣。"(《人间词话》)李渔却说:

> 琢句炼字,虽贵新奇,亦须新而妥,奇而确。妥与确,总不越一"理"字。……有最服余心者,"云破月来花弄影郎中"是也;有蜚声千载上而不能服强项之笠翁者,"红杏枝头春意闹尚书"是也。"云破月来"句,词极尖新,而实为理之所有。若红杏之在枝头,忽然加一"闹"字,此语殊难著解。争斗有声之谓闹,桃李争春则有之,红杏闹春,予实未之见也。"闹"字可用,则"吵"字、"斗"字、"打"字皆可用矣……予谓"闹"字极

粗极俗,且听不入耳,非但不可加于此句,并不当见之诗词。(《窥词管见》)

李渔认为:"欲望句之惊人,先求理之服众。"但贺裳则指出诗词有"无理而妙"者。他说:"唐李益诗曰:'嫁得瞿塘贾,朝朝误妾期。早知潮有信,嫁与弄潮儿。'子野《一丛花》末句云:'沉恨细思,不如桃杏,犹解嫁春风。'此皆无理而妙。"(《皱水轩词筌》)

李清照《声声慢》首句连叠七字,张端义《贵耳集》云:

> 此乃公孙大娘舞剑手。本朝非无能词之士,未曾有一下十四叠字者,用《文选》诸赋格。后叠又云"梧桐更兼细雨,到黄昏点点滴滴",又使叠字,俱无斧凿痕。更有一奇字云"守着窗儿独自怎生得黑","黑"字不许第二人押。

周济更进一步指出:

> 双声、叠韵字要著意布置,有宜双不宜叠、宜叠不宜双处,重字则既双且叠,尤宜斟酌。如李易安之"凄凄惨惨戚戚",三叠韵、六双声,是锻炼出来,非偶然拈

得也。(《宋四家词选·序论》)

吴灏却以为"不是难处"。他说:"《声声慢》一阕,张正夫称为公孙大娘舞剑器手,以其连下十四叠字也。此却不是难处,因调名《声声慢》而刻意播弄之耳。其佳处在后又下'点点滴滴'叠四字,与前照应有法,不是草草落句……"(《历朝名媛诗词》)。此外如刘体仁则欣赏其"最难将息"、"怎一个'愁'字了得"深妙稳雅,许为此道本色当行第一人。(《七颂堂词绎》)惟许昂霄评价甚低,谓易安:"此词颇带伧气,而昔人极口称之,殆不可解。"(张载华辑《词综偶评》)

按字的本身,一般不存在什么"极粗俗"、"听不入耳"的问题。"闹"字为什么"不当见于诗词"?姜夔《念奴娇》起句作"闹红一舸",读来就未见得"粗俗"。某字用得好不好,主要是看它在这句里是否确切、精彩,能否出色地表达与全篇一致的思想内容。李清照《声声慢》首句,如仅就其本身看,说它是"刻意播弄"或"锻炼出来",都无不可。倘细玩十四叠字,实包括恍惚、寂寞、悲伤三层递进的意境;再跟下片叠字和"得黑"、"了得"等险韵句联系起来,即见其围绕一个中心抒写、前后用字互相呼应之妙。

再举一个例子:俞国宝《风入松》"一春长费买花钱"词,一般选本多采录,并依《武林旧事》等书载其本事。据说俞国宝醉题此词于酒肆屏风上,结句原作"明日重携残酒",高宗舟过断桥见之,谓此词甚好,但末句未免儒酸。因为改定云"明日重扶残醉"。今本皆从改文。不过有的加注:"原本作'再携残酒',另有一种意境,未必不工。"(《唐宋词选释》)如只就这一句说,确实如此;可是放到全词里看,这句就显得不称,以改为宜。因为前面写的是"日日醉湖边"的少年豪纵形象,"玉骢惯识西湖路,骄嘶过、沽酒楼前",跟晏几道《玉楼春》"紫骝认得旧游踪,嘶过画桥东畔路"同样是以骏马骄行来渲染人的兴会。过片未另发新意,如何能在结处突然另写一种风雅呢?否则就应酌改前面字句,使其通篇一致。要改的原因,并非由于有无寒酸气。懂得这个道理,即可了解唐圭璋在简释王沂孙《眉妩·新月》词时,所以指出:"'新痕'、'淡彩'、'初暝',皆不能分毫移动。一'渐'字传神亦佳。"正因为它们是切合题目要求的。

(三)鉴赏不同风格的词作

词盛于唐宋,逐渐脱离音乐而成为格律诗的一体,蔚为大国。也有人说它是诗国中一个小邦。不过自唐迄今,积存的作品确实不少。除校辑《唐五代词》、《全宋词》、《全金元词》以至全明、全清词,必须通览各该朝代的词作外,作

为鉴赏,势难一一阅读。

　　一般鉴赏又与专集研究有别。专研某一词家,自应精读其全部创作,比较其生平每一时期作品的风格,才能全面了解,作出正确的评论。至于赏析原可自由选择,不拘一家一派。但也不宜盲目滥读,取舍失当,以致劳而无功。一般可以从选本入手,再逐步扩大至专集。

　　选集之较早者,有敦煌石室旧藏唐代的民间词《云谣集杂曲子》(收入《彊村丛书》,其后王重民、任二北等各有新辑,搜罗更富)。这种初期的民间词,作者包括边客游子、忠臣义士、隐君子、少年学子以及佛子、医生等等,在形式上同调的句法,往往不甚一致,时有衬字。读此可使我们对于词的产生及其发展有所了解。其次为后蜀赵崇祚编的《花间集》,这一总集所收作者,绝大多数是蜀人或曾仕宦于蜀的。据孟昶广政三年夏欧阳炯序说:"因集近来诗客曲子词五百首……乃命之为《花间集》。"所谓"诗客曲子词",显然指的是文人创作。其特点都是些剪红刻翠的艳词。这种婉约词风,直到北宋初年,词坛仍受其影响。试将"民间"和"诗客"这两个词集加以比较,便不难发现其风格有所不同。

　　宋人选词今存者,尚有曾慥的《乐府雅词》、黄昇的《花庵词选》、周密的《绝妙好词》、何士信的《类编草堂诗馀》

等。明陈耀文编有《花草粹编》。清代除官修《历代诗馀》外，最著的有浙派朱彝尊编的《词综》，常州派张惠言编的《词选》。晚清以来，选本不胜枚举。当今常见的有《宋词三百首》、《唐宋名家词选》、《唐词选》、《宋词选》、《唐宋词选释》、《唐五代两宋词简析》、《宋词赏析》、《唐宋词简释》等等。

　　这些选本，都是从大量的存词中，把自己认为是优秀的名篇挑取出来，给读者节省了很多东翻西阅的时间。所应注意者，每位选家各自有其见解和爱好，而且是带着不同的目的去选的。例如有的选本"是提供古典文学研究工作者作为参考用的"（《唐宋词选释》）；有的"选录从思想内容、艺术形式的角度来看……能代表古典文学优良传统的作品"，以供青年阅读（《唐宋词选》）；有的"选录南宋爱国词人的优秀作品，同时也照顾到其他风格流派的代表作"（《宋词选》）；有的认为宋词有滑稽一派，特提出与柔丽派、豪放派并列（《唐五代两宋词简析》）；有的是应学习者的要求，侧重于婉约派作品的艺术性分析（《宋词赏析》）；有的系就"词之组织结构"，据"拙、重、大之旨简释"，"意在辅助近日选本及加深对清人论词之理解"（《唐宋词简释》）。

　　目的和爱好不同，取舍就必然出现差异。浙派和常州派后继的词人，也不完全同意朱、张的选本。朱孝臧校录

《宋词三百首》，况周颐序云："读宋人词当于体格、神致间求之，而体格尤重于神致。……彊村先生尝选《宋词三百首》……大要求之体格、神致，以浑成为主旨。"吴梅为此书唐笺作序云："先生得半塘翁词学，平生所诣，接步梦窗……此三百首者为学者端趋向，蕙风序中所谓'抉择其至精，为来学周行之示也'。"又说："彊村所尚，在周、吴二家，故清真录二十二首，君特录二十五首，其义可思也。"唐氏《笺注》自序，更就内容主旨及选词数量，说明此书可取之处："张惠言校录《词选》，所选宋词只六十八首，且不录柳永及吴文英两家。是其所选，诚不免既狭且偏。彊村先生兹选，量既较多，而内容主旨以浑成为归，亦较精辟。大抵宋词专家及其代表作品俱已入录。即次要作家……所制浑成之作，亦广泛采及。"但《宋词选》在《前言》里却指出它和《词综》、《词选》"距离我们的要求都已经很远。即以《宋词三百首》来说，其中偏重形式艺术的词作占压倒的比重，所选吴文英的词……首屈一指，其次是周邦彦、姜夔的词。此外如陆游的词反而比范成大的词选得少，文天祥的词和民间词都没有入选，范仲淹的《渔家傲》'塞下秋来风景异'和苏轼的《念奴娇》'大江东去'那样的名作也都在摒弃之列。这些都是不能令人满意的"。

　　从上举的例子看，任何选本都应自有其特点，这方面是无法使得人人满意的。读者既不能把选本看作是千篇一律，满意于随便阅读一两种；也不宜轻信这本书有不足之处，那本书也有问题。选本各具特色是正常现象，我们正好利用这点去获得不同风格的作品，从事钻研。所以，赏析词作，可从选本入手，但必须广泛阅读，多多益善，庶不至孤陋自囿，而能从这一基础上更向深广发展。

现在所能见到的词，是这一文体在发展中保存下来的成绩。我们鉴赏，必须认清这一历史上既成的事实而实事求是地加以品味、评论。与其斷斷于正、变之争，雅俗之辩，何如不存偏见，博取众长。一代词风的形成，自有其社会根源；个人抒写的思想情感，也随生活状况而发生变化。陆游跋《花间集》，指出："历唐季五代，诗愈卑而倚声辄简古可爱。"又说："方斯时，天下岌岌，生民救死不暇，士大夫乃流宕至此，可叹也哉？或者亦出于无聊故耶？"刘克庄也有发牢骚的词句云："生怕客谈榆塞事，且教儿诵《花间集》。"（《满江红·夜雨凉甚忽动从戎之兴》）他们显然不满意此书的思想内容，但也不菲薄其在词的发展中应有的地位，这就是实事求是的态度。王国维评李煜词说："后主之词，真所谓以血书者也。"这当然指他亡国以后的作品。至若"烂嚼红茸，笑向檀郎唾"（《一斛珠》）、"佳人舞点金钗溜，酒恶时拈花蕊嗅"（《浣溪沙》）、"划袜步香阶，手提金缕鞋"（《菩萨蛮》）等词，也是以血书的吗？

尽量多阅读几种选本，虽仅一脔之尝，但已可接触较多不同风格、流派的代表作。在吟诵求解的基础上，选择一些优秀的篇什进一步去欣赏、分析。赏析，贵有自己的见解，赵翼《论诗》谓"只眼须凭自主张"是也。但一般易走两个极端：非人云亦云，即自矜创获。由于选本常有笺注或简析，词话品藻和欣赏专著亦多，读者最易先入为主，随声附和，甚至陷于某一词派偏见而不觉。宜赵翼认为："矮人看戏何曾见，都是随人说短长。"与此相反者，则有盲目自信，不屑一顾古今研究成果，往往浮获浅尝，辄炫为心得，甚或断章取义，厚诬作者。这两种态度正如古人说的"过与不及皆非也"。

词的鉴赏，是就某篇优秀作品揣摩作者的用心，探索其运用比兴和形象语言的艺术技巧，阐述一得而公诸同好。其过程适与创作相反：创作系将思想感情化为艺术成品；赏析则从文艺作品回溯到写作之初，彼此未必能够若合符契。所以谭献说："作者之用心未必然，而读者之用心何必不然。"不过我们不可以此为借口，应当好学深思，力求理解合于原意，庶无遗憾。

二 试谈词的写作

词,既已成为格律诗体之一,则运用旧形式而赋以新内容应是可行的。事实上业已证明此点,所以谈谈词的写作,并非"无益之事"。(清项廷纪自序其词云:"不为无益之事,何以遣有涯之生。")这里,拟略述:(一)晚近词家论词的作法;(二)当前涉及的一些问题。

(一)晚近词家论词的作法

关于词的作法,有人津津乐道,有人却以为难言。吴梅说:"作词之法,论其间架构造,却不甚难。至于撷芳佩实,自成一家,则有非言语可以形容者。所谓能与人规矩,不能使人巧也。"

吴氏所著《词学通论》有《作法》专章,但其分量尚不及全书二十五分之一。他认为:"有一成不变之律,无一定不易之文。""作者按谱以下字,字范于音,音统于律……宋时,多有谱而无词,至今则有词而无谱。惟无谱可稽,斯论律之书愈多矣。要皆扣槃扪烛也。余撰此篇,亦匠氏之规矩耳。"其所述规矩,一曰结构,略谓:"按律谐声,不背古人之成法,亦可无误。惟律是成式,文无成式也。于是不得不论结构矣。全词共有几句,应将意思配置妥帖后,然后运笔。"特举例说明"择调"、"谋篇"之大略。二曰字义,一字两三音而解释殊者,词家当深明此义。三曰句法,"一调有一定之平仄,而句法亦有成规"。列举一至七字句略作说明。四曰结声字,"结声者,词中第一韵与两叠结韵处也……此三处下韵,其音须相等"。同时也指出:"守律愈细,而填词如处桎梏,分毫不能自由矣。"五曰杂述,举出几种词话,谓足为学者取法,并引述有关作法若干则。总的看来,此章所述较为简单。

俞平伯早年在清华大学讲授过一个课程,叫"词课示例"。据其讲义小引说:

> 清华大学嘱课诸生以作词之法,既诺而悔之。悔吾妄也。夫文心之细,细于牛毛;文事之难,难于累卵。予也何人,敢轻于一试。为诸生计,自抒怀感,斯其上也;效法前修,斯其次也;问道于盲,则策之下者耳。然既诺而悔之,奈功令何?悔不可追,悔弥甚焉。

以上小引是1930年10月写的,其后为《中学生》杂志撰说词的文章,起首又称"教人作词"为可笑。他说:

年来做了一件"低能"的事,教人作词。自己尚不懂得怎样作而去教人,一可笑也;有什么方法使人能作,二可笑也。

1934年9月他为《读词偶得》作《缘起》,上引两段话都曾提到,不过他终于做了。究竟是采用什么方法呢?且看《缘起》说:

夫昔贤往矣,心事幽微,强作解人,毋乃好事。偶写拙作一二,略附解释,以供初学隅反之资,亦野芹之贡耳。诗词自注尚不可,况自释乎!明知不登大雅之堂,不入高人之耳,聊复为之,窃自附于知其不可而为之之义焉。

原来他是通过作品赏析来论述作法,包括"偶写拙作一二,略附解释,以供初学隅反之资"。做法上也是一样,在三策中是"效法前修,斯其次也"。

《读词偶得》起首又有几句说明,指出"第一部是令","只讲几首我所喜欢的小令"。"选择也没有什么标准,只是凭我一时的感兴而已。所讲的话也都是我个人的揣测,大家自然不会认我的揣测为古代作家的本意的"。其书共选释温、韦、二主及周邦彦词二十四首。在赏析中时时论及作法。如其第一首选温庭筠《菩萨蛮》"小山重叠金明灭",《解释》首称:"小山,屏山也。其另一首'枕上屏山掩'可证。此处律用仄平,故变文耳。"又如论韦庄《菩萨蛮》五首云:

> 韦氏此词凡五首,实一篇之五节耳,而选家每割裂之,如张氏《词选》、周氏《词辨》、成氏《唐五代词选》,均去其"劝君今夜须沉醉"一首。
>
> 将本词各章串讲,原皋文(张惠言)之说也。皋文、复堂(谭献)之说温飞卿《菩萨蛮》亦用串讲法。对于温氏之词,我实在寻不出它们的章法来……却终不敢苟同。对于韦词,私心却以为旧说不无见地。
>
> 惟皋文仍有可笑处,既曰篇章,则固宜就原词上探作者之意,斯可耳。今则不然,先割裂之而后言篇法、章法,则此等篇法、章法即使成立,是作者的呢,还是选家的呢?岂非混而不清?岂非削趾适履?故任意割裂已误,任意割裂以后再言篇章如何的神妙,乃属误中之误。

指平仄,论篇章,这就是通过赏析教人作法。所以作者自述其《读词偶得》的成书经过,"是从'词课示例'引来的葛藤"。此书1947年新版删去周邦彦(原释周词各篇改入《清真词释》),加了史达祖。并将一篇讲演稿名曰《诗馀闲评》的放在卷首以代导论。《闲评》指出清词最后所谓同光派的主张,"比起以前的作法,要更难一层"。接着说:"试想这样的词谁会作,谁受得了这个罪?"因此,他提出"个人对于词的看法"五点,节录于下:

> 第一,词只可作诗看。
>
> 第二,但我们不可忘记词本来是乐府。既是乐府,就有词牌,自不能瞎作。如题作《浣溪沙》,却不照《浣溪沙》的格式去做,那也不大合理。
>
> 第三,……选调不求太拗,也不求太不拗……去其古怪不常见者。
>
> 第四,我主张只论平仄,不拘四声。理由有二:其一,如果讲求音律,四声讲到极点,也还嫌不足,莫如不讲。其二,讲求过分,文字必受牵制。
>
> 第五,作词似以浅近文言为佳,不妨掺入适当的白话,词毕竟是古典的也。

在"正文说完了",作者自称"还有一点感想",就是:"我感到了解古人的文学很难,作旧体文词也很难。"

任二北著有《词学研究法》一书(1935年出版),首章述作法,分:(甲)归纳前人之说,(乙)揣摩前人之作。著者说:

> 研究作词之法,不外两途:一揣摩前人之作,知作者确有此法,而由我立其说;二归纳前人之说,知作者确用此法,而由我定其说。

为什么要归纳前人之说,目的何在呢?他指出:"前人之说,即前人之揣摩所得也。尽信之,自不免为其偏谬之处所误,但……一部分为彼所心得……多寡必有足供后人继武者。"且"纯就古今篇章探求底蕴,而自绎其端,似非资禀过人,或从事既久者未必能;若中材与初学,仍宜先自步武(至少亦当参考)前人入手。及造诣略深……然后乃不必拘泥旧说。"

由于"自来论词法者,创获少而因袭多,而因袭者每好貌为创获","他人一时失检,遂为其所欺",故任氏谓归纳之方,应守下列五义:

(一)说明出处(有卷数者,并及卷数);(二)直载原文(如有删节,以标点显明之);(三)标举要旨(每条之前,作简括数字);(四)部勒异同(论点同者,列在一处);(五)自加论断(先综前说,后出己意)。

他又指出:"归纳之道,尤首重标题。"有标题,方有纲领以包举前人纷纭之说。沈雄《古今词话·词品》,"实则论词法者……上下两卷,标题共四十有五……兹略订正分部如下,以供实际归纳作词法者参考":

  (一总说)　作　改　模仿　创造　境界　取材
  (二词意)　词意总　词　意　用事(衍词附)
  (三体段)　章　片　起　过片　结　句　字　虚字　衬字
  (四体调)　令　引　近　慢　选调
  (五题类)　情景总　情　景　咏物　节序　怀古　闲情　艳词　寿词　俳体
  (六声韵)　平仄　韵　协律　制调
  (七杂论)　弊忌　其他

实际作此项分类归纳时……(一)遇新材料,当立新题目以包罗之。(二)同一材料……多题目内皆可归入者,则皆归之,但详其文字于一个题目内……

(三)遇一材料,骤然不知何归者……应用前条办法,各项复列……此项归纳之功既竣,可以名……曰《词法》……盖《词律》言声音之律,此则言文章之法也。

著者更就《词法》第七章《杂论》第一节"弊忌"举例说:"凡前人所揭词家之弊,所举作词之忌,及一切论词否定之说,皆汇于此节。"计综前人之说有"六失"、"三蔽"、"忌用之字"等六十六条。分为"古今通弊"、"各时代之弊"、"体格上之弊"、"关系较大之弊"、"各自为弊"、"相对为弊"、"关系较小之弊"七段。他说:"综各家之说,词弊之大者不外四点:一曰不纯正;二曰不雅重;三曰不自然;四曰不真切……且所谓不纯正者,尤重在体格之弊;不雅重者,尤重在用意之弊;不自然、不真切者,尤重在遣辞之弊。体格与辞意三者足以概括一切,故纯正、雅重、自然、真切之四不,亦足以笼盖诸端。"他又指出此例对前述"说明出处"以至"自加论断"五事,皆一一做到。如此于前人之说"罗而备之,辨而用之,则操翰临文,孰非孰是,何去何从,胸中早有准则"。按此亦俞氏所称"效法前修"之义。

效法前修,不能仅恃搜辑,研究前人之说。况《词法》尚无成书,学者"欲享其利,必自己一切从头做起"。所以在归纳前人之说集思广益外,还要揣摩前人之作,"读选本

以博其趣","专一家以精其诣"。这样做的目的,仍然是"效法前修"。他说:

> "揣摩"云者,阅读与思考耳。阅读在求得辞意之所宜与腔调之声韵、转折;思考在求得作者意境之所止与其文章之所以成。倘于某一作家,皆撷其词之精华,习其词之腔韵,会其词之意境,而于其文章所以致力之由,复了然于胸次,则退而操觚,即以此家为准则,加以习练,尚有不就者乎?

是否以取法一家为满足呢?著者以为"倘于诸名家皆能作如是之研求,而不限一格,胸次所积,精而且富,然后融合众长,祛除诸弊,运以智慧,充以性灵……则自立一派,更有何难"?他又畅论关于揣摩意境与揣摩文法之次第,每条各摘录数语如次:

> (1)通解文字　读词之次序,先畅其句读,次洞其题旨,次评其本事,次尽其典实与所用替代之字,此所谓通解文字也。
> (2)确定比兴　词法无不用比兴者,惟所比所兴之近远,说者每每无定。作者之意,只有一也。读者之

所领会,若近而不及,是深负作者;若远而失实,是厚诬作者……必须不即其辞,而又不离其意。斯得其真实可信之旨,斯所谓确定比兴也。

(3)体会意境　读词之时,我心先得古人词中有何意境,然后便知我心若有类似之意境时,即可效法古人之词而表之,宗旨在读词而学为词……体会云者,乃以自己之思想、感情为根据,而与古人之思想、感情相会也……古今人情相去不远,倘细为体会,终不至无所合……此揣摩他人之作者,一面有人,一面犹贵有己;有人寓于有己之中,然后无得而不为用矣。

(4)认真词法　意境如何,既纤巨皆得,则于其如何表此意境之法,可以切实体认一番……此种体认,大概可以分为三层着眼:一、全部章法;二、拍搭衬副部分;三、好发挥笔力部分。后二者说见张炎《词源》,即词中"疏"与"密"两部分也。此三层或兼有,或分有。

每读一词,必须:"观察真切,推详尽至,剖析明白,判断确实,此词之法,方为我得,方为我用。"若笔之于书,所言者"须确是章法、词法之剖解。若寻常品藻之语,万勿阑入"。以作法与品藻实属两事。《作法》最后指出揣摩前人之作与归纳前人之说互有短长,"倘二者能兼至,则于作法之研究,尚有间言乎"?

以上三家,都在南北各大学主讲词曲甚久,其论作法皆有自己的见解,这里限于篇幅,不能更详地引述。古今专家著作论及词的写作尚多,兹不赘举。

(二)当前涉及的一些问题

近年时常遇到一些问道于盲的青年,要我谈谈对于写词的意见。归纳起来,多数涉及以下几方面:(1)应否依照格式;(2)怎样选调;(3)如何处理声韵;(4)语辞宜忌;(5)比兴及其他。我的回答大略如下:

词,早已成为"句读不葺之诗"。它源于乐府,并各有词牌。我们现在所谓填词,实际是旧瓶装新酒。倘取消这一包装,那就完全失去再用旧称的意义。有位朋友出示其新作《西江月》嘱提意见,当答以:"只有个别字建议改一下,最好是《东江月》,'南'或'北'也行。以你'壮岁旌旗拥万夫'的豪气,何苦老守什么《西江月》的清规戒律受罪呢?"他抚掌大笑说:"你谈的这番话使我懂得过去有人自称所作为'丘八诗'的道理,今后我写我的'丘八词'好了。"

或又询及:"有人随意写篇长短句而名之曰'自度曲'对不对?"我以为关键在于其人是否也作了乐谱,否则只可视为一首杂言的古体诗。倘他人代配乐谱,则应如现代分别标明某人词，某人作曲，不存在是否自度的问题了。试翻检《白石道人歌曲》，就不难搞清前人对此的习惯说法。姜夔说："予颇喜自制曲，初率意为长短句，然后协以律。"（《长亭怨慢》）这是说明他作词制谱的先后顺序。"石湖家自制此声，未有语实之，命予作"（《玉梅令》），是旁谱所记为范家新谱之曲，而白石仅依谱填词，与《暗香》、《疏影》之"授简索句，且征新声"者不同；又其《醉吟商小品》乃遇琵琶工求得品弦法"译成此谱"，《霓裳中序第一》则"登祝融因得其祠神之曲……音节闲雅，不类今曲……作中序一阕以传于世"，皆为古音虚谱补词者。凡此特殊情况，小序中各有说明。其他自制曲亦常于序中以一语指出，如"因自度此曲"（《扬州慢》）、"因度此阕"（《淡黄柳》）、"自度此曲"（《惜红衣》）、"乃著此解"（《凄凉犯》）、"度曲见志"（《翠楼吟》）等等。而仅填词者则但用"赋"、"题"、"作"、"咏"等字样，或"因赋是阕"（《浣溪沙》）、"因记所见"（《浣溪沙》）、"醉吟成调"（《一萼红》）、"摘笔以赋"（《清波引》）、"感遇成歌"（《琵琶仙》）、"课予和之"（《水龙吟》）等语。可见"自度"重在音谱而不在歌辞。不过，词在早期亦称曲子或曲子词，词、曲两字分工较晚。即在白石词序中，如"予喜为作此曲"（《小重山令》），指的也是词。今人称其所作为自度曲，可能以示有别于倚声填词。要达到这一目的，说法是否恰当也就无所谓了。

词至今日,已和诗中的近体同属于格律诗。所不同者,近体诗的格律概括性较大,而词则每调各异。其为配合音乐而提出的严格要求当然不必墨守,但如忽视必要的格律,也是不成其为词的。有人对词缺乏基本知识,以为只要字句数目与旧词相符即可;甚至个别句子写长了,便在调名下加注什么"衬字格",可谓自欺欺人。我想,与其这样麻烦,不过为了袭用旧的词牌名称,倒不如放手去写《东江月》或称为"自度曲",连字数多少也用不着数了,岂不痛快!

　　谈谈怎样选调。这里说的选调,与古人所谓择调、择腔不同,只从两方面论述而已。举其要者:一曰长短,二曰声情。令、慢各有所宜,要视作者的需要而定,无待讨论。但就初学写词而言,先了解一些情况,再尝尝甘苦,也不无好处。较早谈到这个问题,如张炎《词源》说:"词之难于令曲,如诗之难于绝句。不过十数句,一句一字闲不得。末句最当留意,有有余不尽之意始佳。"(《令曲》)又说:"大词之料,可以敛为小词,小词之料,不可展为大词。若为大词,必是一句之意引而为两三句,或引他意入来捏合成章,必无一唱三叹。"(《杂论》)此言小词难作,大可以缩小而小不可以展大。关于怎样写慢词,他说:"作慢词看是甚题目,先择曲名,然后命意,命意既了,思量头如何起,尾如何结,方始选韵,而后述曲。最是过曲不要断了曲意,须要承上接下。……词既成,试思前后之意不相应,或有重叠句意,又恐字面粗疏,即为修改。改毕净写一本,展之几案间,或贴之壁。少顷再观,必有未稳处,又须修改,至来日再观,恐又有未尽善者。如此改之又改,方成无瑕之玉。"(《制曲》)

晚出的蒋兆兰《词说》,据其自序云:"友教吴门,诸生以老马识途,时时从问词法,兼求词话,奉为准则……撰为一书,名曰《词说》。"其中提及择调者,如说:"初学作词,如才力不充,或先从小令入手。若夫天分高,笔姿秀,往往即得名隽之句。然须知词以沉着浑厚为贵,非积学不能至。至如初作慢词,当择稳顺习用之调,平仄多可移易者为之,庶几不苦束缚。既成,再将词律细心对勘,务使平仄悉谐,辞意双美,改之又改,方可脱手出以示人。逮至功夫渐到,然后可作单传孤调及研究上、去声字。"又说:"欧阳、大小晏、安陆、东山皆工小令,足为师法。词家醉心南宋慢词,往往忽视小令,难臻极诣。鄙意此道要当特致一番功力,于温、韦、李、冯诸作,择善揣摩,浸淫沉潜,积而久之,气韵意味,自然醇厚,不复薄索。盖宋初诸公,亦正从此道来也。"从《词源》到《词说》,意见大体相同,即初学宜从小令入手,渐进而及于慢词。蒋氏更谓"慢词当择稳顺习用之调,平仄多可移易者为之",然后才"可作单传孤调"。我想,无论小令或慢词,求好都不容易。所以按此步骤,则是由于作者功力关系。试想散、韵文之习作顺序,盖无一不然。至于单传孤调或佶屈聱牙难于上口者,无论其为小令或长调,都不必勉强试作,自寻烦恼。

关于各调声情,今日已难一一探研清楚。除见于前人记载,足资参考外,绝大多数只能从文字上去推测当日与乐谱相配合时共同表达的声情。有的可以从其始作的词体味,如《忆秦娥》最早的一首"箫声咽"见于《花庵词选》,题李白作,其词幽咽悲凉。后来贺铸改为平韵"晓朦胧",亦未改变其怨抑的情调。《望海潮》始见于柳永《乐章集》,极写钱塘的繁华。秦观依调作洛阳怀古,仍然是写胜况多而凭吊意味少。但这也不可一概而论。《忆江南》据段安节《乐府杂录》云:"《望江南》始自朱崖李太尉(德裕)镇浙日,为亡妓谢秋娘所撰,本名《谢秋娘》,后改此名。"按刘禹锡有"和乐天《春词》,依《忆江南》曲拍为句"。其后作者填单调以至双调甚多,并无伤逝意味。

所以绝大多数词作,倘分调通读,其中最常用之调,几乎无题不有。这说明音乐与歌辞分离之后,只能就歌辞去区分声情了。既不了解其唱法,还侈谈什么曲调的声情呢?失传的旧调,古人早已改用流行的曲调去唱了。唐张志和的《渔父词》到北宋已无人知道唱法。苏轼在一首《浣溪沙》序里说:"玄真子《渔父词》极清丽,恨其曲度不传,故加数语,令以《浣溪沙》歌之。"后来黄庭坚又把它改成一首《鹧鸪天》,序说:"玄真子咏渔父……东坡尝以《浣溪沙》歌之矣。表弟李如篪云:以《鹧鸪天》歌之,更协音律,但少数句耳。因以玄真子遗事足之。"这说明《浣溪沙》和《鹧鸪天》等旧调与张志和的《渔父词》声情都可相合。东坡已"恨其曲度不传",所谓相合,当然是视其歌辞。

再就《鹧鸪天》这一词调看:贺铸曾以之写悼亡词(中有"梧桐半死清霜后"句,易名《半死桐》),张孝祥却以之写春游雅兴"日日青楼醉梦中"。在姜白石词里,既有"歌以寿之",也有抒写元夕的伤感。一句话,情调是欢愉的还是悲伤的,主要只看歌辞所表达的思想感情而已。词乐失传已久,而唐宋以来,大量的词作犹存:写豪放的词多选《满江红》、《念奴娇》、《贺新郎》、《水调歌头》等;写婉约的词则多选用《菩萨蛮》、《蝶恋花》、《采桑子》、《临江仙》等。这些都给我们以很多启发。所谓从文字去探索某一词调的声情,也只是求得其近似而已。

有人想从词句的长短、声韵的平仄去判断词调的声情,我想,这只是分辨声情的一面,不能完全取决于此。三字句较多的词调,音节短促。如《六州歌头》宜于作慷慨激越之词;但如《行香子》、《最高楼》等正由于用了些三字句,使得声情流美。《玉楼春》押仄声韵并不影响其韵律和畅;《寿楼春》多用平声字，其效果是更为幽咽低沉。由于字句的长短、声韵的平仄都是互相配合的，不能皮相观察。惟有反复吟诵，才能悠然心会，更好地领略其声情。

以下谈谈如何处理声韵。

词是韵文的一体，丢掉声韵，它就失去其为韵文了。当前有两种极端相反的看法：一种根本不知有所谓声韵，只要每句以至全篇字数与某首旧词相符合，就认为已尽填词之能事。《十六字令》的一字句是平是仄，押韵与否，似乎是无关轻重的。另一种意见恰恰与此相反，认为填词应就古人成作，守定四声，一字不少假借，更进则欲调以清浊，分订八音，一守朱（孝臧）、况（周颐）遗风，否则不得与于作者之列。二者相差太远，真所谓过与不及皆非也。音律久已失传，从何讲起？我想凡事总要实事求是，协平仄是今日所能做到的，而且直接有关诵读和谐，就应该照做。倘更进而辨上、去，别阴、阳，要求和清真词一模一样，也不过多增一些仿制品，有何意义？不过作为严格训练的手段而自愿这样做，又当别论。

语音是经常变化的，因此古今韵必然有出入。古代诗歌用古韵，现代诗歌用今韵，这是很自然的道理。词本无韵书，近人常用的《词林正韵》是戈载依据宋人用韵的情况，撰为一书。它和其他各家所撰词韵一样，都可供填词者参考。当前，我们事实上存在两种韵，一为普通话，其中入声都派入平、上、去，当然与有入声的韵书不同。另一为方言，依口头的语音相协，各地的差别自然更多。我国正在大力推广普通话，未来的声韵将随之改变趋于统一，这是无可避免的。目下尚与方言并行，尤其方言中多存在入声，作者更容易接受。我想，宋以来的词家隐然若有共同遵守的韵，其实就是以诗韵为参考，而杂以口头取协。洞晓音律的姜白石，他也不以方言入韵为嫌。现在是过渡时期，倘以过去的词韵为参考，必要时从普通话或方言取协若干字，有何不可？不过，一定要自注读音，以免读者误会，此在前人存词中早有先例。至对声韵向来生疏的作者，最好多参考已有的韵书，慎毋随意取押自注。

在字声方面最突出的问题有二：一是原有特殊读音（包括由于字义不同而读音有别），因不知而误用；一是近年读音改变，尚未获得一致同意。读音不同，自然有些就影响平仄。吴梅在其《词学通论》里论字义说：

> 我国文字，往往有一字两三音，而解释殊者。词家当深明此义。如萧索之索当叶速，索取之索当叶啬，数目之数当叶素，烦数之数当叶朔。睡觉之觉当去声，知觉之觉当入声。其他专名如嫪毐、仆射、龟兹等，尤宜

留意。作词者一或不慎，动辄得咎。词为声律之文，苟失粘错误，便无意致。

接着他又指出，同是一字，只要音义有别，用在一首词里不为复韵。如周密《玉漏迟》："老来欢意少"的"少"字，是上声，"与君共是承平年少"的"少"字是去声，本系两字，尽可同协。"些"字一入"麻"韵，盖"些儿"的"些"为平；一入"箇"韵，"楚些"之"些"为仄。又略举数例，皆向来容易疏忽混同者，如：屈信（申），信（迅）义；造（皂）作，造（糙）就；窒塞（色），边塞（赛）；冯（逢）妇，冯（平）河；女红（工），红（洪）紫等。上举错误诸例，今日依然常见，但除"屈信"、"信义"外，尚不影响平仄。晚近则此种现象愈多，尤其是读音改变又未通行者较难处理。例如："孪"、"挛"、"脔"等字向读如"恋"，今亦改读如"鸾"。"脔"字罕用，至"痉挛"、"孪生"系常用词。事实上当前是两读并存。口头谈话，尚可以"抽筋"、"双胞胎"类似的话代替，如必须见于书面，则注明读音从新从旧，似亦不嫌多事。至若"馀庆"之"庆"可读平，"朔吹"之"吹"应读仄，则相沿已久，注不胜注。"鼓吹"亦是如此，一般读"吹"为平声。我们口头不妨从众。倘入词仍依旧读可不注，作平似以加注为宜。总之，加注是不得已而采取的补救办法，估计无此必要，即不用，

免致蛇足之诮。

　　在常用字中,如:"看"、"望"、"忘"、"凭"、"蛮"等等,读平或仄皆无害于字义,使用当然方便。此外在平时诵习中,宜多留心同义词,如"迎"与"迓"一平一仄,"朔吹"亦可改用"朔风",累积既多,用时就不难左右逢源了。

　　宋祁嘲笑刘禹锡以五经中无"糕"字而不敢用。有两句诗说:"刘郎不敢题糕字,虚负诗中一世豪。"语言日益丰富,辞语随之孳生。假如以某一时代已有者为限,谁也会觉得这是可笑的事。所谓"外交辞令"、"文学语言",含意是指出各有所宜而不是在人们语言之外另搞一套。所以,认为哪些词语可以入词,哪些就必须排除在外,纵使言之成理,也很难使人普遍接受。当前存在两种现象,一种是沿传统的方法写词,被认为无时代气息;一种是过多地选用时兴口语,有人称此为口号汇编,缺乏词味。既然各有所偏,自应取长补短,这是必然的趋势。白居易《长恨歌》称明皇"孤灯挑尽未成眠",被人指摘为不了解宫中生活。在当前的城市里,少年儿童早已不知什么叫"灯檠"、"银釭"了。但报刊上往往犹见"挑灯夜战",甚至说在机场上赶装货物如此,真无法想像其如何"挑"法。倘在一首词里必须提到灯,则把"银釭"改作"银灯",今日读者可能容易接受些(其实这两个银字形容的已非一物),又何必要搞得那么古香古色？一首诗或词以及它的小序都应写得很精炼。例如民用航空今日已成为常用的交通工具，作者记叙行程，只说某日飞往某地就行了。倘每次都写明机种是"三叉戟"还是"伊柳辛"，若非为公司作广告，不觉得寒伧可笑吗？

我想，如果不存偏见的话，无论新、旧辞语，都是可以入词的。当旧有的语言词汇无法满足描写新事物、表达新思想时，当然采用新辞语；其可以沿用的也不宜一概排斥。苏、辛词好用经、史、子语，常能很好地表达自己的思想感情，在当时也可以说是古为今用吧。辛弃疾写门齿脱落有两句词说："寄语儿曹莫笑翁，狗窦从君入。"当日所谓"狗窦"与今称的"后门"很类似，应皆可以入词，但看作者是否善于应用，才能作出一如辛词之耐人寻味（倘以为两辞意近便可以互代，不仅下一字平仄不同，位置亦不切合）。说到这里，有句话还得重复一次，就是新、旧辞语皆"可"入词，但不等于说皆"适宜"入词。各种文体，自有其最合适的常用语言辞汇。前人对于填词用语宜忌谈得很多，不一定都对，但也有不少值得我们学习参考的。

或谓诗有赋、比、兴三义，词则比兴为高。才入赋体，便非超诣。按词法用比兴多而赋较少，这是事实。若谓入赋便非超诣，则未必然。前人作品俱在，读者不难从中获得正确印象。温庭筠《菩萨蛮》"新贴绣罗襦，双双金鹧鸪"，张惠言《词选》居然谓其旨同离骚初服,实令人莫测高深。我们试通读全词,从懒起、迟妆等语揣摩其心情,再设想在对镜簪花时瞥见罗襦的双双鹧鸪,能不兴起自身孤独之感?如此理解,似乎合情合理,并富有词味的。这里是谈写词,在用比兴手法时一定不要搞得过于晦涩。

清常州词派自张惠言强调寄托,周济更广其说,谓"词非寄托不入,专寄托不出",但在实践中亦未能体现其所主张。吴梅云:"止庵自作诸词,亦有宗旨,虽能入而不能出耳。如《夜飞鹊》之海棠,《金明池》之荷花,虽各有寓意,而词涉隐晦,如索枯谜,亦是一蔽。"(《词学通论》)接着他表明自己的意见说:

> 余谓词本于诗,当知比兴,固已。究之尊前花间,岂无即景之篇?必欲深求,殆将穿凿。皋文与止庵,虽所造之诣不同,而大要在有寄托、尚蕴藉,然而不能无蔽。故二家之说,可信而不可泥也。

吴氏此言,洵为持平之论。

最后,略谈学词从何着手问题。蒋兆兰《词说》提出如下意见:

作词当以读词为权舆,声音之道,本乎天籁,协乎人心。词本名乐府,可被管弦。今虽音律失传,而善读者辄能锵洋和均,抑扬高下,极声调之美。其浏亮谐顺之调固然,即拗涩难读者,亦无不然。及至声调熟极,操管自为,即声响随文字流出,自然合拍。

各体韵文,皆有其自然之音节,合则流美,违则乖捩。惟有反复诵读,才能熟习。蒋氏所述实经验之谈,理浅而效著。特有人初为欣赏而多读,及其下笔,辄能吻合,遂不自觉其得力于读而已。

　　谈到这里,特别要提醒一点:读,只是学习的重要手段之一,谨防损害了我们自己的时代思想感情,不知不觉地为古人所同化。况周颐说:

　　读前人雅词数百阕,令充积吾胸臆,先入而为主,吾性情为词所陶冶,与无情世事,日背道而驰。其蔽也不能谐俗,与物忤。自知受病之源,不能改也。(《蕙风词话》卷一)

自知受病之源而不能改,多么可惜!他又说:

　　读词之法,取前人名句意境绝佳者,将此意境缔构于吾想望中。然后澄思渺虑,以吾身入乎其中而涵泳玩索之。吾性灵与相浃而俱化,乃真实为吾有而外物不能夺。三十年前,以此法为日课,养成不入时之性情,不遑恤也。(见同上)

熟读前人优秀词作的目的:为了欣赏,可以深入理解作者当时的生活与思想感情;为了写作,可以借鉴其艺术技巧的成功经验。但我们绝对不能忘记自己所处的时代,现实生活才是创作的源泉。况氏自称养成不入时之性情而不恤,这就陷于食古不化之境了。

有人怀疑诗词两体,既各有不同要求,初学写作是否互相妨碍。蒋氏《词说》首条即谈到这一问题,他说:

　　初学作词,当从诗入手。盖未有五、七言不能成句而能作长短句者也。词中小令收处贵含蓄,贵远神,与诗之七绝最近。慢词贵铺叙,贵敷衍,贵波澜动荡,贵曲折离合,尤与歌行为近。其他四、五、七言偶句,则近于律诗。是故能诗者学词,必事半功倍。

将两种不同的文体去对比,就其精者高者观之,当然各有妙处,不容相混。蒋氏此言,特指明写词的基本功应该从写诗入手。南宋汪莘的《方壶诗馀》自序说:"余平昔好作诗,未尝作词。今五十四岁,自中秋之日至孟冬之月,随所寓赋之,得三十篇。乃知作词之乐,过于作诗。"此序作于嘉定元年仲冬朔日,据集中尚有嘉定二年的作品,可见其后仍以此为乐,继续写作。他何以得有此乐?也许由于"平昔好作诗",早已打好基础,故能"事半功倍"吧?

后记:

本书系就曩编词学讲义剪裁补缀而成。犹记昔年赶写讲义时,深得吾妻章泰敬多方协助。讵料于去岁十二月五日溘逝,不及伴我灯下校样并见其出版矣!

1986.11.20. 校毕附识

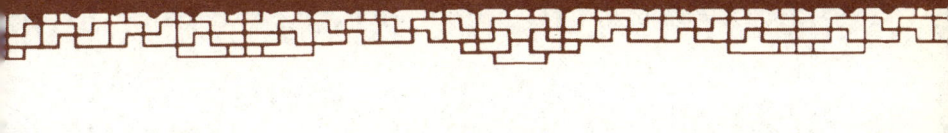

校后记

业师宛敏灏先生《词学概论》蒙中华书局重新出版,受宛师嗣子炳生先生与责编聂丽娟女士委托,我们对旧版中的误字进行了校勘,具体由彭国忠任其事。

宛敏灏先生(1906—1994),字书城,号晚晴,安徽庐江人。幼年就学外家,在国学与诗词写作方面打下了基础。1921年赴合肥,考入安徽省立第六师范学校,毕业后在庐江县立第一完全小学任教员、校长。1929年,应省会第一实验小学之聘赴安庆。时安徽大学新任校长王星拱罗致教师,阵容甚盛,遂决定就近于安庆边求学边教课,考入安徽大学中国语言文学系,于1934年以该系第一名毕业。后在前国立女子师范学院、安徽学院、国立音乐院等高校先后任讲师、副教授、教授。新中国建立后,任安徽大学文艺系、安徽师范学院、合肥师范学院中文系教授并兼系、科主任、副教务长等职。"文革"后任安徽师范大学图书馆馆长。早年著《二晏及其词》(商务印书馆 1935 年)，夏承焘先生序云："二晏词情意窅渺，非如苏、辛、姜、史之易求归趣"，此书"于其奥义微恉，爬梳无遗"，"运思之密"，非"时下聊尔人所能为"。抗日战争期间，为爱国词人张孝祥作评传，唐圭璋先生称许其"正史籍之讹，纠方志之谬，显微阐幽，激励忠义。其有功词苑，良非浅鲜"(《张于湖评传》唐序)。晚年出版《词学概论》(上海古籍出版社 1987 年)、《张孝祥词笺校》(黄山书社 1994 年)。另有《为吴潜辩诬》、《吴潜年谱》等多篇重要文章见于报刊。所作旧体诗词，十年动乱中散失殆尽，幸存者结集为《晚晴轩诗词选》。

安徽师范大学中国古代文学专业，为"文革"后国家首批硕士学位授权点。由宛敏灏先生主持，偕刘学锴、余恕诚二人于 1978 年开始招收硕士生(唐宋文学方向)，每届招收一至二人，且须等上届毕业，始招收下届。故自 1978 年至 1991 年，仅招收五届共八名研究生：周啸天、汤华泉(1978)；邓小军、丁放(1982)；沈文凡、周家群(1985)；彭国忠(1987)；彭万隆(1989)。除周家群君后从事摄影专业外，馀子均在高校从事中国古代文学教学与研究，并均有出色的成就。先生晚年，对于诸弟子寄以殷切期望，八十一岁赋《庆春泽》下阕云：

兴来细数平生事：笑小时了了,长愧翩翩。却得英才,秾桃郁李争妍……看明朝昼永于湖,花压栏干。

尽管安徽师大同人皆惋惜先生招授研究生太少,首届师弟周啸天君曾有"两弟三师事太奢"(《赭山行》三首其一)之叹,但亦可见宛先生、刘先生取材之严。今有幸为宛先生校勘遗著,亦同门诸人共同庆贺之喜事也。

余恕诚　彭国忠

2009年4月20日于安徽师范大学中国诗学研究中心